a Library

宮澤賢治とディープエコロジー

平凡社ライブラリー

本書は、グレゴリー・ガリー著 *When Our Eyes No Longer See* の第2部に著者による新たな序文をつけて翻訳・刊行するものである。元本は下記のとおり。翻訳・刊行については、ハーバード大学アジア・センターの許可を得た。

When Our Eyes No Longer See, by Gregory Golley, was first published by the Harvard University Asia Center, Cambridge, Massachusetts, USA, in 2008.

Heibonsha Library

宮澤賢治とディープエコロジー

見えないもののリアリズム

グレゴリー・ガリー著
佐復秀樹訳

平凡社

本訳書は、平凡社ライブラリー・オリジナルです。

目次

序論　リアリズム、モダニズム、そして宮澤賢治の物語

知覚できるということ、つまり、知覚の対象となること、知覚できる対象になること、そしてそれゆえに自分自身の外に知覚できるもの――知覚の対象物――を持つこと。知覚できることとは苦悩することである。

カール・マルクス『経済学・哲学草稿』

人間の身体の限界を越える世界を知る一つの方法がある。わたしはこの知覚の様式をリアリズムと呼ぼう。それによってわたしは、何か特定の文学的通念や芸術スタイルではなく、一つの信念体系をさしている。すなわち、気づかない世界が実際に存在していること、そしてそれと人間との関係を描くことが可能だということに対する信念である。この信念――ないしはそうした信念に対する期待――こそが宮澤賢治（一八九六―一九三三）の物語に命を吹き込んでいる。

宮澤賢治が書いた物語を読むことは、モダニティの中心的諸問題の一つ、政治的・倫理的重要性に満たされた問題と出会うことである。この著者の物語のビジョンを明確にしているリアリズム的衝動は、二十世紀初期の技術的変容と、こうした変容が可能にした自然科学における革命的発見に対する情熱的で共感のこもった反応になっている。日本の作家でこうした変化や発見を彼以上によく知る者は誰もいなかった。宮澤賢治の仕事はさまざまに重要な形で、再発見された古来の洞察、つまり人間は世界を身体を使ってだけではなく精神、想像力を使っても知覚しているということの道徳的な結果に焦点を当てている。自分が、精神と身体との、感覚と知識との、知覚と現実との歴史的関係における激変を切り抜けつつあることを預言者のごとく意識していたこの熱心な仏教徒の詩人・土壌学者は、十九世紀の「実証主義」が持つ知覚の直解主義に対するアインシュタインの有名な「リアリズム的」反応を共有していた。磁針の動きに対する子供のころの反応を思い出しながら、「物事の背後には、深く隠された何かがあるに違いない」とアインシュタインは書いた。*1

リアリズム——わたしが使っている意味で——は、人間の経験の外にある世界を心に思い描くが、それはまた、その世界を知り描写することができる、その世界と関わることのできる、人間の能力をも含意している。これは厳密に科学的な関心でもなければ賢治だけのものでもなかった。二十世紀初めの何十年間か、産業と科学技術が「観察」と「客観性」の意味を変容させるにつれて、日本中のモダンな作家と詩人は、人間を、他の人間と、人間以外の存在と、そしてこの世界の物事と結びつけているものを捉えようと努力していた。それらを関係性の進化してゆくネットワークとして、彼らもまた見るようになっていたのである。

日本で、文学におけるモダニズムのもっとも多産で創造的な時期だったと広く認められている大正後期と昭和初期はまた、外に向かっての審美的な移行によっても特徴づけられ、作家たちは「私小説」の閉鎖的で自己中心的な関心に背を向け、外の世界の政治的・倫理的要求に正面きって向かいあった。重大なイデオロギー的相違にもかかわらず、日本の文学上のモダニズムの重要な作品――横光利一（一八九八―一九四七）によって捉えられた帝国経済の分裂した肖像から、谷崎潤一郎（一八八六―一九六五）の写真的、映画的な妄想にいたるまで――は、分かちがたく自然でもあり歴史的でもある――どちらも人間の身体という知覚の限定要素、人間の言語の限界、社会的対立の諸法則を規定し超越していた――外の宇宙を描きたいという共通した野望によって結びつけられているように見える。[*2] 作品自体は、こうした代表的な作家と結びつけられるざらざらした手触りや陽気な都会のイメージとは遠く離れたところにあるとしても、宮澤賢治はモダニストの伝統と「リアリズム的」衝動の深い論理の中に堂々と位置している。

初めのうちは、審美的モダニズムと「リアリズム」の結合は読者に見当違いという印象を与えるだろう。この時期の日本のモダニズム文学を研究してきた学者たちは、これらのテキストの多くに重ね合わされる「不確実さ」、「分解」、「断片化」という要素を、まったく正当な理由から、疎外であると、「非現実的」なものに対する一般的関心のしるしであると見なしてきた。[*3] 審美的モダニズムを、言語的・知覚的表面に向けられ客観的現実からは遠ざかった、反リアリズムの一変形として性格づけることは、こうした作品の主観的な破れ目や幻想に学者たちが置いてきた強調を説明している。実際、こうした反応に対して近代的経験というスペクトラムの中にその正当な位置を合理的に与えないことは誰にもできはしないだろう。しかしこの時期の、様式的にも主題的にももっとも大胆だった作家たちにとっては、知覚的・文化的衰弱という分裂的なトラウマ——主観的・表現的危機という双子の概念に体現されている——はただ事の半面にすぎなかった。宮澤賢治による天体物理的現象と人間—野生の関係の繊細な描写が、方程式のもう一方の側のよい例になっている。これらの物語は、今でも読者たちが注目せずにはいられないと思うような形で、感覚の経験の混沌を客観的全体性の想像上の——感覚を超えて存在するがそれでも現実的な——輪郭に対して平衡させている。

ここで、精神的・文化的な衰弱という含意をもつ英語の 'breakdown' という言葉の日常的な意味を一時保留して、それを化学者だったら考えるように考えることは有益だろう。つまり、分析の方法、理解の手段として。自然［物質］科学者にとってある対象なり過程なりを break down ＝分析することは、それと世界との真の関係を否定することではなく、それを理解することである。重要な形で、この時期をはっきりと示す日常の道具や技術装置は、まさしく世界を断片化し、そして意味ある抽象として組み立て直すことで、社会と自然の諸関係に新たな洞察を提供する。この同じ科学技術が可能にもし具体化させもした理論物理学が、宇宙と原子以下の領域で作用している奇怪で矛盾した諸法則を「見えるように」するために抽象と非模倣的（non-mimetic）モデルにますます依拠するようになっているのは、決して偶然ではない。二十世紀初頭に物理学の学会誌の頁《ページ》を競い合って埋めていた原子に関する説明は、ある意味で、多数の全国紙の第一面を飾った、選び抜かれ図解された「世界像」――まさしく電報が実際に電子を制御することによって可能にされた――にその日常的な相等物を持っていたのだ。理論物理学者に劣らず近代の読者にとっても、抽象は世界を理解し、描写し、そして「見る」ために、必要不可欠な道具となっていたのである。

この技術的変容と科学的発見を背景にして日本の審美的モダニズムは、表現上ないしは主題的な崩壊の機会としてではなく――言い換えれば明示性への衝動の弔鐘としてではなく――知覚上のそして明示性の拡大という、特異で変則的な機会として現われる。このことは宮澤賢治の子供の物語に確かに当てはまる。この研究で扱われるそれぞれの作品はそれ自体に記された内容に、観察ということの拡大された定義、つまり、直接の身体的経験の本質と規則とが染み込んではいるがその限界によって包摂されてはいない知覚という概念、が持つ倫理的内容を探求する。まさにこの視覚に訴えるもの vision と幻想的なもの visionary との融合こそが、賢治の物語が、別個の対象と諸個人にではなく、それらのあいだの関係に焦点を当てる客観性のイメージをその頁の中に組み立てることを許しているのである。この研究の中で私が分析するために選択した物語は、客観性のこの「より高度な」形態に憧れ、抽象を、距離を置くための手段としてではなく、関わり合いと相互の変容を描き出すための方法として利用しているといってよいだろう。この基本的な意味で宮澤賢治の創作は、日本のハイ・モダニズムのほかの傑作と、弁証法と呼びうる種類のリアリズム——フリードリッヒ・エンゲルスが「相互結合の科学」[4]と言ったものの文学版——によって結びつけられる。

　宮澤賢治のようなモダニストが世界と「弁証法的に」関わり合うと言うことは何を意味するのだろうか？　すでに古典といってもいい『すべて堅固なものは空中に溶けて消える』の中でマーシャル・バーマンが近代の環境と経験について「不統一の統一」を形作っていると語るとき、彼は自分が述べていることが実際には統一でもなんでもなく、「絶え間ない分解と更新の、闘争と矛盾の、曖昧さと苦悩の、大渦巻き」、バーマンによって有名になったマルクスの『共産党宣言』の中の句を使えば「すべて堅固なものは空中に溶けて消える」世界なのだということを明らかにする。実際、マルクスの言葉の詩情を強調することで——そして近代化の社会的過程についてのこの描写的な言い回しを自らの研究の表題とも反復句としても採用することで

――バーマンはこれらの言葉が表わしている加速させられた不安定さの感覚に対する読者の注目に焦点を合わせ、それらの狂騒的な調子を審美的モダニズムそれ自体の署名へと変形させた。だとすれば、バーマンの分析においてマルクスのモダニズムとの関連は、最終的には修辞的スタイル――「息の切れるようなペース」であるばかりでなく「あらゆるものが相反するもので充満した世界を表現し把握する」ために「それ自体に敵対する素早さ」をも示す文学的な「声」[*5]――の輪郭に等しくなるというのは驚くべきことではない。

明らかにバーマンの研究に恩恵を受けてはいるが、この本は異なった経路を進んでゆくだろう。バーマンによる声の強調は、有益ではあるが、それは、モダニストのテキストの描写的内容には何も安定したものはないのだから、それが指し示しているものは、それ自身の言説的表面とそれが描き出す混沌とした知覚的反応を除いては何ら「現実的」ではない、という結論を招来する。たとえば、まさにこの声に焦点を当てることが、バーマンがカール・マルクスとフリードリッヒ・ニーチェとのあいだに描く、穏やかならぬ、そしてついには人を誤りに導く繋がりを与えるのだ。これら二つの偉大な精神は、現代史との「皮肉で弁証法的な」関わりを通して表現された「現代生活に対する似たような声と感情」を共有していると彼は言う。[*6]それでもわれわれは、まさしくニーチェが自分自身のモダニストの声に魅了されたように没頭することで最終的には、歴史的ないしは倫理的「主体」という考えそのものを――「大衆の精神」の形而上学的虚構として——否定するに至るとき[*7]、この修辞上は「弁証法的な」繋がりがどれほど重要になりうるのか、とみずからに問うてみなければならない。彼の時代の知覚の直解主義を反映して（そしてわれわれ自身の時代のポストモダン的懐疑主義を先取りして）、ニーチェの反形而上学的姿勢は、物事の表面下にあると称されるものをことごとく一纏《ひとまと》めに否定することの一部として「主体」に抵抗する。『道徳の系譜』において彼は「そんな下層などまったく存在しない」と繰り返したためらいがちに否定した。「行動、達成、生成の背後に「存在」などまったくない。「行為者」とは「行為」につけ加えられた単なる仮構に過ぎない……」。同じ一節でニーチェは、彼の立場が現代科学に対してもつ反リアリズム的含意を明確にし、原子の存在そのものを、「あの小さな取り替え子、「主体」」の科学版だとして否定することを引き受けるが、これは思いがけずも彼の有名な同時代人である物理学者エルンスト・マッハ（一八三八—一九一六）の実証哲学を反響させた断言である[*8]。

しかしながらマルクス自身にとって、そして日本のハイ・モダニズム時代のもっとも重要な作家たちにとって、私が弁証法的思考と呼んでいるものは、下に横たわる現実のない——行為の背後に「行為者」を持たない——純粋に表面だけの世界を意味するわけでは決してなく、その代わりにどんな「行為者」も社会的・物質的諸関係と独立しては存在しえない宇宙を思い描く。本書は、マルクスによるのちの審美的モダニズムに対する大きな貢献は、文学の声の息を切らせた抑揚の中にではなく、認識論的かつ存在論的確信の遥かかなたにまで達する地平に見出されるべきだ、という主張から出発する。マルクスに関してモダニスト的――そして宮澤賢治のような日本のモダニストたちに関して「マルクス主義的」――なのは、関係のリアリズムの革命的形態であり、それは人間性が物質的諸関係の永遠に進化するネットワークの中に客観的に、そして相互に依存して存在することに対する信念ばかりでなく、この現実を知り、その歴史の真価を認め、その中に「客観的に」位置を定めようとすることに対する信念が下に横たわっていることを含意している。この意味でのリアリズムは人間の身体の限界を、こうした限界を消去することによってではなく、まさしく、その限界に特有な形の中に、より大きくそして相互に繫がり合った宇宙との意思疎通の証拠を理解することで打破する。

まさしくこうした背景において人間の感覚性は、たとえ矛盾しているとしても、決定的に重大な意味を帯びる。五感はマルクスに――それがマッハのような実証主義者やニーチェのような道徳的相対論者に対して掻き立てた懐疑論とは対照的に――人間の経験の外にある客観的世界の現実的存在ばかりでなく、その世界の中に人間の体が物質的かつ客観的に含みこまれていることも証明した。「知覚できるということ」とマルクスは『経済学・哲学草稿』の中で書いた、「つまり、知覚の対象となること、知覚できる対象になること、そしてそれゆえに自分自身の外に知覚できるもの――知覚の対象物――を持つこと」。他のさまざまな対象物と共有している世界の中で「対象物」であることは、マルクスにとっては人間の経験の本質的な部分となった。「何かある第三の存在にとってそれ自体が対象でないような存在はそれの対象にとって存在を持たない。つまりそれは知覚の対象として関係していない」。対象性はこれら初期の著作に認識論的態度として、感覚の経験として、姿を現わすが、また存在の極印としても姿を現わす。「非対象的存在は無である——非存在である」[*9]。それだから、マルクスが最終的にそして謎のように、「知覚できることとは苦悩することである」と結論するとき、「苦悩する suffer」という言葉は、その意味の幅全体において理解され、ロバート・C・タッカーが忠告するように、「耐え忍ぶ」——他のものの行為の対象となるという意味」も含まれなければならない[*10]。

知覚できることとは苦悩することである。本質的な形で、宮澤賢治と日本における彼と同時代のモダニストたちの物語は、五感そのものが科学と産業の変容を通して途方もなく大きく突然の変化を経験するときにこの陳述が獲得する意味を探求する。近代の科学技術によって作り上げられ、目に見えるようにされた新しい社会的・地政学的諸関係は、十九世紀半ばの電磁気学的実験と結びついた「エネルギー場」[☆1]という概念によって明らかにされることで新しく認識可能となった自然の諸関係から、まるごと切り離すことはできない。一八九五年のX線の発見、一八九六年の天然放射能の、そして一八九七年の電子の発見は、たとえば以前の写真の発明にすでに内在していた知覚的かつ形而上学的な難題をただただより難しいものにするだけであって、一九二〇年代、三〇年代の一世代の科学者たちに――文学上の同時代人たちと驚くべき類似を見せて――物理学者坂田昌一が、その「弁証法的構造」――どんな物体も最終的でも分割不可能でもなく、つねに何かそれ以上のものがあるという――にもとづく「自然の新しい認識」と呼んだもの[*11]を発展させることを強いた。だから、マルクスの強く印象に残る言葉によれば、「現在に至るまでの世界の全歴史の仕事」として理解される「五感の形成」は、そうした感覚の、器官としての限界を越えた歴史的拡大を含まなければならないのだ。[*12]

現代物理学によって明らかにされた新しい現実と、一世代の詩人や小説家が描きはじめた現実との繋がりは、きわめて根底的なので、影響という言葉を使って扱うわけにはいかない。むしろ科学者と詩人は、いわばモダニティそのものと切り離すことのできない観察のための文法を共同して発見しつつあったように思える。この類似を強調することで、しかし私は、近代の日本における科学と文学とのあいだに存在する（そして存在した）社会的分割を「和解」させようとしているのではないし、ジョウゼフ・マーフィーが当時の議論におけるこの二つの専門分野のあいだの「滑稽な非対称」と呼ぶもの[*13]を正そうとしているのでもない。そうではなくて、この相同関係の重要性は、これらの時代に科学と文学とに共通していた歴史的野望――現実の知覚的直接性を受け入れようともするがまたそれを乗り越えようともする衝動――を暴き出せる可能性にあるのだ。知覚できることとは苦悩することであり、それは、「すべて堅固なものが空中に溶けて消え去る」、絶え間なく分解している世界の影響を耐え忍ぶことを意味する。しかしながらもう一つの意味では、それは物質的分解をそれとして認めることである。つまり、自然と人間の歴史を堅固なものの空気に対する関係として見ること、溶解の過程そのものを現実として認めること、そしてこの過程を表現と信念の対象として取り戻すことである。

この現実主義の衝動こそが散文作家に、大正小説の自分の周囲の些事《さじ》に対する没頭から、ハイ・モダニズムの、外に向かう抽象的な論理――つまり、私が非模倣的指示性の言語と呼ぶもの――へと向きを変えさせたのだ。宮澤賢治にとって抽象の言語は現実世界の分解のしるしではなく、それとの結合の神聖な表現形式に等しかった。辺鄙《へんぴ》で貧しい東北地方の農学校の化学と土壌学の教師であった賢治がエネルギーの物理学に魅了されていたことは、自然淘汰による進化というダーウィン理論に早くから触れていたこととあいまって、人間中心の世界からの詩的離脱の基礎を形作った。賢治の詩と自然の物語は、心に深く抱いていた仏教的宇宙論の倫理的内容を、新しい科学理論が世界における人間の相対的地位について与えていた物質的洞察と対比させて進んで評価しようとすることからその力を引き出していた。ディープエコロジーの創始者アルネ・ネスならば「全体的見方」と呼ぶかもしれないものである。*14

（死後になってからだとしても）至極人気のある「銀河鉄道の夜」（一九二三―三三年）の奇妙な化学と銀河のイメージから、作品集『注文の多い料理店』（一九二四年）の人間―野生関係についての心をかき乱すような物語まで、そして「なめとこ山の熊」における狩猟行為の優しい描写に至るまで、宮澤賢治の作品は審美的モダニズムの関係のリアリズムをそのもっとも過激な帰結に至るまで推し進めるのだ。幼いころに賢治は人間の物質性という事実を広範にわたる倫理的確信として吸収し、人間の、人間以外の生き物と無生物の世界との相互依存的関係を――もっとも「風変わりな」子供の物語の中においてさえ――率直に描写した。この作家は芸術的経歴の大部分を費やして、科学の専門用語から民話の一見したところ単純な言い回しにまで至る言葉遣いで、物質的相互作用という単純で有機的な事実――マルクスが「代謝関係」[15]と呼んだもの――によって暗示される道徳的・政治的帰結を探求したように思える。

実際、人間の物質性に対する賢治の詩的取り扱いは、ジョン・ベラミー・フォスターが『マルクスの生態学――唯物論と自然』の中でマルクス自身と重ね合わせた生態学とたやすく関連させられるだろう。マルクスとダーウィンという、彼が「十九世紀の二大唯物論者」と呼ぶ人たちの研究を中心にして自らの議論を組み立てたフォスターは、現代の緑の「環境にやさしい」理論に蔓延するさまざまな反科学的な調子に、「唯物論と科学の両者の発展が生態学的な思考方法を後押し――いやそれどころか可能に――したと」論じることで公然と反対する。[16]フォスターの研究は、哲学的「理想」からのマルクスの離脱をどんな環境計画の深層構造にも決定的に重要なものとして認める。フォスターが示唆するように、もし生態学が「地球との精神的な結びつきも含めて精神的概念がいかに物質的・地球的状況と関連しているか」を理解するよう求めるとしても、大いに研究されている賢治の仏教徒としての敬虔さではなく、作品における科学の中心性こそが、その生態学的な内容の真の根本を決定している。[*17] 根本のところで、賢治の最大の「環境的」洞察は、存在の普遍的状況としてのというよりも、地域的で歴史的な問題としての苦悩のほうにまだしも関係している。彼のいちばん愛されている童話の多く――本書で検討されるものも含めて――は、まさしく人間の歴史的存在を可能にしている、人間以外の生物とのこうした物質的関係が崩壊することをその主題としているのである。今日の環境論者が「持続可能性」と呼ぶものからの逸脱である。

東京での短い滞在を別にすれば、賢治は生涯のほとんどを生まれ故郷である岩手県の田舎を背景にして暮らしたが、これは「日本のモダニズム」と「都会の日本」をイコールで結ぶ標準的な方程式に抗する伝記的事実である。彼の詩や物語は、近代生活の科学技術――列車や発電所、望遠鏡や電信線の有名なイメージを伴った――に対する生涯にわたる関心を示しているが、賢治はこうした科学技術に体現された物質的洞察を、この時期の文学に典型的に結びつけられる国家の統一だとか階級の団結だとかいったイメージよりもはるかに複雑な、全体性の理想に対して適用したのだ。

宮澤賢治の物語では「社会的全体性」は自然の世界そのものとそれが含むすべてのものを意

味した。電信柱の天辺にとまったスズメ、宇宙の真空の中で渦巻く銀河のガスの分子、鹿の脈打つ温かい心臓。賢治の作品を通して、現代の生態学が、審美的モダニズムの新コペルニクス的直感の生きた遺産の一つであることが明らかになる。実証主義への嫌悪がここでは現代のもっとも強力な倫理的衝動と分かちがたいものの一つとして姿を現わす。人間には見られることなく生き、死ぬかもしれない世界を現実として思い描き、抱きとめることである。都会にいた多くの同時代人たちと同様に、アインシュタインの相対性理論——とりわけチャールズ・スタインメッツの本による講義と非ユークリッド的図解において説明されたそれ——にひきつけられ、また二十世紀初めの生物学者丘浅次郎（一八六八—一九四四）の革命的理論に深く鼓舞された賢治は、理論物理学と生物学の洞察を先例のない巧妙さで結びつける。「相対性理論と量子論が教えるいちばん重要なことは、世界は関係性の進化してゆくネットワーク以外の何ものでもないということだ、と私は信じている」と物理学者のリー・スモーリンは二〇〇一年に書いた。[*18] 福島の惨事の約八十年前に、そして政治家たちが「気候変動」などという言葉を発するようになるはるか以前に、この物質的教えの詩的・道徳的意味を探求したのは宮澤賢治の特異な才能だった。

　相互関連というビジョンに終始生気を吹き込まれた賢治の作品は、注意深く自然の「調和」という感傷主義を避ける。日蓮宗の救済の教えに公然と関わっていたことはよく研究されているが、賢治の詩や物語は無批判の神秘主義の壮大な統一には直感的に抵抗し、その代わりに種と種のあいだの、生きた有機体と非有機的な過程とのあいだの、この世の中の文明化されたものと野生のものとのあいだの、相互依存と対立とに焦点を合わせる。ここには自然の世界そのものに適用されたモダニズムの弁証法的洞察がある。結びついているが一つではない。賢治の作品は、モダニストの美学に根ざしてはいるが決してそれによって保証されたわけではない、倫理的に細やかな感情を反映している。スティーブン・スペンダーが、同時期のもう一人のまったく異なった種類の作家の中に認めた「暗い謎」の魅力である。D・H・ロレンスについてスペンダーはこう書いている。「彼は外と内とのあいだの区別は神聖であるという感覚を持っていた。内面的な生活は外の生活に対処しなければならないが、外の世界が作家の内なる世界になってはいけないということ。彼にとって知覚が知覚されるものから、人が自然から、そして他の人々から、分離して別個のものであるという考えは神聖だった[*19]」。

そしてそれは賢治の世界においても同様である。知覚する主体と対象物、描写と描写されるもの、人間経験と人間ではない世界の広大さとのあいだには隙間が残ったままである。神聖なのはその隙間そのものの謎とそれを越えて反対側を見ることができる想像力に富んだ能力である。

最後に、個人的な覚え書きとして、宮澤賢治に関する私の研究を日本の読者に紹介するために骨を折ってくださった、今福龍太、小森陽一、龍沢武をはじめとする人々、そしてこれを本の形にしてくれた平凡社の編集者の皆さんに感謝の意を記したい。

I　近くのものと遠くのもの——宮澤賢治の物語における地理と倫理

天の空間は私の感覚のすぐ隣りに居るらしい。

——宮澤賢治「インドラの網」

それだから、社会は人と自然との物質における完全なる一体性——自然の真の再生——であり、人の自然主義と自然の人間主義とがどちらも達成されたものなのである。

——カール・マルクス『経済学・哲学草稿』

現代の日本の読者にとって、谷崎潤一郎の退廃的なエロティシズムや横光利一の冷徹で厳格な地政学的反芻と、宮澤賢治の童話の中に見られる口をきく動物の世界や星ぼしのあいだの幻想とを並べて置くことができるような分析の範疇を想像することは困難かもしれない。今日、生まれ故郷の花巻で郷土の偉人として称揚され、岩手県の地域観光産業によって東北地方の穏やかな民衆の叡智として売り込まれている賢治は、生前の彼を特徴づけていた相対的な無名さから、死後の大衆的人気という皮肉な頂点へと登りつめている。[*1] その過程でこの作家は、彼が生き、書いていた時代の特徴を示す、社会矛盾やイデオロギー的危機、芸術的実験などからは遠く切り離されたイメージを獲得してしまった。

文豪として祭り上げられたすべての作家たちと同じく、宮澤賢治は文学研究と商業出版の機構を生き延び、絵本や、いくつかの現代化されたペーパーバック版、そして一九九五年に出版されたきわめて詳細な注がついた『全集』の頁の中で不朽の名声を与えられている。[*2] しかしそれだけでなく、賢治の作品の言葉とイメージは、グリーティング・カードやカレンダー、食器など、パステルカラーの領域全体にわたって増殖し、流通するようになっている。ギフト・ショップでの共通語になっているのである。しかし、消費というつねに拡大してゆくこの領域が持つ中和効果に対抗して、賢治の物語と詩を、革命という意識に——二十世紀初めの何十年間かの、ほかに類を見ないような根底的で急進的な認識論的・政治的洞察に——根ざしたものとして認めることは決定的に重要である。実際、私が今までこの研究の中で、日本の文学上のモダニズムの輪郭を明確にする特徴だと証明してきた、[☆1] リアリズムの性癖である対抗的文法をより雄弁に語っている作品群はほかにはないのだ。

宗教意識に関しては通例奇人として描き出される賢治が、若いときに日蓮宗へと改宗した（家の宗教であった浄土真宗を捨てた）ことは、いまだに多くの批評家にとって彼の人生における中心的事実である。ある批評家たちにとっては、この作家が生涯にわたって『法華経』に帰依したことは、膨大で不可思議な作品群を解釈する最終的な鍵にまでなっている。しかし、もし賢治が本当に、マロリー・ブレイク・フロムが言うように「ブレイク流の小預言者で、視覚上・聴覚上の超自然的なものの訪れを受けていた」[☆2]としても、これらの予言を含む詩や物語は、フロム自身が認めているように、しばしば化学や生物学、物理学の言葉を話す。[*3]たとえどれほど『法華経』の、世界の救済と宇宙的統一のイメージが反響していようとも、賢治の倫理的ビジョンの特異性は、もう一組の「聖なる」テキストを参照することなしには理解できない。たとえば、チャールズ・スタインメッツの相対性理論に関する論文、あるいは片山正夫の『化学本論』（一九一五年）である――賢治はこの本を身辺から離したことがなかった。[*4]

経験をつんだ研究者で教師であった宮澤賢治は、生涯を通して、広範にわたる想像力にとんだ、しかし厳密なまでに詳細な関心を、自然科学のさまざまな発見に対して保ちつづけた。一九一八年、盛岡高等農林学校――現在の岩手大学農学部――の研究生だった二十三歳の賢治は、故郷である稗貫《ひえぬき》郡の地質調査と地形図とを発表した。[*5]故郷の野山を徒歩で歩き回り、その隠された歴史の輪郭を図示することは、実用的にも詩的にも重要な意味を持つ経験となった。農業化学の教育を受けたこの作家は、土地の表面と深層を、物質的特徴だけでなく、無生物の世界とそこに存在する生きた共同体とのあいだの「社会的」緊張にも注意を払いながら通ってゆくことを自ら学んだ。身体的な苦労――この時期すでに最終的に命取りとなる肺の病に罹《かか》っていた――は、この地図作りの計画に求められる抽象的な認識の努力とあいまって、社会的なものに対する賢治の特異な考え方を何か深い形であらかじめ示していたように思える。物質とエネルギーの法則に依存してはいるが、それに還元することはできない一連の諸関係である。

賢治の志向は、はじめからひどく局所的だった。彼の詩も物語も、日本の北緯四十度線、岩手県という世界、の文化だけにほとんど限定されている。しかしそれと同時に、岩手の落葉広葉樹と常緑樹の森、そこの動物、方言、川や畑は、賢治の世界では、そのこまごまとした一つ一つに全世界の歴史が含まれる小宇宙の構成要素になる。[*6]「イーハトーブ」――何かエスペラント語風なもじり――という名前を与えられた岩手は、超越的な存在であり、賢治の物語と詩の世界の民族的・国家的に曖昧な位置を引き受ける。何度かの短い東京滞在を別にすれば、作家自身はその生涯のほとんどを岩手で過ごした。しかし賢治がこの生態圏に閉じこもったことは、彼と同時代のモダニストたちの多くがそれから逃れて都会へと移ったような田舎気質と同等視することはできない。彼の作品は、地方の独自性に対する規律ある注目と、初期の地質学的・地理学的な活動が実際に育《はぐく》むのを助けたであろう（時には青臭いような）野心的な普遍主義との双方を反映している。後に郡立稗貫農学校[*7]で化学、土壌学、穀物生産を教えながら賢治は、分子による諸現象、地質学的歴史、そして人間文化のあいだの関係の実用的な理解を進展させ精緻化させつづけたが、この理解がやがては彼の文学的ビジョンの核となるのである。

賢治の夥しい作品のうち、短い生涯のあいだには（彼は三十七歳で死んだ）、ほんの一部しか出版されることはないが、その語彙と知覚の傾向の独特な「科学的」趣《おもむき》は、この作家のもっとも強力な財産の一つとして、最初から姿を現わしていた。一九二四年、まとまりのない実験的な詩集『心象スケッチ　春と修羅』を（自費）出版したすぐあとに、評論家の辻潤はこの感受性の新鮮さを認め、この若い詩人を「特異な個性の持ち主」[*8]と称讃した。同じ年のもっとあとになって、雑誌『日本詩人』の記事の中で佐藤惣之助は賢治のことを、当惑した感嘆をこめて「彼は詩壇に流布されてゐる一個の言語も所有してゐない」[*9]ように見える天才詩人だと述べた。宮澤賢治は「気象学、鉱物学、植物学、地質学で詩を書」き、同時代には並ぶ者もない「冷徹」さを表わしたと佐藤は読者に語った。実際、天沢退二郎が述べたように、賢治は生涯にわたって批評的・商業的には辺縁から書いていたにもかかわらず、彼の詩は一九二〇年代の日本中の作家や詩人たちによって、たとえ「密《ひそ》かに」ではあれ、広く真価を認められていて、何よりもその奇妙な観察に基づいた明晰さによって称讃されていた。[*10]しかし何よりも、執念深い森や、悲しく威厳のある熊、悲嘆にくれた信号機などが出てくる童話こそが、賢治の科学的なものの見方の真の重要性を明らかにしている。どれほど空想的であろうとも、これらの物語はもっとも根底的な形のリアリズムの批評力によって活性化され、有機体と実在物、そして過程は、人間の知識や知覚からは独立して存在できるし、事実存在しているという単純な考えを伴った倫理的重みを荷わされていた。

童話集『注文の多い料理店』(一九二四年)の序で、賢治は有名な説明をおこない、自分の話は作り事でも実際の描写でもなく、「もらつてきた」ものだと述べている。「これらのわたくしのおはなしは、みんな林や野はらや鉄道線路やらで、虹や月あかりからもらつてきた」[*11]と彼は読者に語った。作者は読者にこれらの物語を、厳密に言えば創作としてではなく、ある特別な時と場所という条件下でなされた発見の忠実な記録だと受けとめてくれるよう求める。つまり、「かしはばやしの青い夕方を」通りかかったり、「十一月の山の風のなかに、ふるへながら」[*12]立っているときに。賢治の作品の批評的範囲を認識するには、これらの文章を、ある意味で、たとえ遊び心ではあっても、リアリズムの帰結に対する文字どおりの証言として受け取ることが必要不可欠である。これらの物語は、人間主体との関係を超えて、それ自体の歴史を経験してきた(そして経験しつづけている)が、それでもやはり深く人間と関わっている世界に居住するとはどういう意味なのかを考えるようわれわれに求める。賢治の創作——気取って言えば光波とスペクトル効果の遺産——は、科学哲学者のロイ・バスカーが「知識の自動詞的対象」[*13]と呼ぶものの探求を中心にして築かれているのだ。
バスカーにとって――彼は科学に社会的な面を認めるが、それは科学がもつ多くの側面のひとつとしてである――自動詞的対象とは、社会の構成物へと還元不可能で、単に人間が認識する歴史の産物ではないような、まさしくそうした実在かつ機構である。光の伝播、電気分解、あるいは重力作用の過程は、それらの他動詞的相対物――理論、パラダイム、あるいは探究の方法――とは違い、この世の中に人間の知識とは独立して存在し、振舞う。これらは実際、バスカーが「現実的なる物」と呼ぶもののまさに土台なのである。バスカーが彼の古典的な著作『科学の実在論　*A Realist Theory of Science*』でほとんど象徴的に述べたように、「われわれは、科学的知識の自動詞的対象を含むがそれらに対する知識を生み出す科学を一切持たない……われわれの世界に似た世界をたやすく想像することができる。これまで存在した、そしてまた生じるかもしれないそうした世界では、現実は代弁されることはないだろうが、それでも物事はありとあらゆる方法で振舞い、相互に影響しあう……。そうしたものに関する知識を生み出すニュートンも「パウル・」ドルーデもいなくとも、潮は相変わらず満ち引きし、金属は今そうしているように電気を伝えているだろう」[*14]。賢治の創作は、バスカーの「超越的リアリズム」の哲学と同じで、その批判的・倫理的強調のすべてを、人間によって構築されたのでもなければ必ずしも直接的に知覚されたのでもないが、それでもともかくも発見されるべく存在している現実という概念においている。

この視点からすれば、今はまだ「代弁されていない」世界に語らせることが詩人や作家の役割である。しかし、そうした傾向は、ひどく甘ったるい類《たぐい》の子供の作り話と結びついた感傷的な擬人化よりも、はるかに多くのものを示唆する。それどころか、賢治の芸術に対する理解は、バスカーの超越的リアリズムの核心において作用し、そして実際モダニズムそのものの核心において潜在的に作用している観察上の逆説の理論的帰結を追求する。人間の文化を人間以外の生き物——非生物まで含めて——の世界と会話させる物語は、人間の参照枠という特殊な境界を暴き出し、超越する。この土着主義的なリアリストの洞察が宮澤賢治の文学世界にあらゆるレベルにおいて生気を吹き込んでおり、暗く捉えどころのない世界の中で人間文化の相対的な位置を突き止めようとする共通の衝動によって彼の詩と物語を統合している。自動詞的な世界に語ることを許す——たとえば「鹿《しし》踊りの始まり」（一九二四年）におけるように風によって語られたり、あるいは「狼森《オイノもり》と笊森《ざるもり》、盗森《ぬすともり》」（一九二四年）におけるように地質学上の構成物「巨《おほ》きな巌《いわ》」の視点から話される物語を通して[15]——ことで、賢治は読者にすべての物語はどこかから語りかけているということを思い出させる。もし人間の知識が人間経験という局所的な限定要因によって制限されているとしても、より広い全体性の中に人間の場所を決定しようとする努力——航海者にとって必要不可欠な三角測量の技術に喩えられる操作[16]——そのものの中でこうした限界は溶解しはじめる。三角測量をおこなうとは知覚の限界を知ることである。しかしそれはまた、計算という行為、すなわち関係性の正しい理解を通じてこうした限界を乗り越える可能性をも含意している。そうだとすれば、その根本において賢治の作品の多くは航海という隠された構造を獲得する。詩を書いたり物語（とりわけ童話）を語ったりすることは、賢治にとって「自分の置かれた位置を確かめる」技術と不可分になる。

賢治の創作の多くに認められる航海者の三角測量術は、言い換えれば、単なる物語のテーマの微妙な輪郭以上のものを表わしている。実際、この航海の比喩は、遠大な倫理的展望の枠組みと、賢治の政治的予定表としか言いようがないものとを定義する特徴として役に立つ。一九二六年にこの作家は、花巻農学校で「農民芸術」に関しておこなったいくつかの講義のための覚え書きとして一連の簡潔な主張を組み立てた。「農民芸術概論綱要」という表題の下に集められたこれらの警句的な表明は、ある種のプログラムに従った展望、つまり賢治の美学を、社会変革の一つのモデルへと結びつける宣言をなしていた。今日の読者にとって、この小論を作り上げている謎のような声明は、あまりにしばしばその根底的・急進的な原子価を否定されている一群の作品の歴史的緊迫性に対する決定的に重大な洞察を与える。

「農民芸術」は賢治が、東北の農村から姿を現わす芸術的・社会的革命として思い描いていたものの輪郭を描き説明する。この省略法で書かれた文書から推定される、賢治が理想とする農民像は、自己実現を果たした個人というおなじみのユートピア的決まり文句、作家であり賢治の批評家である井上ひさしが述べた「朝は宗教者、夕べは科学者、夜は芸能者」として生きる人間「多面体」[17]、に従っているように見える。実際、この問題に関する覚え書きをまとめたまさにその年に、賢治は教職を離れ、ささやかな田舎の土地に居を定め、芸術的・教育的共同体である〈羅須地人協会〉を設立して、この理想を実現するためにあらゆることをおこなっていた。[18]「新しさ」が、筋の通った芸術運動ならすべてを正当化しつつあり、そして都市が芸術的試行と政治的変化の実験場と見られていた時代に、賢治はいかにも彼らしい豪胆さで前衛の中心地を離れて岩手の野と森へと向かい、そこで彼は一団の農民‐芸術家が空を舞い、「われらの直観」と「現代科学の実証と求道者たちの実験」との統一を認める「新しい美」[19]を生み出すのを思い描いた。この試論の包括的な言い回しは、こうした理想を追求するに当たっての著者自身の階級的優位さ――賢治は裕福な古着商で質屋の息子だった[20]――を偽って伝えているが、そうした伝記的矛盾はあっても、この文書の中心的概念がもつ無鉄砲さは変わることがない。思考し創作する個人で、同時にまた大都市のモダニティから遠く離れて住む貧しい農民という概念。「農民芸術」は詳細は避けながらも、芸術、科学、宗教の学問的・商業的分離を攻撃し、解決策として、農民自身だけでなく近代都市の人々をも解放することができる創造的な地方運動を提案している。「われらの芸術は新興文化の基礎である」[21]と賢治は、自らが暗に意図した耕作者たちの共同体に向かって率直に言明した。

しかしながら、この小論における社会の定式化に関してもっとも印象的なのは、それによって地方での日常の経験の質——田畑における耕作者の「灰色の労働」——が、宇宙の自然なエネルギーと遠く離れた物質に無理やり結びつけられる、不調和な抽象概念である。まさにここで賢治は、もしそれがなければ混同されてしまったかもしれない、当時の田舎の国粋主義的運動から自身をもっともはっきりと区別している。[*22]「正しく強く生きるとは銀河系を自らの中に意識してこれに応じて行くことである」[*23]と著者は息を呑むほど凝縮力のある口調で宣言する。物理学者で賢治研究家である斎藤文一にとって、この声明は銀河についての一つの新しい思想、銀河を何か人間から遠く離れて孤立したものとしてではなく「たがいに主体的実践的に」人間文化に関わり合う関係として知覚する方法、を表わしている。[*24]もっと一般的には、この謎めいた文はまた、新しい推論の構造の表明としても理解しうる。ここで、またこの試論の全体を通じて——時にはほとんど感知できないように——創造的産出と社会的解放のテーマは、場所の言語で表現される、雄大に思い描かれた「空間的な」問題へとなぜか変容させられる。

賢治は化学の教育を受けたにもかかわらず、物理学と天文学の最新の発展にとりわけ積極的な（たとえ非専門家のだとしても）熱中ぶりを見せた。「われらのすべての田園とわれらのすべての生活を一つの巨きな第四次元の芸術に創りあげ」るために仲間になれ、と聞き手に説き勧めるとき、賢治は、彼の詩と創作の全体を通じて見られる、ヘルマン・ミンコフスキーの幾何学的定式に対する奇妙にしつこい熱中を、ただただ何度も繰り返して述べているだけだった。ミンコフスキーは、アインシュタインの時間‐空間概念を表わす非ユークリッド的手段を提供したとされる数学者である。[*25] チャールズ・スタインメッツの、幾何学的説明と立体視による投影画のついた『相対性と宇宙に関する四講』(一九二三年)を読んで深く影響を受けた賢治は、時々、歴史と哲学のすべての大問題はアインシュタインの相対性という四次元の表現形式、時間と空間の抽象的な詩学、に還元できるという信念から書いているように見えることがある。[*26] 同時代のモダニストの多くと同じく賢治は、どんな単一の参照枠の範囲をも超えた世界、安定した統一性として知覚できる世界ではなく——物理学者リー・スモーリンの言葉を借りれば——「諸関係の進化するネットワーク」[*27] としての世界、を提案した。そして彼は自らの展望の集合的な特質を強調した——「新時代」を、それによって「世界が一つの意識という有機体になる」[*28] 過程と重ね合わせて——が、相対性の幾何学という賢治の計算された呪文は正確に、彼自身の集合的な論理を、進歩的であれ反動的であれ、その当時の他の大衆運動の画一的なイデオロギーから区別しているように見える。

　彼の最高の童話群の驚くほど難しいイメージの集合と同じく、「農民芸術」の抽象的な言葉遣いは、最終的には聞く者に対して統一のイメージと、バランスにおける無限の不均衡というイメージを抱くようにと要請する。「まづもろともにかがやく宇宙の微塵となりて無方の空にちらばらう」とこの文書は結末近くで述べている。「しかもわれらは各々感じ　各別各異に生きてゐる」。しかしこの不統一の事実に対して賢治は、それに続く簡潔な発言を、解答としてではなくむしろある種の神聖な謎として提出する。「ここは銀河の空間の太陽日本　陸中国の野原である……」[29]。そのより抽象的な要求の青臭い非現実性を撒き散らしながら、「農民芸術」は最終的に、宇宙そのものの無限に断片化された広大さに対する具体的な解毒剤を提出する。自分がどこにいるかを知れという単純な勧告である。全体的に見れば、賢治の詩や創作のすべては、この一文にこめられたイメージの探求として、場所に関する目の眩むような、望遠鏡的かつ顕微鏡的な謎についての持続した内省として、理解されうる。

谷崎潤一郎や横光利一の作品と同じく、二十世紀の産業資本主義の科学技術とイデオロギーの網の目が賢治の詩と創作を可能にした。しかし、これら他の作家たちによって図示された、商業的で官能的、そして地政学的諸関係とは違って、賢治の作品群の主題は決して宇宙そのもの以下の何かではなかった。その革命的宣言と調子を合わせて、賢治の物語や詩は、一方の産業資本主義の人間を中心とした社会的統一性と、もう一方の人間経験からは独立した「自然の」世界――現代科学と、産業的近代性と結びついた科学技術そのものとが、自ら理論化と計測とを開始していた「自動詞的」世界――とのあいだの緊張を描き出している。この緊張の倫理的・政治的な広がりが賢治の作品をあらゆるレベルで特徴づけている。この作家は、おそらくこの時代のどんな作家よりも、自然科学におけるもっとも進歩的な潮流の反実証主義的態度が、こうした科学が必然的に自らを押し込めている学問分野の限界をはるかに越えた意味を含んでいることを理解していた。遠く離れた星ぼしの化学作用と同様に、岩や鹿や松の木にそれら自体の歴史があるなら、これら人間にあらざる実在物は、意味のあるどんな社会的統一においても等しく「市民」に、どんな倫理的計画においてもその主体に、ならなければならない。「卵生であろうと胎生であろうと湿生であろうと化生であろうと」、つまり『法華経』の比類なき言葉で言えば、「有形」と「無形」、「無足」と「多足」はすべて衆生のうちなのである。[*30]

今日のディープエコロジー運動とは歴史的・イデオロギー的に異なっているとはいえ、賢治の作品は科学的リアリズムが、われわれが今日「環境倫理[*31]」と呼んでいるものの下に横たわる基本的な論理だと確認する役に立つ。芸術に関する彼の表明の形も、彼の創作と詩の世界の仏教的屈曲も、どちらもこの存在論的な（そして生態学的な）枠組みの外で思いついたもののはずはない。究極的にはリアリストとして、賢治は『法華経』の救済の智慧を奨励したのであり、芸術の革命的機能という概念を形作ったのであり、童話の中に描かれた暗く美しい物質世界を思いついたのだ。

そうだとすれば、賢治のリアリストとしての態度はヒューバート・ドレイフュスが現代芸術の「自然科学崇拝」と説明するものとは区別されなければならない。それは、「まるで科学がわれわれに語る根本的な粒子が、生活のあらゆる面で根本的な重要性をもっているかのように[*32]」、科学の及ぶ範囲の明らかな限界を無視しがちな見当違いの信仰なのだ、とドレイフュスは言う。賢治にとっては、単に科学が根本的な粒子についてわれわれに告げることが重要だったのではなく、それがこうした粒子に対するわれわれの関係について語ってくれることが重要だったのである。「農民芸術」論の（そして実際、彼の著作全部を通して）「四次元」という呪文が示唆するように、エネルギーの物理と相対性理論は賢治に、人間の感覚器の独特な限界について、そうした限界の認識論的超越の可能性――想像力そのものの救済力――を提示しながらも、簡潔で冷静にはっきりと表現する言語を供給した。言い換えればこの作家は、科学の最新理論の核心に「観察」の拡張された観念を深く意識していたのだ。賢治にとってこの概念――一部は感覚として、一部は計算として、一部は直感として――の科学的再定義は知識の新しい地平を可能にしたが、しかしそれとともに新たなる責任をもたらしたのである。賢治の観察の位置についての根本的構造こそが、彼の文学的ビジョンの倫理的・政治的内容となる。

　賢治のもっとも有名な童話であり、本章のテーマである「銀河鉄道の夜」ほど、この観察の位置の重要性が際立っているものはない。この謎のような物語の孤独な広がりの中で、星図や宇宙の模型、地図について繰り返される詳細な記述に、芸術がもつ「三角測量」の機能に対する賢治のかかわりが優雅な率直さで表わされている。実際、地図そのものが――一つの理念、美的対象、実際的道具として――この作品の中心的なイメージと、意味を明確にするための統語論を構成している。ジョバンニという少年がある晩、溺れた友人とともにあの世の入り口まで星間列車で銀河を横切る旅をする物語「銀河鉄道の夜」は、私がこの研究のほかの場所で「存在論的リアリズム」と呼んだものの論理によって動いている。この（未定稿ではあるが）広く認められた傑作は、ガートルード・スタインがピカソの芸術について言ったように、「目に見えるものではなく存在しているもののリアリティ」[*33]を表現している。そしてピカソのキュビスムの作品と同じく、賢治の物語が惑星や銀河の星座を渡ってゆくときの地図作成法上の構造は、その歴史的条件、つまり直接的観察可能性と存在との繫がりが引き裂かれた、科学的、技術的、審美的な歴史の一瞬間という条件の、反実証主義的原子価を明らかにしている。

ピカソが二十世紀の初めに、客観的現実という新しい考えに応えられる絵画の方法を定式化しようとして苦闘していた――そして最終的には、アーサー・I・ミラーの言葉によれば「知覚によるのではなく、概念による conceptual」芸術を生み出した――としても、その結果として生まれてきたキュビスムの幾何学的な名作は頑ななまでに対象指示的 referential でありつづけたことを思い出すのは重要である。[*34]『アビニョンの女たち』（一九〇七年）にしても『肘掛け椅子に座る女』（一九〇九年）にしても、それらの図解的な探求は、「概念的」側面があるとしても、認識可能な対象の世界を明白に指し示している。実際、これらの作品はその世界を描く、ことに全面的にエネルギーを集中していて、その空間と表面とを航行する新しい方法を提示している。そうだとすれば、重要な側面でキュビスムもまた、非模倣的だが完全に対象指示的な地図の言語、空間表現のもっとも古い慣習の一つ、に倣っているのである。しかし「銀河鉄道の夜」はこの地図作成法の文法をさらに一歩先に進めるのだ。地図の論理がその比喩的複雑さのすべてにおいて増殖することを許すこの作品は読者に、想像することはできるが決して完全に見えるようにはならない存在論的・社会的全体性となるものの中で、いかに「位置を図示するか」を教えている。実際、この物語が、どんな地図にも組み込まれた控えめな知覚上の皮肉を深く根底的に模倣しているということが、この物語の予言的な力の一部なのである。読者を同時にある空間の内にも外にも置くことができる地図作成法の能力を備えたこの作品は、想像力に「知覚」の必要不可欠な一面としての新しい正当性を与える。この物語の中では、想像力はものを無限に拡大するための道具となり、それによって遠く離れた現象すらが、親密性の美しく恐ろしい網の目の一部として理解され、それによって異質な実在と過程がわれわれを飲み込むのが見えるようになるのだ。

こうして、近接性の逆説的なイメージが、賢治の有名な物語のもっとも革命的な特徴、近頃になって初めて、はっきりとそれとわかるように「政治的」な姿を現わした文学的ビジョンの支配的テーマ、となる。有機的と非有機的な現象の、人間と人間以外の、空間と時間という構造におけるひどくかけ離れた座標の、不可解な合流を伴って「銀河鉄道の夜」は、ある意味ですべてがすぐ手元にあり、しかし決して同一性には還元できないような「社会的」世界を明るみに出す。一般に「自然な」と呼ばれている世界――雨と川の、電磁気力の、分子とひばりの――が、人間経験にとって異質でもあれば、ごく親しくその一部でもあることを暴き出している。

ここにいます

最新版[☆3]では「銀河鉄道の夜」は教室で始まる。

「ではみなさんは、さういふふうに川だと云はれたり、乳の流れたあとだと云はれたりしてゐたこのぼんやりと白いものがほんたうは何かご承知ですか。」先生は、黒板に吊した大きな黒い星座の図の、上から下へ白くけぶった銀河帯のやうなところを指しながら、みんなに問をかけました。[*35]

約十年間（一九二三―一九三三年）にわたって書かれ、繰り返し修正を加えられた物語の、この後期の――通例もっとも「完全」だとして出版されている――草稿は、有名な冒頭の頁から率直に教育的な物語だと明らかにしている。[*36]「大きな望遠鏡で銀河をよっく調べると銀河は大体何でせう[*37]」と教師はまだ答えられていない質問を明確にしつつつづける。

'Milky Way' という言葉はいくつかの点で、中国語‐日本語の「銀河」の不十分な翻訳ではあるが、英語でも日本語でもこの名前から喚起される、流れてゆく液体というイメージは、教師がこの一節で提出する問題を強調している。つまり見かけと現実との裂け目である。「このぼんやりと白い銀河を大きないゝ望遠鏡で見ますと、もうたくさんの小さな星に見えるのです。ジョバンニさんさうでせう[*38]」。この一見したところ議論の余地のない経験的発言をもって、「銀河鉄道の夜」は同時に視覚の正統性を支持しもすれば、その土台を掘り崩しもしながら始まる。教師の授業の中身から、決定的に重要な問題が静かに姿を現わす。大部分は視覚の範囲を超えて存在する世界で「見る」とは何を意味するかという疑問である。物を理解したければそれを見なければならない、と教師は生徒たちに教えているように思える。そのとおり、しかし自分の目でだけではなく。

文学の本質的機能の一つは、たとえ忘れられているにせよ――もっとも、一般に児童文学においてはそれほど忘れられているわけではないが——、その比類ない教育能力を中心に置いている。現代の批評家のほとんどによって退けられているとはいえ、フレデリック・ジェイムソンがごく最近われわれに思い出させたように、芸術の教育機能は、「さまざまな形で、ほかの美学にはほとんどなくとも、想像しうるあらゆるマルクス主義美学の避けがたい要因だったように思える」[*39]。そうだとしたら、読者に教えたいというその臆面もない衝動において、賢治が選択した童話というジャンルは思いもかけず、賢治の経歴でもっとも実り多かった時期にこの分野を支配していた、日本のプロレタリア文学運動と結びついた作品の重要な要素と重なり合う。賢治の読者の多く（おそらく大多数）は、実際、大人である。しかしそれは、この幅広い範疇をより意味深いものにしているだけである。すなわち、読者によってではなく形態によって限定された選択。童話というジャンルを選択することでこの作家は「教育」という形態で、実際は、政治と関わる芸術と審美的モダニズムの両者の中心的関心だったものをおおっぴらに語りかけることができた。下に横たわるリアリティという構造である。

　童話を書こうという賢治の決断は、言い換えれば、教育的であることとは、マルクス主義美学のだけでなく、想像しうるあらゆるモダニズム美学の「避けがたい要因」でもあることを暴き出す。空想的で一見したところでは非政治的なテーマにもかかわらず、賢治の童話は、ベールを取り除く、外見を超えた真実を回収する、という教訓的な構造をプロレタリア文学と共有している。「現実はつねにはるか彼方にあり、そしてこれは観念論者にとってと同じく唯物論者にも、プラトンにもマルクスにも当てはまる」とジョン・バージャーは書いている。[*40]ここで、バージャーがさらに進んでこの現実が「権力を持った者たちと対立している」と述べるとき、彼はその文脈において、あからさまに政治的な芸術についてではなく、バン・ゴッホの絵について語っているのだ、と言及しておくことは有益だろう。それだから、ジェイムソンがわれわれに、政治的芸術の重苦しく感じられる教育的構造、ダーコ・サビンの研究に倣って彼が芸術の「認識的」機能と呼んだもの、は実際、「それ自体でまた自ずと、深い美的喜びの直接的源泉に」、そして、分かちがたく美しくかつ破壊的に、なりうると思い出させるとき、それは逆の形で意味をなす。[*41]賢治の物語でもまた、教育的なものと審美的なものは切り離せない。実際この冒頭の章、「午后の授業」では、芸術の伝統的効用のすべて――教えること、感動させること、喜ばせること[*42]――が星図そのもののイメージの中に蒸留されているように思える。

教師の授業の焦点であり、物語の大半を占めることになる旅の行程表を最初に抽象的に垣間見させるものでもある星図は、物語の若い主人公ジョバンニにとって鋭い感情的な板挟みの原因でもある。このイタリア人のように聞こえる名前（物語の他の登場人物たちの名前と同じくカタカナで書かれている）は、賢治の架空の土地「イーハトーブ」の文化的な不定性を強調しているが、それはまた遊び心たっぷりに十六世紀イタリアの偉大な天文学者たちを思い起こさせる。[☆4]

教師が推測しているとおり、ジョバンニは銀河について彼がした質問の答えを知っているが、答えるにはどうしても自信がない。父親が不在で——北で漁船に乗っているか、明らかにされない罪で投獄されている——ジョバンニは放課後、母親を助けるために働かなくてはならず、勉強に差支えが出ている。今は同級生からのうんざりするような嘲《あざけ》りの対象となっているジョバンニは、この農村の子供たちによってほとんど完全に排斥されかけている。しかし恥ずかしさと自信喪失という感情に抗してジョバンニは、たった一人だけ残った親友でクラスメートであるカムパネルラのお父さんの博士のうちで、銀河について雑誌で読んだことを楽しく思い出す。[*43] 雑誌の記事に刺激されてその日、カムパネルラが「お父さんの書斎から巨きな本をもってきて、ぎんがといふところをひろげ、まっ黒な頁いっぱいに白い点々のある美しい写真を二人でいつまでも見た」のを思い出すのだ。[*44]

この思い出は、銀河の正確な構造が明らかにされた瞬間としてだけでなく、この共同の発見によって強められた友情の確認としてもジョバンニにとっては特別な意味を持っている。実際、物語の世界では知識のこうした二つの側面——バルター・ベンヤミンが「情報」の自明な狭隘さと、「経験」という変形しやすい智慧として対立させるもの——は分離できない。[*45] 意味深い冒険を共有することを運命づけられたジョバンニとカムパネルラは、この天体写真によってより親密に心を通い合わせるようになっており、新しい見方と、「見られた」ものへの新しい関係に対する共有された意識において結びつけられていた。友人が悲しそうに議論から引き下がるのに気がついて、カムパネルラもまた、同情のこもった、励ますような表情で黙ったままでいる。教師が直接カムパネルラを指名したあとになっても「あんなに元気に手をあげたカムパネルラが、やはりもぢもぢ立ち上ったまゝやはり答へができませんでした」。*46 そしてこれもまたある種の見ることを指し示している。ジョバンニの親友――その晩、流れから他の子供を救おうとして川で溺れる運命にある――は、この冒頭の一節から、自分自身の経験を超えた経験の領域を「感知」できる能力、まさにカムパネルラという名前に要約された知覚的才能、を表わしている。「外界の物事を通して直接神を知る」ことを強調する原型的な「経験」哲学のために教会当局から投獄された、十七世紀のイタリア人学者でユートピア思想家であるトマソ・カムパネルラ［カンパネッラ］（一五六八―一六三九）を遠まわしに指し示すカムパネルラという名前は、時代錯誤的にも、感覚と抽象的計算、想像力を結びつける「知覚」という間違いなく現代的な形而上学をうまく示唆している。*47

この物語の冒頭の章には視覚が染みわたっている。手を上げようとして止めたジョバンニの動きを「見附け」た教師の目、カムパネルラの方へ向けて、沈黙を推し量る同じ「眼」、「ジョバンニの眼のなかには涙がいっぱいに」*48 なるのを見つけるカムパネルラ。この部分全体を通じて、視覚の微妙な動力学が教師の授業のテーマを強調している。つまり、目が見るものは、それが単に器官として記録するものだけに限定されてはならない。そうだとすれば、この冒頭の部分に含意される「見ること」の倫理は、器械の使用と計算とによって高められた経験主義に対する、新たに姿を現わしつつあった科学的理解との、思いがけないつながりを明らかにしている。英語でも日本語でも歴史的に天体の研究と結びついている「観測 observation」という言葉そのものが「観る」と「測る」（そしてまた「計算する」ないしは「推し量る」）という表意文字の合成である。十九世紀に実証主義が起こる前に、科学における観測という概念は器械、つまりフランシス・ベーコン（一五六一―一六二六）が「知覚できないものを知覚できるものへと還元する、すなわち、直接知覚できない物事を、直接知覚できる他の物事を使ってはっきりさせる……喚起」装置と呼んだもの[*49]の使用をつねに含意していた。それならば、天文学という尊ぶべき科学がこの物語の中でごく自然に、視覚と目に見えることに関するモダニズム的瞑想の一部として機能することは驚くべきことでもなんでもない。だがここではこの瞑想は、拡大ないしは光学的増大という単純な技術的問題をはるかに超えたところまで到達している。

ジョバンニにとって、天体写真の中に含まれていたのを思い出す「観測された」現実は、明らかにされた真実という力を備えている。カムパネルラとともに熱心に眺めた、光の点々のある美しい真っ黒な頁は、もちろん、望遠鏡によって記録されたデータの視覚的記録である。だがこのイメージはきわめて簡潔で神秘的な形をとっているために、科学的な説明という狭隘な透明性ではなく謎の大きさを示唆している。それとわからないほどにまで拡大され、それでもしかし逆説的に、それが指し示すものの生き生きとした細密画となっているこの銀河の写真映像は、まさしくそれが解釈を要求するがゆえに、ベンヤミンの言う「情報」という範疇の要求を公然と無視する。[*50] この意味でジョバンニの記憶にある天文学の本は、十九世紀科学の「機械の理想」、つまり、客観的記録のための「中立で透明な」器械という考えを中心にしていた視覚的探知への理解、が持つ絶対的限界を表わしている。[*51] この当時日本で出回っていた大量の天体図[*52]を暗示している、ここで述べられた写真の本は光学的に拡大された銀河のイメージに、アメリカの天文学者パーシバル・ローウェルが火星の「運河」を写した一九〇五年の自分の写真について言ったように、「それら自体の現実そのもの」を代弁させようとしている。[*53] もっとも、ジョバンニにとってはこの銀河の映像は――火星の写真が多くの人々にそうだったように――それがはっきり説明した以上の謎を生み出すのだが。つまり、この写真は見る者に「中立的で透明に」伝えることに失敗しているのだ。

実際は、これはどんなものを写したどんな写真についても言えることである。しかし、この一節で銀河の写真が持つ特別に重要な意味は、その映像の思いもかけず抽象的な性格にある。偶然にも、この科学技術による映像の光学的文法は、まったく新しい（モダニズム的な）種類の「写真的リアリズム」という拡張された地平を暴き出す。それができたのは、この写真が描き出す対象が通常の意味の対象ではなく、その広大さが、屈折させられた光のパターンにまで、思いも及ばぬほど離れたフィルムに記録された（ある周波数内の）電磁気力の刻印にまで、切り縮められた銀河そのものだからである。この写真の持つ力は、言い換えれば、それが伝えるものの不可能性にある。これはこの上もなく奇妙な写真映像だといってもいいだろう。われわれを取り巻く空間の画像。そうしたものとして、ジョバンニの記憶の写真は——教室で彼の前にある星図と同じで——その言葉のいかなる普通の意味でも「見られる」ことがありえないビジョンを形作る。それが表わすものが小さすぎて見えないのではなく、まさにそれが大きすぎるからなのである。その途方もない大きさこそが、この画像の逆説を構成し、想像も及ばないような遠さとすべてを取り囲む近さの両方を表わしている。銀河は遠すぎて見えないが、それでもわれわれを取り巻いて、われわれを包囲して、われわれの世界の構造と過程に浸透しているのだ。それがわれわれのいる場所である。

銀河を「見る」ためには根底的で想像力に富む跳躍、この物語に冒頭の文章から生気を吹き込んでいる認識的転位、が要求される。そして、自らを転位させることは自らを位置づける過程にとって必要不可欠なことである。この新しい見方の帰結は、場所についての新しい意識となり、それは教師の授業が銀河を、伝統的な日本名である「天の川」という視点から分析するときに優雅に例証されている。

ですからもしもこの天の川がほんたうに川だと考へるなら、その一つ一つの小さな星はみんなその川のそこの砂や砂利の粒にもあたるわけです。またこれを巨きな乳の流れと考へるならもっと天の川とよく似てゐます。つまりその星はみな、乳のなかにまるで細かにうかんでゐる脂油の球にもあたるのです。そんなら何がその川の水にあたるかと云ひますと、それは真空といふ光をある速さで伝へるもので、太陽や地球もやっぱりそのなかに浮んでゐるのです。つまりは私どもも天の川の水のなかに棲んでゐるわけです。そしてその天の川の水のなかから四方を見ると、ちゃうど水が深いほど青く見えるやうに、天の川の底の深く遠いところほど星がたくさん集って見えしたがって白くぼんやり見えるのです。*54

有名な冒頭の章にある、詩的でもあれば教育的でもある教師のこの喩えは宇宙空間の真空を、活性がない、あるいは空っぽの「容器」としてではなく、大きな川の流れのように、形と中身のある生きた実在として考えることを生徒に求める。この天上の川というイメージ――物語の進行につれて次第に文字どおりの意味を獲得してゆくことになるイメージ――は単なる記述上の方便以上のものを示唆している。銀河の空間を川の流れと同じに見ることで、教師の授業は遠い空間の理解不能な条件を、川底、砂利、青い水という地上の慣用語句へと翻訳する。実際、われわれはすぐに、村を流れる本物の川（花巻の北上川に対応する、名前のない神秘的な川）が、その晩催される「銀河の祭り」で重要な儀式的役割を演じることになるのを知るが、この祭りはイタリアでおこなわれているバプティスマのヨハネ（イタリア語でジョバンニであることは偶然の一致ではない）の祝賀と、そこからこの祝賀が始まった夏至の儀式とが虚構の上で合体したものと考えられる。[*55] そしてこの川がまたカムパネルラの命を取り、水による洗礼という機能が人間の命に対する潜在的な敵対行為と分かちがたいことを暴露する。しかし、カムパネルラが溺れる前ですら、銀河を祝して烏瓜《からすうり》のあかりを流れに流す準備を子供たちがしているときに、川は巨大な同心円状の複雑さの象徴、その川を取り囲み両手で抱いている空を映す、地上にあるミニチュアの銀河、になる。ここでは距離が取り除かれているのではなく、無意味にされているのでもなく、遠くの現象が近くで関連していると認識されてきたのだ。「つまりは私どもも天の川の水のなかに棲んでゐるわけです」。とすれば、教師の授業の、参加への知的な呼びかけは、銀河の祭りとこの物語の構造そのもののテーマと同じく、方向づけという行為に集中している。

実際、教師が子供たちの関心を銀河のもう一つの「縮小模型《ミニチュア》」である、砂が詰まった両面凸レンズに向けるとき、授業はついに航法上の推論における力業となる。この好奇心をそそる模型はそれを見守る者たちに（そして拡張によって物語の読者に）想像力に富む二重性という最高の努力を要求する。自分自身を——それどころか自分の全世界を——内部における自己の位置によって限定されたものとして見ながら同時に外部から銀河の構造を理解する能力である。

先生は中にたくさん光る砂のつぶの入った大きな両面の凸レンズを指しました。

「天の川の形はちゃうどこんななのです。このいちいちの光るつぶがみんな私どもの太陽と同じやうにじぶんで光ってゐる星だと考へます。私どもの太陽がこのほゞ中ごろにあって地球がそのすぐ近くにあるとします。みなさんは夜にこのまん中に立ってこのレンズの中を見まはすとしてごらんなさい。こっちの方はレンズが薄いのでわづかの光る粒即ち星しか見えないのでせう。こっちやこっちの方はガラスが厚いので、光る粒即ち星がたくさん見えその遠いのはぼうっと白く見えるといふこれがつまり今日の銀河の説なのです。そんならこのレンズの大きさがどれ位あるかまたその中のさまざまの星についてはもう時間ですからこの次の理科の時間にお話します。では今日はその銀河のお祭なのですからみなさんは外へでてよくそらをごらんなさい。……[*56]

賢治は、天文学や物理学、宇宙論において驚くべき発見がなされつつあった時代に生き、書いた。大正後期に世界中の科学者たちの関心をひきつけていた中心的な問題には銀河の形とその内部における太陽の位置が含まれていた。右に引いた一節が示しているように、当時、太陽は銀河の中心近くにあると信じられていた（今日では科学者たちは太陽は銀河の中心から三万光年離れていると信じている）。[*57] 天文学者たちは空のある部分に見える不思議な暗い点、つまり「暗黒星雲」に当惑していた。この時代に発表されたこうした暗い点に関して競い合ってなされた説明はこの作家を奮い立たせ魅了した。[*58] 賢治がこの物語を書きはじめたころにあたる一九二四年には、エドウィン・パウェル・ハッブル（一八八九―一九五三）は、もっとも近い銀河であるアンドロメダとわれわれの銀河は実際はお互いに遠ざかっていると断定し、拡張する宇宙という理論に基礎を与え、地球とその住人たちの相対的な取るに足りなさという感覚をさらに増大させていた。[*59]

しかし、二十世紀の初めの天文学におけるとりわけ驚くべき発見は、アインシュタインの相対性理論とそれが生み出した四次元の世界観と結びついていた。このくだりにある「両面凸レンズ」のモデルに関する注意深い記述は、A・トムソンの *Scientific Compendium* の翻訳で、天文学に関して著者の情報源のひとつとして知られている、八巻本の『科学大系』（一九二二年）で銀河を説明するのに使われた言い回しをそっくり真似ているということは、注目するに値する。[*60] しかし、より重要な意味で、このモデルの説明は、アインシュタインの理論の論理と賢治自身の野心的な文学的ビジョンによって共有された認識論的態度を示している。アインシュタインはすべての実在と出来事とを、どんな単一の参照枠での理解をも超えるが計算の領域を超えることはない、時間と空間の幾何学に埋め込まれたものとして視覚化した。この立場は、私が前に論じたように、ある種の二重意識を要求した。一方では相対性理論は、ある出来事を関係の絶えず移り変わってゆくネットワークの「内部から」認識しようと、その出来事を時空間内の独自な位置によって定義しようと、努力する。もう一方では、この理論は、ある出来事の独自性を「外部から」あるいは「より高い平面」から普遍的に有効な一組の定式化を使って計算する。相対性理論がこの先例のない認識論的親密さ——ある出来事を局所的に（クロースアップで）理解する——に同意しながら、同じように先例のない客観的距離という基準を維持し、その出来事の特殊性を普遍的法則という妥協を許さない規則に従わせていることが、その創造的魅力の一部だったに違いない。

社会学者で賢治研究家の見田宗介が論じているように、賢治の物語の凸レンズというモデルはアインシュタインのこの両面性を体現しており、外にある空想上の位置から見た銀河の客観的な姿を思い描いているが、しかしそれはただ内部にある特定の位置の重要性を理解する手段としてのみなのである。[*61]言い換えれば、教室内の模型はただ、教師が認識論的反転——「みなさんは夜にこのまん中に立ってこのレンズの中を見まはすとしてごらんなさい」——を引き出すときにだけ妥当性を獲得するのである。この二重の視点——キュビスムの画家ジャン・メッツアンジェならば「可動性の視点」[*62]と呼んだかもしれない――からは、銀河は「最終的」な形をまったく持たない。それは夜空を横切るぼんやりとした川のような蛍光と、真空に浮かび電磁気エネルギーを放出している星の夥しい数の「粒」との両方なのである。アインシュタインが、時間と空間の幾何学は質量とエネルギーの分布にしたがって「湾曲する」としたとき、この発見の想像力をかきたてる効果は、賢治の両面凸レンズの知的要請に対応している。「真の同時性がないのは、対象に真の形状がないのと同じである。キュビスムと相対性理論はどちらも、自然からその特定の様相を拾い上げるようにと人に要請する」と科学史家のアーサー・I・ミラーは、アインシュタインとピカソについての議論の中で説明している。[*63]「銀河鉄道の夜」の午后の授業は、このキュビスムの傾きを反響させ、究極的には銀河が「実際には」どんな形をしているかではなく、正確さのより高度な形態に全面的に焦点を当てている。すなわち、博識という幻影を生み出すことにではなく、場所に対する意識を覚醒させる正確さにである。

そうだとすれば、銀河に関する教師の授業の最終的な目的は航法に関するものだと理解されなければならない。レンズの形をしたガラスの模型――作者自身が繰り返し「四次元感覚」と呼んだものを思い起こさせる――は、あまりに広大でそうしたいと思っても実際には「見え」ないが、それでもわれわれを限定する空間に、位置を書き込むための道具として役に立つ。この意味で、この皆に愛されている賢治の童話は地図作成法の奥深い文法をアインシュタインの相対性理論と共有している。どんなに単純な地図でも、その空間の中に、それによって包み込まれている自分自身を「思い描く」ように要請するのと同時に、それが表わしている空間を超越するようにと、全体を理解する（つまりわれわれの身体の知覚的限界を克服する）ようにと、われわれに求める。この存在論的二重性は、アメリカのどんなショッピングモールにも見受けられるほとんどのフロア・マップに添えられた飾りけのない言葉で捉えられている。「ここにいます You Are Here」。それに相当する日本語の「現在地 You Are Here *Now*」は時間軸をつけ加えて、地図の驚くほど多くを要求する形而上学をさらに強調している。アインシュタインの理論のキュビスム的構造を反響させた賢治の物語は、客観性のこの「地図作成法」という形態が持つ社会的含意を探求することを目指しているのだ。

社会と第四次元

別のところで[☆5]私は、アインシュタインの考えが、横光利一の小説の中心にある深く反動的なイデオロギーを形作るのに演じた（意図せぬものだとしても）共謀の役割を概説した。相対性理論が、客観性の「より高い」形態である、完成された種類の科学的絶対主義である、と見なせるなら、そのリアリズムの文法は抑圧以外のどんな役に立つというのだろうか？　大正後期の「相対性理論ブーム」に関する代表的学者である金子務は、ヘルマン・ミンコフスキーが、アインシュタインの物理学は「絶対世界」を生むと最初に特徴づけた一人だ、と明らかにした。[*64]時空間に関するアインシュタインの見方に適当な四次元の幾何学を定式化しようと努力して、ミンコフスキーは相対性理論を、科学的リアリズムの深く保守的な形態、金子自身が「神の眼から見た神の物理学」[*65]と述べたもの、として理解するようになった。この逆説は広く注目されてきた。「アインシュタインの相対性理論が、世界の偉大で画期的な考えのなかでも独特なのは、それが伝統を固守することによって革命を起こしたからだ。その異端さはその正統性の厳格さにある」とハーバート・ディングルは書いた。[*66]

ディングルの言う「革命」とはもちろん純粋に科学的なものである。アインシュタインの相対性理論に（また自然科学のほかのどんな発見にも）固有の政治はないし、ジョン・ギロリーの言葉で言えば、単に「政治的なものと認識論的なものを同等視する」ためのどんな目的にも役に立たない。[*67]そうではなく、要領は、論理構造と特定のイデオロギーとのあいだにある潜在的類似性を見極めること、因果性の言語ではなく、補完と共振の言語で示すことなのだ。宮澤賢治は深く——横光利一よりも深く、と思える——物理学と科学の細部を熟考した。それだから、こうした細部の微妙な屈曲こそが、彼の物語の並外れた社会的洞察を説明する手がかりを与えられるのだ。

アインシュタインの理論を単なるもう一つの「絶対主義」（相対性理論が決して主張したことのない「相対主義」と明らかに対立する言葉）だとして特徴づけてきた科学者たちは、相対性理論が持つ潜在的な社会的意味を、予想どおり狭く評価してきた。雑誌 *Social Studies of Science* に掲載されたブリュノ・ラトゥールによるアインシュタインの理論の分析は、批判的なエネルギーのほとんどを、この理論が本来持っていた異議申し立ての背後で働いている「特権」という恐ろしい幻影を暴き出すことに向けている。つまり、絶対的時空間というニュートン的枠組みの矛盾を示した実験（有名なマイケルソン－モーリーの実験）にもかかわらず自然の法則の普遍的な地位を維持しようという努力にである。*68 ラトゥールは深い洞察力をもってこの根拠となるジレンマの諸条件を述べている。「われわれが絶対的な時間と空間を維持して、自然の法則は場所によって異なるということになるか、あるいはわれわれが自然の法則の同価値性を維持して、絶対的な時間と空間を「捨てる」かである」。相対性理論は、もちろん後者を選択した――ラトゥールの見解では、人を欺くような保守的な性向を示しながら。ここでラトゥールを憤慨させるのは、自然の法則は普遍的なままであるというアインシュタインの明瞭な主張である。「問題は」とラトゥールは書く、「いかにしてわれわれの考えに革命をもたらすかではなく、何よりも重要に見える一つのことをいかにして維持し、保存し、安定化し、堅固にするかである」。ラトゥールにとってこの保守的認識論は同じように保守的な政治を暗に指している。有名な物理学者が「他の特権を支えるためにある特権を拒絶することは、アインシュタインは革命的であるというよくおこなわれる議論に新しい光を投げかける」と彼は書く。[*69]

ラトゥールの論文は相対性理論——「より本格的な科学」の典型——を「いかなる科学の中身も徹底して社会的である」という観点から扱おうとする努力であると最初から明言している。[*70]これだけでも驚くべき先駆的な抱負である。しかしアインシュタインの研究が「明白に社会的だ」と証明するためにはラトゥールは最初に「社会の概念」それ自体を定式化しなおさなければならない。[*71] ラトゥールの分析では、このことは意味作用を社会の根本的な構成要素の一つとして認めることを明らかに意味している。数学の公式ですら社会的なもので射抜かれているとこの著者は示唆しているように思える。それだからラトゥールは相対性理論を（あるいは、より正確に言えば、アインシュタインの半ば大衆向けの著書の英訳 *Relativity: The Special and the General Theory* を）記号論的分析にかけ、「シフトイン」と「シフトアウト」という現象（テキスト内部での異なった参照枠間の移動）を鍵となる特徴として見極める。[*72] この過程で彼はある種のモダニズム的な反射指示を「アインシュタインの説の特異性」、「読者の注意をまさにこうした作用そのものに集中させ」ようとする傾向だと認める。[*73]

相対性理論は特権的な参照枠という概念を廃止したと認めるラトゥールは「特権」という概

念も定式化しなおさなければならず、最終的には、社会的・制度的特権を認識論的特権の否定と同等視するという、ひねくれた、議論の余地のない定義を持ち出す。相対性理論に組み込まれた不公平さという論理に対するラトゥールによる理解は、その本質において抽象的に「記号的」でありまた奇妙にも個人的であるという、雑種としての特質を必然的に獲得する。究極的にラトゥールにとって相対性理論の「特権」は、他のすべての参照枠からの情報が集められ重ね合わされる「計算の中心」を占める「発信者」の位置と同等視される。「中心に、他の位置からのいかなる優位性をも与えるのは、彼《ママ》の特権的な視点ではなく、それが、それ自体も含めていかなる局所的な点にも、いかなる特権をも拒絶し、このようにして、一つの点にすべての重ね合わせ可能な痕跡の結集を許すことである」[*74]。ここで（「彼」と「それ」という）代名詞が編集上首尾一貫していないことは偶然にも、物理学における「社会的」優位さを、同時に「行為者」ないしは「観察者」の血肉と、記号体系の非人格的構造とに根ざしたものとするラトゥールの説明の創造的曖昧さを強調している。とはいえ、結局、ラトゥールは決定的に記号論的な読みを採り、「特権の拒絶」という相対性理論の署名は、単に、こそこそと中心化してゆく思想体系の巧妙な偽装にすぎないことが理解されるのだが。ラトゥールの批判的分析は最終的には相対性理論の「普遍主義」と「客観性」——特権の言説上の手段を捜し求める際のありふれた容疑者——に目標を定める。社会的・制度的優位さは、言い換えれば、発信者（物理学者。

この場合はアインシュタインその人）を、他の複数の参照枠を「最後の枠」[*75]に「蓄積」する位置におく認識論の副次的な物質的効果になる。物理学者の研究室あるいは実験室は「一つの参照枠にではなく、ネットワークを通じて一つの枠から他のすべての枠へと行くことに与えられた「大きな図」が置かれる」場所になる。[*76]

しかし、アインシュタインの世界観に「大きな図」があるなら、それは非常に奇妙な類《たぐい》の普遍主義を表わしている、ということを認めることが重要である、というのは、参照枠の数は無限大だからであり、そもそも表わされうる唯一の類の「図」は相対的なものだからである。実際、アインシュタインの理論を有益で新しくしたものは、どの単一の参照枠でも――ラトゥールの「最後の枠」でさえも――なく、人間経験のいかなる「中心」をも越えて存在する普遍的に有効な自然の法則に属する、「絶対主義」のまさしくこの特異な形態だったのである。相対性理論に何か「革命的」なものがあるとすれば、それが人間を、広大で自己充足した実在の中の偶然で不完全な傍観者の役割へと移した徹底した完璧さだった。しかし、人間社会から独立した外の世界というまさしくこの考えそのものを、ラトゥールの議論は、アインシュタインの理論の参照の対象を文字どおりに受け取ることを拒むことで、暗黙のうちに否定しているのだ。

実際、科学の研究におけるラトゥールの草分け的な仕事は、客観的ないしは「外在的」現実に対して「社会的」現実をより強調して来ていて、この立場はポストモダニズムの奇妙にも喧伝された全面的な現実の放棄に対する思慮深くもあれば有効でもある矯正物として役に立ってきた。[77] しかし、現実にその「外部‐性」を与えるのを拒むことで、ラトゥールのリアリズムの形態――彼がラディカル・リアリズムと呼ぶもの――は人間の共同体を超えて広がる「社会」について、考えうるどんな理解をも放棄してしまった。[78] そうだとすれば、逆説的にも、アインシュタインの普遍主義――アインシュタインの定式化を「徹底して社会的」であるとする彼自身の解釈――に埋め込まれた特権の諸中心をつきとめようとするラトゥールの努力は、それ自体が、人間社会を重要であるすべてのものの源泉であり中心として特権化することの口実になる。

　まじりけなしに本格的な理論と取り組む手ごたえのある仕事だということを別にしたら、ラトゥールが自分の「ラディカル・リアリズム」を相対性理論に適用することを選択したのはなぜだろうか？　アインシュタインの四次元の世界観は、金子務の言葉で言うと、それによって「人間は非中心化され」、自らが「微分化」の対象となる客観性の上に築かれている。[79] 主観的経験の知覚上の限界を克服しようというこの新コペルニクス主義的衝動こそが、芸術においてばかりでなく二十世紀初頭の科学においても四次元の言語にその生命を与えたのである。というのは、モダニズムの「革命的」な面 dimension もまた、ある種の科学上の超正統的学説、リアリズムに対する前例のないかかわりにあるからである。古典的芸術が「人間を宇宙の中心だと考えたとしたら」とギヨーム・アポリネールは一九一三年にキュビスムの研究の中で書いた、「新しい画家たちの芸術は無限の宇宙をその理想だと考える」[*80]。この視点から見ると、アインシュタイン的リアリズムに対するラトゥールの批評にはそれ自体の先祖返り的な論理が含まれていて、人間の意識を「現実」の限定的な境界の中に保っておきたいという潜在的に実証主義的な衝動によって特色づけられている。だとすれば、いくつかの重要な点でラトゥールのラディカル・リアリズムには、ロイ・バスカーが経験主義の「隠された人間中心性」と呼んだものが示されている[*81]。

相対性理論は、二十世紀の初めに現われたとき、エリート主義の単にもう一つの通用語という以上のはるかに大きな意味を現代文化にとって持っていた。横光利一のアインシュタインに対する反応により近づくラトゥールのラディカル・リアリズムと対照的に、宮澤賢治は物理学と化学の新しい理論の中身を、比喩的にではなく文字どおりに社会的なものとして理解していた。彼の天才はここで、物質世界の発見を額面どおりに受け取るという、一見したところ単純な性向を通して、もっとも強力に発揮されている。賢治にとって「徹底して社会的」なのは科学そのものではなくて、科学がさすものだった。物質とエネルギーの、時間と空間の、川と風と星ぼしの、歴史的世界である。現実の「外部‐性」は賢治にとってそのもっとも重要な特徴となる。つまり、人間と、そして対象、存在、現象というより大きな共同体で共有されている、

「場所」ないしは「次元」である。「つまりは私どもも天の川の水のなかに棲んでゐるわけです」。この作者は田舎の寒村のこの上もなく些細な出来事を、物質性のこの広大な網を含んでもいればそれに含まれてもいるものとして認識した。「今日はその銀河のお祭なのですからみなさんは外へでてよくそらをごらんなさい」。根底的・急進的に物質的（文字どおり反人間主義的な）で脱中心的な屈曲が賢治の作品群をあらゆるレベルで定義しており、新しい物理学に対する彼の詩的関係の中にこの上もなく率直にその本性を示している。

このように——唯物論のより徹底した理解の口実として——理解されたとき、賢治がアインシュタインの相対性理論を吸収したことは、ラトゥールの記号論的エリート主義が示唆しそうなものとははるかにかけ離れた政治的な含みを帯びる。実際、この詩人の知覚的な直解主義からのアインシュタイン的離反は、マルクス自身の弁証法理論に認められる唯物論的ビジョンを反響させている。多くの面で十九世紀科学のもっとも偶像破壊的要素の蒸留物である、唯物論というマルクス自身の画期的な概念は、ジョン・ベラミー・フォスターによれば、「実在論的かつ関係的（すなわち、弁証法的）」な姿勢を要求する「存在論的かつ認識論的範疇」として理解されなければならない。[*82] マルクスの見解では「客観的世界と人間の存在を、客観的存在、つまりまぎれもないリアリズムと自然主義として仮定することは必要不可欠である」と後にフォスターは論じる。[*83] アインシュタインの相対性理論は賢治に関係のリアリズムという似たような遠大なビジョンを与えたように思える。人間の歴史を超越しもすれば限定しもする物質的世界を記述する概念的言語である。

しかしながら、賢治の科学的言語の唯物論的な面は、これまでしばしば、複雑性を欠いた形而上学的で反動的な宗教性として受け取られてきたものによって曇らされてきた。どれほど根本的なものであろうとも、この誤解は理解できるものである。アルバート・アインシュタインが日本を訪問していた幾月かは、賢治にとっては創造的産出という点で比較的空白の時期と一致する。アインシュタインが、東京、仙台、名古屋、大阪、京都、福岡で有名な講演をおこなっていたあいだ賢治は、その死が彼の生涯を決定する出来事の一つとなる妹のトシを看取り、そして弔っていた。[*84] この時期にまた賢治は日蓮宗に改宗しているが、この宗派は法華経の救済力に焦点をあてており、この作家の考えと信念とを生涯形作ってゆくことになる。個人的なものと歴史的なものとの――人的喪失、改宗、そして科学的な発見――この収斂は一九二二年、一九二三年に賢治の作品の基礎を変形させたように見えた。小野隆祥によれば賢治はアインシュタインの有名な訪問のしばらく前から相対性理論を学んでいた。[*85] しかし一九二二年――すなわち妹が死んだ年――の「相対性理論ブーム」以後になってはじめて、賢治の詩ははっきりと「四次元」および「四次元芸術」という概念を中心にして回転するようになった。[*86] そこにおいて、すべての作品の「命題」が（いささか謎めかして）「心象や時間それ自身の性質として／第四次延長のなかで主張されます」[*87]と語られている、しばしば引用される『春と修羅』の詩的「序」の最後の三行から、繰り返し「四次元芸術」に言及する「農民芸術」論に至るまで、賢治はこの考えを直接に永遠と結びつけているように思える。「巨きな人生劇場は時間の軸を移動して不滅の四次の芸術をなす」[*88]と彼は書いた。

批評家たちは通例、賢治の詩や物語の中の「異なった空間」に関するアインシュタイン流の記述を、伝統的な世界の宗教的宇宙論が瓦解すると同時に失われていた避難と懇願の領域へのわかりやすい意思表示だと解釈してきたように見える。[*89]斎藤文一は二十世紀初頭の物理学の革命を、法華経そのものの、そして特に決定的に重要な「如来寿量品」が現代の世に出るための、一つの重要な形而上学的な後押しだとすらしている。[*90]「如来寿量品」においては仏陀の教えは、表面上の矛盾によって、歴史的でもあれば永遠のものでもあるものとして描かれる――宗教論的な無時間性の古典的な事例。[*91]それだから、大塚常樹が最終的に賢治の「四次元感覚」を、いかなる科学的な傾向とも起源を同じくするものとしてではなく、「天眼」という仏教概念に等しいものとして説明するとき、超自然的な視覚的全知――人間世界の目に見える次元を越えて浸透する悟りを開いた存在の力――を示唆しているのは驚くべきことではない。[*92]

それでも、一九二六年に賢治が悲嘆の心理学に背を向け次第に社会的・政治的かかわりという問題に向かうようになった――〈羅須地人協会〉を創立し、〈労農党〉の花巻支部結成に資金援助をおこない、プロレタリア文学運動に強い関心を示した[*93]——あとでさえも、彼の創作や論文は四次元の言語、銀河のイメージ、そして無窮というテーマに関わりつづけたことを認識するのは決定的に重要である。賢治の信仰心を「法華ファシズム」の一表現（大部分をこの作者の、おおっぴらに国粋主義的であり、日蓮宗と関連した〈国柱会〉との曖昧なかかわりに基づいて）に切り縮めた吉田司のような批評家たちは、自分たちの立場を維持するために賢治の創造的作品の内容や政治的活動の多くを無視してこなければならなかった。[*94]この年月のあいだずっと「銀河鉄道の夜」を書きなおしつづけていた賢治は、人類が直面しているもっとも本質的な歴史的問題は社会的・生態学的な（国家的でもなければ民族的でもない）含意をもつという深まりつつある確信のもとに仕事をしていたように思える。時折、紛れもなく「宗教的」な調子をもってはいるが、賢治の円熟した作品の中の永遠なるもののイメージは、超自然的ないしはオカルト的伝統にではなく、世界の飾りけのない物質的事実に生き生きとした活力の源を見出しているのだ。賢治の創作に神秘主義的なエネルギーがあるとするなら、それはこの作家が三角法とそれに関連した拡大の過程という問題に魅了されていたことに由来している。遠く離れたものを「近くへ持って来」たいという科学者の衝動である。空間的に、ないしは社会的に遠く離れた現象を局所的な視点と対比させて計測する（いわば地図作成法的に）ことによって、この抽象的（そして深くアインシュタイン風の）「拡大」の過程は宇宙的諸関係の広大な網目の中にすべての局所的経験を埋め込むという効果を持っている。

宇宙に対する賢治の望遠鏡のような意識は「銀河鉄道の夜」の次のいくつかの短い章を規定し、銀河を横切る旅へのジョバンニの夢のような出発に繋がる。天文学の授業のあと、物語はジョバンニを追って活版所での植字工のアルバイトに向かう。そこではばたりばたりと回る輪転機の音や電灯、閉じ込められたような雰囲気が、ほかの子供たちが屋外で祭りの準備をしている、日に照らされた世界と鋭い対照をなしている。評論家の小森陽一はこの場面を資本主義そのものの裸の評価、労働と商品化との繫がりの外科的探求、として読んだ。小森にとって、文字（粟粒ぐらいの）を一つ一つピンセットで拾い上げ並べるという骨の折れる仕事は製造業の断片化と物象化 objectification の過程を表わしている。小森が言うには、この活版所の機能は生きた言語から活力を取り去り、結果としてただその「死骸」を商品として——「お金がなければ買うことのできない言葉」[*95]として——再活性化させることなのだ。

しかし、ここで資本主義に対するこうした批判が、星と星とのあいだの祭りを背景にして、そして主人公が四次元という銀河的広大さを通り抜ける旅に出発する直前に現われるのは何を意味しうるのだろうか？　明らかに、自分では買うことのできない印刷物を作って学校が終わったあとに働くジョバンニのイメージに対する意図した皮肉がある。しかし、はっきりとそれとわかる逆流が執拗にこうした批判的な面を否定している、というのはまさにこの種の商品

――カムパネルラの父親の書斎にある天文学の本や雑誌――こそが前の場面でジョバンニをあれほども深く鼓舞していたのだから。ある意味では、賢治によるこの場面での活版所の暗鬱な描写は、機械的複製と現代科学そのものの社会的両義性を垣間見せているのだと理解することができる。活版所の装置は重要な形で、銀河の望遠鏡写真に体現されたような科学的「拡大」の文化的反響として存在しているのだ。ちょうど天体写真が、一般の読者に向けて天の川の拡大された映像を作るために、外宇宙からの光波を抽象し、分離させ、再結集させているように、活版所は書かれた言語をバラバラにして組み立てなおし、バルター・ベンヤミンが「今日の大衆の、ものに「近づき」たいという欲求」[*96]と呼ぶものを満足させることができる機械的複製が可能な商品を作っている。これらの言葉に両義性の利用可能なあらゆる性格を染み込ませるベンヤミンの論文と同じく、賢治の物語は、搾取の危険と幻想的な（アウラのようではないにしろ）可能性の両者を孕んだものとしての、より大きな世界に近づくことをわれわれに可能にする装置を示す。[*97]活版所は小森の暗く冷たい「言葉の墓場」[*98]であると同時に、文化のもっと希望に満ちた「拡大」の場でもあるのだ。

重要なことに、そこはまた交換の場所でもある。ジョバンニは労働と引き換えに「銀貨」を一枚受け取り、家に帰る前にそれで自分と母親のために砂糖とパンを買う。そこにおいてはジョバンニの労働は単に新陳代謝のための燃料と交換するだけの費用と等しくなっている、この短いが記憶に残る労働と報酬の場面は、ずっと幅広い物質的・組織的な経済に関する後の描写を予告している。主人公がその晩再び、母親のために配達されなかった牛乳を取りに——繰り返し現われてくる、倫理的要請と生物学的必要性との主題的結びつきとなるものを始動させて——あえて外出するときに、このもっと文字どおりに物質的な世界との異様な出会いが始まる。

「ケンタウル祭の夜」という表題がついた章は、三角法と拡大という主題の賢治によるもっとも見事な変奏の一つになっている。物語の他のところでは「銀河の祭」あるいは単純に「星祭」と呼ばれているものをさす、この今にも始まろうとしているケンタウルス座の儀式は、ジョバンニが今や自分が村の祭りから除け者にされていることを痛いほど感じながら町の通りを進んでゆくこの夕暮れ時の場面の隅々までを満たしている。われわれはジョバンニが人気のない通りで道草を食っているのを、街灯が作る影と遊んでいるのを、特に意地悪な子供からの思いもかけない嘲《あざけ》りを受け流しているのを、そして最後に子供時代にだけ与えられた純粋な無目的性でもって町の時計店の窓に出くわすのを、目にする。

ジョバンニは、せはしくいろいろのことを考へながら、さまざまの灯や木の枝で、すっかりきれいに飾られた街を通って行きました。時計屋の店には明るくネオン燈がついて、一秒ごとに石でこさえたふくらふの赤い眼が、くるっくるっとうごいたり、いろいろな宝石が海のやうな色をした厚い硝子の盤に載って星のやうにゆっくり循《めぐ》ったり、また向ふ側から、銅の人馬がゆっくりこっちへまはって来たりするのでした。そのまん中に円い黒い星座早見が青いアスパラガスの葉で飾ってありました。

ジョバンニはわれを忘れて、その星座の図に見入りました。

それはひる学校で見たあの図よりはずうっと小さかつたのですがその日と時間に合せて盤をまはすと、そのとき出てゐるそらがそのまゝ楕円形のなかにめぐってあらはれるやうになって居りやはりそのまん中には上から下へかけて銀河がぼうとけむったやうな帯になってその下の方ではかすかに爆発して湯気でもあげてゐるやうに見えるのでした。またそのうしろには三本の脚のついた小さな望遠鏡が黄いろに光って立ってゐましたしいちばんうしろの壁には空ぢゅうの星座をふしぎな獣や蛇や魚や瓶の形に書いた大きな図がかかってゐました。ほんたうにこんなやうな蝎だの勇士だのそらにぎっしり居るだらうか、あゝぼくはその中をどこまでも歩いて見たいと思ったりしてしばらくぼんやり立って居ました。*99

作者の自然観の広大さと不可思議な親しみ深さとを同時に示唆しているショウウィンドウのこの飾りには超現実的な圧縮がある。「青いアスパラガスの葉」の地上的な身近さが、それが「飾って」いる回転する星座の図に表わされた宇宙の遠い不可思議な作用と出会う。フクロウの像と地上の宝石が、周りを取り巻く広大な空の円のイメージに溶解し、それが今度は「海のやうな色」を映す。人間の想像力による神話上の絵姿が、もっと冷静な経験的観察や空間的計算の図表や道具と意味深長にぶつかり合う――ケンタウルはこのステージを望遠鏡と共有しているのだ。賢治による時計屋のウィンドウの描写はそれ自体が、拡大の光り輝く幻想、小型模型、小宇宙でもある、宇宙の拡大図なのだ。賢治が好んだ天文学の参考書の一冊である吉田源治郎『肉眼に見える星の研究』（一九二二年）はその表題で肉眼で得られる知識を強調しているが、ここでは拡大の抜きん出たシンボルである望遠鏡が、補助を受けない知覚が地球自体の銀河を知るためには不十分であることを思い出させるものとして微光を放っている。[*100]

　アインシュタイン風の象徴性があふれかえるこの場面に詰め込まれた時計と地図は、希望に満ちた正確さでもって、局所的な時間と空間の内部から銀河を指し示す図表的なリアリズムを暗示している。とはいえ、同時に、こうした航行のための道具の抽象的な地理的言語はそれ自体が審美的な対象となる。それはまるで、こうした微光を放つ器具や天体図が、ハイ・モダニズムの美的精神の中で発明されたかのようである。指示の対象（星そのもの）とそれを表わす概念的言語とが等しく見る者の注意をひきつけている。このウィンドウの真ん中に飾られた黒い「星座早見」が作者自身が使っていた星図と似るよう意図されていたなら、その丸い回転する枠と楕円形をした中心の、計測のための複雑さ――時間と日付に応じて地球上の特定の緯度から見た空を図示するようにデザインされている——はそれ自体がたやすく驚異の的となりうるだろう。[*101] 読者が、背景に掛かっている星図を、賢治が花巻で自分の教室で掛けていたもの——『新撰恒星図』（一九一〇年）——と似ていると想像するなら、それは球と楕円の、解しがたい意味を持った交差する線の、目の眩むような、ほとんどバロック的な複雑さに見えるだろう。[*102] ジョバンニにとってもまたこのウィンドウの飾りは、他の何にもまして、この上もなく美しかった。「われを忘れて」ジョバンニは、美的喜びに付随する恍惚状態で星座の図の細部に「見入」った。それでも、彼はこの図に感動すると同時に、それによって、銀河の構造とその中での自分の位置とを教えられ、思い出させられてもいたのである。実際、「見入」るという言葉は「見る」という漢字と「入る」という漢字が合わさったもので、地図作成上の形態の特殊な要求を示唆している。どんな地図とも同じで、ジョバンニの前にある星図はその空間に「入って」くるようにと彼をいざなう。そしてこの航法のためのリアリズムは明らかにこの地図の美的な力の一部なのだ。

「農民芸術」論に表現された同心円的意識——「ここは銀河の空間の太陽日本　陸中国の野原である」——を反響させて、このネオン灯に照らされた店のウィンドウは、祭りの晩の村そのものの小宇宙となるが、そこでは、次の部分で、われわれは「町はづれのポプラの木が幾本も幾本も、高く星ぞらに浮んでゐる」のを見、子供たちが「露をふらせ」とケンタウルスに呼びかける歌を聞き、町の「空気（前にジョバンニの教師によって語られた宇宙の「真空」を思わせる）は澄みきって、まるで水のやうに通りや店の中を流れ」、そして「街燈はみなまっ青なもみや楢の枝で包まれ」星ぼしを祝っている。*103

こうした記述の包括性は、賢治の「四次元的知覚」の下に横たわる倫理、理論物理学の含意を驚くべき新しい限界にまで押しやったイデオロギー的立場、の概要をほのめかしている。時間と空間だけが一つの次元に統一されたのではなく、近くのものと遠くのもの、有機的なものと非有機的なもの、人間と人間以外のものが一つの次元に統一されたのである。マルクスの言葉で言えば「人の自然主義と自然の人間主義のどちらもが達成されたもの」なのである。局所的な人間社会を限定する枠組みは、広大で大部分は探知できない物質的世界そのものなのだとこの物語はわれわれに告げているように思える。そしてその世界で「位置を記すこと」は無限のものとの関係を計算することになる。

現代物理学の文字どおりの内容を、その「社会的」メッセージとして受け取ることで、賢治は相対性理論のもっとも革命的な屈曲を引き出し、強めることができた。彼の文筆活動で決定的に重要だったこれらの年月（一九二〇年代半ば）のあいだに読んだもっとも重要な本の一つは、チャールズ・スタインメッツの『相対性理論と空間に関する四講 *Four Lectures on Relativity and Space*』（一九二三年）の英語版だった（日本語訳は存在しなかった）。ニューヨーク州スケネクタディに住む、控えめな社会主義者でドイツから逃れてきた電気工学者だった著者が書いたこの薄い本は、おそらく一九二六年の短い東京滞在中に賢治が思いがけず所有するようになったのだろうが、このころ彼は「銀河鉄道の夜」の草稿に「午后の授業」というきわめて重要な章を付け加えていた。[*104] 科学的著作の世に認められていない古典であるスタインメッツの明快な、しかし驚くほど高度な「非専門家向け」の講義集は、日本語で書かれたそれほど厳密ではない雑誌論文や書籍が相対性理論に関しては豊富に出回っていた日本では、ほとんど知られていなかった。[*105] アインシュタインの理論の幾何学的側面を強調したスタインメッツの分析は非ユークリッド空間に関する長い議論を中心にしており、そしてこの本は立体視的な投影図まで含んでいた。しかし、スタインメッツの本でいちばん印象に残るのは、重い質量のまわりでは空間が「湾曲する」という、アインシュタインの突飛な発見を説明するために使われた地図作成法上の論理である。

スタインメッツは、宇宙は空っぽでも均一でもないという考えを通じて相対性理論がその土台を掘り崩した、もっともありふれていて直感的にわかるような幾何学的な考え方の一覧表を作ることから始めた。もし宇宙が平らな平面（ユークリッド幾何学のような）ではなく球の表面（アインシュタインの宇宙のように）として見られるとするなら、「平面上のどんな二つの直線も互いに交わり、平行線はなく、直線上に無限に遠い点は存在せず、直線上のすべての点は有限の距離にあって、したがって直線の全長は有限である」ということになる、と筆者は説明する[*106]、この驚くべき非ユークリッド的な系統的論述からスタインメッツは宇宙的洞察の最高潮にまで登りつめてゆき、賢治の四次元リアリズムについて、しばしばそれと混同される宗教的神秘主義とは微妙にではあるがはっきりと異なったものとして説明する手がかりを与える。アインシュタインの湾曲した空間の結果として出てくるものに焦点を当てて、スタインメッツの宇宙観は無限の神秘にではなく、有限性そのものの神秘――限界を持たない有限性――に関わっていることがすぐに明らかになる。「相対性理論からの数学的演繹法によって、われわれはこのように、三次元宇宙は無限ではなく、想像も及ばないほど大きいとはいえ、有限だという結論を引き出す」と彼は書いた。「有限であるとはいえ、限界はなく、それはちょうど球体の表面が有限ではあるが限界を持たない二次元宇宙であるのと同じことである」[*107]。

宮澤賢治が、スケネクタディから何千マイルも離れて、こうした逆説的な文を花巻の自室で熟考しているのを想像するのはたやすいことである。重要な注でスタインメッツは限界のない有限性というこの難しいイメージを、地図作りの比喩を遠まわしに呼び起こしながら明らかにする。

相対性理論がわれわれの宇宙の広さは無限ではなく、宇宙の容積は有限であるという結論に到達するとき、たいていの人は「宇宙の有限の広がりの彼方には何があるのか？」と尋ね、「彼方」はなく、宇宙には、有限であっても、限界はない、あるいは別の言い方をすれば、一つの有限の容積がすべての宇宙になりうるということを想像するのは非常に困難だと感じる。それはちょうど、何世代にもわたって、われわれが住んでいる地球が無限ではなく、面積においては有限であるが、それでも限界ないしは「端」を持たないということを想像するのは人には難しく、世界の「端」を求め続けたのと同じことなのだ。われわれは慣れによってこれを克服し、地球の表面のような面積は有限だが境界はない表面を想像するのに今では何の困難もない。それと似ているのが相対性理論の宇宙である――容積は有限であるが限界も境界もない。*108

宇宙の「彼方」はなく、その外は何もない。それでも、とスタインメッツは続けて言う、われわれにはただ、われわれの心の中でその外に踏み出すことによってその「形」とそれに対するわれわれの関係を知ることしかできない。ジョバンニの教師が両面凸レンズを検討しながら生徒たちに求めた認識的（そして実在論的）跳躍に似て（とはいえ、もちろん同じではないが）、スタインメッツは想像される「より高次の宇宙」という概念、地図製作者の認識的地平、を導入する。たとえば、地球の表面に立っていると、ある線は実際まっすぐに見えるが、「球体の表面にある「直線」を外から、より高い空間から見ると、それが湾曲しているのが見える……」。*109

そうだとすれば、地図作成のイメージを呼び起こすことは、それがしばしば関連させられるルネサンスの遠近法主義☆6 perspectivism よりもキュビスムの「可動的な視点」と多くのものを共有している図形的表現の指示的——とはいえ「模倣的」からは程遠い——形態を呼び起こすことである。しかし賢治の論理を「地図作成」という考えと結びつけることは無視することのできないイデオロギー的な危険を含んでいる。その記号的構造がいかなるものであれ、地図作成の実践は現代の批評では最大級の地政学的犯罪と結びつけられてきた。ドナ・ハラウェイは「遺伝子地図作成」という概念の批評的分析のなかで、地図のことを、実際には「介入と生活方法の特定の実践を通して、そしてそのために作られた世界のモデル」であるのに、「明晰さと汚染されていない指示性」の空間であると歴史的に誤解してきた、地図作成上の「呪物崇拝」について説明している。*110 近代初期のヨーロッパにおける世界征服と地図作成の興隆との関係を考えれば、この立場は健全でしっかりした根拠の上に立つものである。しかしハラウェイが、十六世紀のフランドルの地図作成者ゲラルドス・メルカトール（あるバイオテクノロジー会社は彼の名にちなんで名づけられた）を呼び出すことは、偶然にも、賢治の童話により適切であるような逆説を強調する。

地球の球状の表面を平面に「投影」する有名な技術を開発したメルカトールによって作られ

た地図は、実際に「ヨーロッパ人による熱烈な世界探検の時期に外洋を航海するために適し」[*111]ていたかもしれないが、メルカトールの投影図の記号論にイデオロギー的に必然的なことは何もないのだ。実際、彼の数学的業績によって生み出された洞察の一つ（疑いもなく帝国建設の勢力によって無視された）は、地球の表面を関係性の無限の連続として新たに理解することだった。アインシュタイン自身の世界の四次元的展望をあらかじめ示していたメルカトールの地図は、概念的にはたった一つの避けがたい事実と取り組まなければならなかった。球体の表面（世界そのもの）には中心もなければ端もないということである。

空間は空っぽではない

そうだとすれば、この物語の九章のうちの四章を占める、四次元を通るジョバンニの旅は、ある種のキュビスム的啓示、その要求が時空の物質的構造と分かちがたい風変わりな倫理観の実現、と見ることができる。牛乳を取りに来たこともしばらく忘れて、ジョバンニは、町のお祭り気分をあとにし、牧場の裏手にある草の生えた丘に登って、何か「天気輪の柱」と呼ばれるものの下で草原に身を投げて休む。寺や墓の近くや村のはずれに祈りのための石の柱を立てるという東北地方に特有な習慣[*112]を遠まわしにさしているこの「天気輪の柱」はまた、どんな神社にも見られる「依り代」を思い起こさせる。日本の神社建築では依り代――しばしばひとつの石や石の集合であったり、木や柱であったりする――は、歴史学者のアラン・グラパードが神社の「着陸用地」、「神が大地と接触する点」と呼んだものとして機能する。依り代はまた間違いなく、世界のもっとも古い宗教的な伝統の多くに共通した世界の軸 *axis mundi*、つまり「宇宙の中心」を示している。[*113]天気輪の下のこの位置から、ジョバンニはもう一つの小宇宙的幻想と向き合う。

町の灯は、暗《やみ》の中をまるで海の底のお宮のけしきのやうにともり、子供らの歌ふ声や口笛、きれぎれの叫び声もかすかに聞えて来るのでした。風が遠くで鳴り、丘の草もしづかにそよぎ、ジョバンニの汗でぬれたシャツもつめたく冷されました。ジョバンニは町のはづれから遠く黒くひろがった野原を見わたしました。

そこから汽車の音が聞えてきました。その小さな列車の窓は一列小さく赤く見え、その中にはたくさんの旅人が、苹果《りんご》を剝いたり、わらったり、いろいろな風にしてゐると考へますと、ジョバンニは、もう何とも云へずかなしくなって、また眼をそらに挙げました。

あゝあの白いそらの帯がみんな星だといふぞ。

ところがいくら見てゐても、そのそらはひる先生の云ったやうな、がらんとした冷いとこだとは思はれませんでした。*114

彼が夢の中に滑り込んでゆくと、上の「天気輪の柱」は何か三角標の形に変わり、ジョバンニは突然、列車そのものに乗り込み「まるで億万の蛍烏賊《ほたるいか》の火を一ぺんに化石させ*115」たように明るい光の海に取り囲まれているのがわかる。彼は今や銀河鉄道に乗って、天を通って旅をしているのだ。

まさにこのよく知られた場面の細部において、距離と近さに対する賢治の奇妙な理解が、この物語を推し進めてゆく洞察力としてもっとも強力に姿を現わす。はじめ、古典的な意味での空間の触知できる感覚——町の灯からの、子供たちの歌声や口笛からの、「小さな列車」の旅人からの、ジョバンニの「客観的距離」——は主人公を「何とも云へずかなしく」させる。しかしすぐに、まさにこの距離の感覚が、スタインメッツが「より高い空間」と呼んだものから現実を見るこの感覚が、ひとつの認識上の姿勢にすぎないことが判明する。ある瞬間にジョバンニが遠くから観察した列車が、次の瞬間には彼を内に含んだ列車になる。まっ黒な海と「遠く」の（下の町の）灯は今や上の星ぼしや星雲の、より大きな銀河に呑み込まれている。多くの点でこの物語の残りのエピソードは、この移行の瞬間に、世界の「外側」にあるこの想像上の位置から、ジョバンニに示された予感を実証する働きをしている。銀河の空間は「空っぽで冷たく」はないという。

　空間は空っぽではない。この驚くべき主張が持つ重大な意味合いは、児童文学でもっともよく知られた旅の話の一つであるこの物語の細部にまで浸透している。しかし、われわれをお互い同士から、そして世界の物体から隔てている空虚でないとすれば、空間とはいったい何なのだろうか？　ジョバンニの教師ですらが天の川を川として説明する中で、この考えの重要性をほのめかしている。彼にとって天の川は厳密には空っぽではなく、「真空といふもの」[*116]で（いわば）満たされている。通例は無そのものと理解されている真空は、逆説的に銀河の本質的な「実在」となり、川の流れと比べられるものになる。ある種のうつろいやすい運動、あるいは教師の説明では伝えるものである。それは「光をある速さで伝へる」もので、「太陽や地球もやっぱりそのなかに浮んでゐる」のだ。二十世紀初めにエーテルという概念——ニュートン的な宇宙のイメージを保とうとする戦いの最後の概念上の砦[*117]——が失墜したことに魅了された作者は、「真空」という言葉の新しい意味を熟考して限りないインスピレーションを見出した。仏教的な意味での「虚無」という含意と、同時に物理学の最新理論との関連を認めて、賢治はこの語に多くの創造的な用法を見出し、『春と修羅』の中の詩の一つ、「真空溶媒」にもその名をつけた。

媒体として、場所として、そして宇宙でもっとも神秘的な力の本質的な状態として理解された真空は、賢治が書いたものの中ではしばしば他のすべてが還元されうる最終的な要素として扱われる。詩「五輪峠」（一九二四年）の中で彼は「このわけ方はいゝんだな／物質全部を電子に帰し／電子を真空異相といへば[*118]」と書いた。仏教においてよくおこなわれる物質的・現象的世界の「虚無」に対する強調をあからさまに示唆しているとはいえ[*119]、このイメージの科学的な屈曲が、賢治の詩のもっとも広範な意味の下には横たわっている。この奇妙な唯物論が「銀河鉄道の夜」にもはびこっていて、そこでは宇宙の真空とのジョバンニの出会いは、日本のモダニズムの正典の中でももっとも驚くべき文学的イメージの一つに数えられるだろう。

ジョバンニはすぐに、この星間列車の客室には自分一人ではなく、友人のカムパネルラも、青い顔でどこか苦しそうにしているのに気づく。この旅が続く期間——われわれはやがて、カムパネルラが溺れ死ぬ瞬間が希薄化されているのだということを知る——は、ジョバンニにとって銀河の非有機的な（とはいえ見かけ上は生きている）構造の夢のような探求になる。窓から彼は「青白く光る銀河の岸に、銀いろの空のすゝきが……風にさらさらさらさら、ゆられてうごいて、波を立ててゐる[*120]」のを見る。銀河の現象と地上の暖かい慰めとの特徴的な結合であるこれは、不可思議な発光現象と波のような動きの数多くの描写の最初のものである。ジョバンニは、教師が天の川の「水」と説明したものを見きわめようと窓から顔を出すとき、その存在が直接の知覚によっては確認できないものと出くわす。「けれどもだんだん気をつけて見ると、そのきれいな水は、ガラスよりも水素よりもすきとほって、ときどき眼の加減か、ちらちら紫いろのこまかな波をたてたり、虹のやうにぎらっと光ったりしながら、声もなくどんどん流れて行[*121]」く。

銀河といふ川――宇宙の真空、「太陽や地球も……そのなかに浮んでゐる」水――は、物理学における最初期のエネルギーの研究を取り巻く経験的逆説を表わしている。ジョバンニとカムパネルラが次の章でその渚に走って行く機会を得て、強烈に人間的な仕草で「水に手をひた」すとき、少年たちには天の川の「目に見えない」水はただその動きという証拠を通してのみ姿を現わすのがわかる。「たしかに流れてゐたことは、二人の手首の、水にひたったとこが、少し水銀いろに浮いたやうに見え、その手首にぶっつかってできた波は、うつくしい燐光をあげて、ちらちらと燃えるやうに見えたのでもわかりまし[*122]た」。

「銀河鉄道の夜」は、モダニズム期の科学的・美学的にもっとも革命的な概念の一つを重要な形で童話の言語へと翻訳している。キュビスムの画家ジョルジュ・ブラックが空間の「物質化」と述べたものである。[*123] 対象の周囲と背後の空間を「触知できる空間」に変換しようとする、ブラックが自ら公言した試みは、ポスト実証主義の、目に見えない世界との科学的かかわりに対する視覚芸術の直感的な反応だとたやすく理解できるだろう。[*124] 賢治の作品のありえないようなイメージと同じで、キュビスムの反知覚的成果は、何かひねくれた類の主観主義ではなく、科学的事実の祝賀を含んでいる。ブラック、ピカソ、そしてその他のキュビスムの先駆者たちは、この（限られた）意味で、ルネサンスからの伝統における知識の画家だと理解してよく、前例のない強烈さで「対象の物質的重要性」[*125]に焦点を当てたのだ。だが、キュビスムを革命的にしたものは、近代初期の「触覚的価値」[☆7]を拡張して、新たに発見された原子内部の現実の、宇宙そのものの、物質的重要性を含ませることのできる能力だったのだ。

「キュビスムの比喩的モデルは図表である。目に見えない過程、力、構造の、目に見える、象徴的表現である図表」[*126]と、ジョン・バージャーはこの問題に関する古典的な論文で書いている。この図表的性格は、賢治自身の地図作成法的なアプローチと同じく、別個の対象と空虚な距離という伝統的な概念に対して、関係性と連続性に対する新たな強調を含んでいる。キュビストにとっては対象そのものではなく、それらの相互作用こそが重要だったのだ。「空間はそれ自体の内部の出来事の連続性の一部である」とバージャーは説明する。「それは本来、他の出来事と比較できるひとつの出来事である。それは単なる入れ物ではない。そしてこれが数少ないキュビストの傑作がわれわれに示すものである」[*127]。対象世界との新しい科学的関係に本能的に反応して、ヨーロッパのキュビスムの画家たちは、アインシュタインの一般相対性理論のもっとも重要な帰結の一つを、独自に発見したのだ。「空間は存在しているものから離れたなにものでもない。それは物と物のあいだに適用できる関係性の一側面に過ぎない」と物理学者リー・スモーリンはアインシュタインの理論を説明して書いた。「社会」という考えそのもの——「構成員」である諸個人がいなければ崩壊してしまう概念——と同じで、出来事のない、実在物も有機体もない、エネルギーも運動もない空間はありえない。説明のためにスモーリンは読者に「文」という観念を考えてみるよう求める。それが「含む」物なくしては空間がありえないのと同じで、空っぽの文などというものはない。「そのなかに言葉が一つもない文について語るのは馬鹿げている」[*128]。この見方をすれば、空間はわれわれを世界のものや存在から引き離す距離ではなく、われわれをそれらと結びつける「統語法」として見られるようになる。

物理学者たちが空間の逆説に、困ったことに速度が一定であることが判明した光の伝播の実験を通して最初に直面したとすれば、宮澤賢治の作品の中では美的イメージとしての光の特質が似たような役割を果たした。「銀河鉄道の夜」でさまざまな拡大のシーン——最初の章の銀河の写真に始まる——に見てとれるキュビスム的な空間の変形はもっとも頻繁に光の言語で表わされている。

俄かに、車のなかが、ぱっと白く明るくなりました。見ると、もうじつに、金剛石や草の露やあらゆる立派さをあつめたやうな、きらびやかな銀河の河床の上を水は声もなくかたちもなく流れ、その流れのまん中に、ぼうっと青白く後光の射した一つの島が見えるのでした。[*129]

「光」というイメージ、言葉、そしてまさにその概念が、二十世紀の初めに大きな変形を受けた。賢治が初期に文学的影響を受けた北原白秋（一八八五―一九四二）や萩原朔太郎（一八八六―一九四二）のような詩人たちは、評論家の大塚常樹が「光明讃仰」[*130]の時代と見なしたものを代表している。たとえば、白秋の影響力の大きい作品「邪宗門」（一九〇九年）は、大正の文芸雑誌『白樺』の頁の中で見ると、後期印象派の視覚的洞察の周囲にぴったり沿って回転しているように見える。[*131]しかし詩的イメージのこの流行よりももっとずっと重要なのは、光そのものは真空も物も等しく通って――賢治だったら「声もなくかたちもなく」と言うかもしれないように――波として伝わる電磁的エネルギーの一形態だという発見だった。[*132]曖昧なかたちで「目に見える」電磁的エネルギーの現われとしての光は、その多くの形態で賢治にとって、文学者恩田逸夫の言葉を引けば「宇宙の主要な力の表現」になった。[*133]実際に賢治は、自然科学がそれ自体のエネルギー革命の巨大さをまさに発見しはじめた歴史的時期に、化学を学び最初の詩を書いていたのだ。前に述べたトムソンの『科学大系』の日本語訳は次のように宣言している。

「かくて電子発見のために、われわれの従来抱いてゐた思想は多くの点に於て全然変化されなければならぬやうになつて来た。（中略）あらゆる種類の物質は皆一の共通な基礎材料を以つて組み立てられることがあきらかにされたばかりではなく、……総ての物質は電気の一種の顕現に過ぎない」[134]。

そのうえ、賢治の世代には、電線やケーブルを通して伝えられた、文字どおり、、、の形態をとった電気エネルギーのほうが、「イオンの伝導および速度」とか「マックスヱルの速度分配率」などといった題のついた章[135]を含む本の頁から受け取られ認められることを求めるその理論的対応物よりも、はるかに説得力がありそうだった。岩手県では一九二〇年代の半ばには宇宙における結合力・原動力としての電気エネルギーのリアリティは、実際、日常生活の物質的事実だった。電子は正確にそれが存在するのを知られる以前から工場のドライブベルトを動かし、符号化された通信を運び、公共の場所を照らしていた。最初の花巻電報局は一八八二年に開設され、これはヨーロッパの大学や実験室から明白な電子理論が姿を現わす十年前のことだった[136]。一八八四年には全東北地方が青森から白河まで広がる電信網で結ばれていて、それは北海道から九州にまでわたる全国的なネットワークと接続していた[137]。

しかし電信の初期は一九一〇年代、一九二〇年代の日本の田舎の電力革命に比べれば見劣りがする。実際この地方は、若い賢治が岩手県で詩を書きはじめていた年月と正確に重なって、広範にわたる後戻りできない電化が進んでいった。一九〇八年（賢治は十二歳だった）にはこの県全体で七百二十一の建物に電灯が灯っていた。一九二五年（賢治二十九歳）にはその数は優に八万五千を超えていた。[*138] 一九二七年に操業していた岩手県の二十七の電力会社――花巻、盛岡、釜石、遠野の会社を含めて――のうち二十三社ほどは大正時代に開業していた。電力網の拡大は発電量の増大も意味した。岩手県の発電所の数は一九一五年から一九二〇年のあいだだけで倍増した。[*139] 大正の終わりには電気は日本全国で、商業的にも個人的にもしっかりと確立した事実となっていた。電気は通信を伝え、空間を照らし出したが、それはまた人や人の物を動かしもした。東北で最初の電気鉄道は一九一五年に開業し、電気の力そのものと東北地方の増大した発電能力を証明した。[*140]

　こうした科学技術拡大の歴史が賢治の著作を満たしている。「賢治程《電気エネルギー》をさまざまな形で感じ、描写した作家は日本近代文学には見当たらない」[*141] と大塚常樹は述べる。トムソンの『科学大系』とスタインメッツの本に没頭した賢治はエネルギーをいちだんと優れたリアリスト的（ということはつまりモダニスト的）主題だと理解するようになった。それは直接の知覚を超えて存在する実在であるが、何か根本的な形で人間経験を規定してもいる。そうだとすれば、思いがけなくも、賢治の作品の中でエネルギーは、十九世紀にその発見が引き起こした認識論的葛藤――実証主義の知覚上の限界とリアリズムの抽象的介入とのあいだの対立――そのものに対する解答のおぼろげなる発端として姿を現わす。たとえばチャールズ・スタインメッツはほとんど意図しないでこの解答をほのめかし、エネルギーを、まさにそれが感覚そのものと結びついているがゆえに、現実の主要な実体として説明している。「感覚による知覚はすべてただエネルギーの効果にすぎない」と彼は書いた。「つまり、エネルギーが唯一現実に存在する実体であり、根本概念であって、それは、われわれの感覚がそれに反応するからわれわれにとって存在しているのだ」[*142]。エルンスト・マッハ（彼はエネルギー場を単に概念上の便宜的なものだと考えた）のような実証主義者の基本的前提に逆らって、スタインメッツはエネルギーを、その探知不可能性にもかかわらずではなく、探知可能である唯一のものだから、現実的であると言明した。「そうだとすれば明白に」とスタインメッツは続ける、「光と電磁的な波の説明をエネルギー場――つまり、空間におけるエネルギー保管所――に戻すことで、われわれはそれをできるだけ遠くまで、人間精神の根本的ないしは第一の概念、つまり感覚による知覚にまで、戻したことになり、その概念がわれわれに実在エネルギーと、その下で人間精神がそれを、つまり時間と空間の実在エネルギーを想像する形態とを与える」[*143]。

とはいえ、賢治にとってエネルギーという概念はさらに壮大な統一機能を獲得する。単に実証主義をリアリズムと調和させる鍵であるだけでなく、人間と人間以外との、有機的なものと非有機的なものとの、大きなものと小さなものとの存在論的関連である。詩「小岩井農場」（一九二二年）の中で賢治はこう書いた。

銀の微塵のちらばるそらへ
たつたいまのぼつたひばりなのだ
くろくてすばやくきんいろだ
そらでやる Brownian movement[*144]

この強く印象に残る詩の中の、世界と世界の特徴的な衝突は、賢治の作品の多くを貫いている本質的なテーマを捉えている。どきどきと打つ心臓と油断ない目を持つひばりは空間の原子的振動と出会う。分子である大気が、翼の羽ばたき、熱い血管の脈動と親しく交わる。専門的ではあるがそれでも美しい用語 Brownian movement［ブラウン運動］がここでは鮮やかな美的・概念的効果の一部として際立っている。一九一〇年から一九三〇年に最盛期を迎えた、「コロイド科学」として知られている学際研究の一分野と関連するこの用語は、化学と物理の理論が生物学的有機体の基本的理解に向けられたような自然の世界に対する、野心的な研究方法を思い起こさせる。[*145] ブラウン運動とは水中の小さな粒子（コロイド）に検出される振動をさし、原子の衝撃から生じる。アインシュタイン自身が研究の初期にこの現象についての論文を発表しており、ミチオ・カクが「原子の存在に関する最初の実験的証明[*146]」と呼んだものを提供している。しかしおそらく賢治はブラウン運動について最初に、彼にとってデータとインスピレーションの最重要の出所である座右の書、片山正夫の『化学本論』で読んだのだろう。[147]

　コロイド科学は、今日ではわれわれが当然のこととしている単純ではあるが奥が深い仮説の帰結を探求した。つまり、すべてのものは原子でできているという主張である。「全生物学中でもっとも重要な仮説は」と物理学者リチャード・P・ファインマンはブラウン運動について論じる中で書いている、「動物がおこなうすべてのことを原子はおこなうということである。言い換えれば、生き物がおこなうことで、生き物は物理学の法則にしたがって行動する原子によって作られているという視点から理解できないことは何もない」。[148] こうした見方の論理は、賢治の死後、何世代にもわたって科学者たちを驚かせつづけ、思いもかけない場所で詩的幻想を掻き立ててきた。たとえばファインマンは基礎物理の教科書の中でこう書いている。「水に……波や泡が作れるなら、そしてセメントの上を流れるときに押し寄せる音を立てたり奇妙な模様を作れるなら、もしこのすべてが、水の流れに活気を与えるもののすべてが、原子の堆積以外の何ものでもないとしたら、あとどれだけのことができるのだろう?[149]」。この疑問は、その中ではひばり——それ自体エネルギーと原子の複合体である——が、それを取り囲む空間から分けて見ることがもはやできない賢治の詩に直接向けられているように思える。

　そしてこれもまたある種の拡大である。この断章は、拡張ないしは図表的ビジョンとなるものを提示している。それを「含む」宇宙と親しく結びつけられそして連続している、鳥の生き生きとした描写。ある学者たちにとっては重重無尽[*150]——「一の中に十があり、十の中に一がある（一即一切一切即一）」という言葉に還元できる現実の概念——として知られている、華厳経と結びつけられた、統一の同心円的教義を思い起こさせる、この詩の中のひばりのイメージは、また同じようにバスカーの超越的リアリズムを暗示している。バスカーにとって物質的世界は、まさに人間の直接の知覚を越えた存在論的正当性を享受しているときに、人間存在を規定する。そしてこれが「ブラウン運動」がこの詩の中に現われる意味である。この言葉はバスカーが「ナチュラリズムの可能性」と呼んだものを思い起こさせるが、それはすなわち、「自然科学と社会科学とのあいだには方法の本質的統一がある（あるいは、ありうる）[*151]」ということである。弟が伝記的素描の中で述べているように、もし賢治がほんとうに、片山の化学の教科書の脇で法華経を研究して夕べを過ごしていたなら、実はそれは物質性のこうした見方の壮大さにふさわしい言語を探求していたということなのかもしれない。[*152]

　この、世界に浸透している唯物論を明確に述べようとする賢治の苦心は、驚くような形で、人間の「自然」との関係を概念化しようとするマルクスの基礎的な努力と類似している。その画期的な研究『マルクスの生態学』の中で、ジョン・ベラミー・フォスターは、『経済学・哲学草稿』の中で最初に展開されたマルクスの中心的かつ有名な労働の疎外という概念が、「人間の、内的自然と外的自然という両方の自然からの」歴史的「疎外」という、より幅広い理解から生じたことを明らかにしている。[*153] 何世代かのマルクス主義的・環境的批判に反論してフォスターは、マルクスの見解が単に「深く、そして実際、体系的に生態学的」であるばかりでなく「この生態学的な見方は彼の唯物論から生まれてきた」——そしてその唯物論自体は科学革命に、そしてより根本的にはエピクロスにまでさかのぼる——という主張を提示している。[*154] この見解によれば、マルクスの全哲学的枠組みと、それが必然的に伴う革命的政治は、もし彼がもっとあとの時代に生きていたなら賢治の原子構成要素や科学の語彙ともっと密接に響き合ったかもしれない物質的相互浸透というビジョンから、切り離すことはできない。マルクスの言葉で言えば、「自然は人間の非有機的な体、つまり、人間の体ではないという限りにおいて自然なのである。人は自然から生きている、すなわち、自然は人間の体であり、人は死ぬつもりがなければ自然との絶え間ない対話を維持しなければならない。人の肉体的・精神的生活が自然と繋がっているということは、人は自然の一部なのだから、自然は自然そのものと繋がっているということを意味するに過ぎない」[*155]。

ある意味では、そうした自然に対する包括的なビジョンを語れる——それ自体と結びついた自然を描き出せる——唯一の言語が、その主題として個別の対象ではなく関係性を取り上げる傾向をもつモダニズムの言語である。キュビスムはそうした言語であり、アインシュタインのリアリズムの四次元の幾何学もまたそうである。銀河を通り抜けるジョバンニとカムパネルラの旅もまた、この関係のリアリズムの物語版、すなわち自然の力、実在、過程との人間の出会いの寓話的な描写——われわれを結びつけている空間の心象——として理解できるかもしれない。

リアリズムの倫理

ジョバンニとカムパネルラは、銀河の川の渚に沿った発掘現場に行き当たると（「白鳥の停車場」での短い停車のあいだに）、発掘責任者である眼鏡をかけた古生物学者に近づき、彼は二人にその「プリオシン海岸」という名の地区の、千年王国を思い起こさせるような歴史を説明してくれる。二人の少年は川岸に沿って集めてきた胡桃《くるみ》が百万年以上古いこと、そして自分たちの下には貝やとっくに死に絶えた動物の骨の化石の地層があることを知る。「ぼくらからみると、ここは厚い立派な地層で、百二十万年ぐらゐ前にできたといふ証拠もいろいろあがるけれども、ぼくらとちがったやつからみてもやっぱりこんな地層に見えるかどうか、あるひは風か水やがらんとした空かに見えやしないか……」*156と説明してくれる。この一節は、今ではもうおなじみのテーマを反響させて、見かけを超えた現実の秘密を明かそうと共謀している観察と想像力を示している。天の川で仕事をしている古生物学者にとって、そしてその岸辺に沿って胡桃を集める二人の少年にとって、空間は空虚でもなければ不活性でもなく、生きた過去の「証拠」に満ちた地質学的時代の痕跡によって特徴づけられている。

銀河の地質を地図上に記録するというこの思いもかけないイメージは、賢治自身が学生時代におこなった地質学的・地形学的活動を思い出させ、物質的世界の表面を見透かそうとする、その（そうしなければ見えない）細部を「間近に」持ってこようとする、そしてその隠された歴史の層を図示しようとする、紛れもなくモダニズム的な衝動を表わしている。これは本質的にこの作者のリアリズムの、もっとも印象的な面の一つを構成している。というのは、この層をなした地質に注目することは、人が人以外の領域と歴史的に繋がっていると認めることを意味するからだ。「銀河鉄道の夜」で、人間経験からは独立した異質な世界に対する認識――物理学者寺田寅彦が、当時物理学に革命を起こしていた「非人間的自然観」と述べたもの[*157]――は、倫理的要求の新しい範囲全体に対して開かれている。何らかの形で、この物語の教訓的内容は次のような一見単純な信念に近づくように思える。つまり、ロイ・バスカーの言葉を借りれば「法則に支配された世界が人間とは独立して存在する」[*158]という信念。存在を知覚可能性と同等視せよという実証主義の命令を無効にして、バスカー自身は、「経験される、あるいは経験されうるということ」は、もはや「世界の本質的属性」として見られるべきではなく、「たとえそれが特別な状況下で科学にとって重要な意味を持ちうるものであるとしても、何かあるものの偶有的属性」として見られるべきであると論じた。[*159] しかしそうした立場はどんな類の倫理を意味するのだろうか？　賢治の創作の多くはこの問いに対する長々とした答えとして受け取れるかもしれない。この童話作家かつ教師にとって、存在するもの（ないしは存在してきたもの）の断片しか直接には示されない世界という考えを受け入れることは、想像力——見えないものを思い描く、経験できないものを理解する、大きすぎて、いかなる究極的な意味でも決して表現することのできない海を航行する、能力——そのものの必要不可欠性を認めることなのだ。

「銀河鉄道の夜」の根本的な比喩が地図で、それが描く「場所」が宇宙なら、その「法則に支配された世界」の中心にある関係性は食物網の論理に従う。詩人で環境活動家のゲーリー・スナイダーが「生物圏の恐ろしく、美しい条件」[*160] と呼んだものである。アインシュタインの相対性理論の世界のように、食物網はどんな単一の視点ないしは経験よりも大きいがゆえに、恐ろしくもありまた美しくもあるのだ。人間の文化を物質的相互関連の、この限界のない（しかし無限ではない）ネットワークに埋め込まれたものとして認識することは、人間の重要さを減少させ、同時に人間の責任を拡大させることだ。そうだとすれば「銀河鉄道の夜」のもっとも革命的な面は、標準的な左翼批評家の限界をはるかに超えて、最終的には生存そのものの問題に呼びかける。食べ物として命を取ることである。物語が終わるまでに、生存のための戦いは、ひばりを空に、そして空を銀河のほかの部分に結びつけているエネルギー網のもう一つの現われとして見られるということが明らかになる。この物語の倫理的内容は、こうして、人間文化を人間以外の、あるいは「自然の」、世界に結びつける物質的相互作用――マルクス自身が「代謝関係」[*161]と呼んだもの――の絶え間ない展開に対する作者の理解と分かちがたく姿を現わす。

「鳥を捕る人」という章でジョバンニとカムパネルラは、もう一人の乗客である、天の川で鶴や雁、鷺、白鳥を捕ることを生業にしている、がさがさした、けれども親切そうな声の老人との会話に引き込まれる。この老人は少年たちの注意を鳥の鳴き声に向けさせる。子供たちの耳には鳥の鳴き声は「ごとごと鳴る汽車のひびきと、すすきの風との間から、ころんころんと水の湧くやうな音」[*162]に聞こえる。ジョバンニは鳥捕りに話しかける。


「鶴、どうしてとるんですか。」

「鶴ですか、それとも鷺ですか。」

「鷺です。」ジョバンニは、どっちでもいいと思ひながら答へました。

「そいつはな、雑作ない。さぎといふものは、みんな天の川の砂が凝って、ぼおっとできるもんですからね、そして始終川へ帰りますからね、川原で待ってゐて、鷺がみんな、脚をかういふ風にして下りてくるとこを、そいつが地べたへつくかつかないうちに、ぴたっと押へちまふんです。するともう鷺は、かたまって安心して死んぢまひます。あとはもう、わかり切ってまさあ。押し葉にするだけです。」

「鷺を押し葉にするんですか。標本ですか。」

「標本ぢゃありません。みんなたべるぢゃありませんか。」

「おかしいねえ。」カムパネルラが首をかしげました。

「おかしいも不審もありませんや。そら。」その男は立って、網棚から包みをおろして、手ばやくくるくると解きました。「さあ、ごらんなさい。いまとって来たばかりです。」

「ほんたうに鷺だねえ。」二人は思はず叫びました。まっ白な、あのさっきの北の十字架のやうに光る鷺のからだが、十ばかり、少しひらべったくなって、黒い脚をちぢめて、浮彫のやうにならんでゐたのです。

「眼をつぶってるね。」カムパネルラは、指でそっと、鷺の三日月がたの白い瞑った眼にさわりました。[*163]

電磁波と星の虹色を背景にして、この美しく胸を騒がせる短い場面は、エネルギー交換のもう一つの形態——死と糧《かて》の動力学——をありのままに略述している。鳥たちそのもの（その鳴き声は「水の湧く音」に似ている）がこの場面ではほとんど純粋なエネルギー効果として振舞い、それらが自らの源——天の川のぼおっと光る流れの下の砂利——に帰るとき、苦もなく空から摘み取ることができる。鳥捕りの獲物はすぐに安心して死んでしまい、そしてその肉は、あとでわかるが、鳥の肉の味ではなく、菓子の味がする。*164 狩りの血ともがきとを回避して、この一節はその代わりに生存というもっとも本質的な幾何学に注意を集中し、ゲーリー・スナイダーが「秘跡」の経済と呼ぶものの基本的構造を図示する。「食べることは秘跡である」とスナイダーは書いている。「飯や粉になる何百万という草の種の粒、決して成体になることのない、そしてなってはいけない、何百万ものタラの幼魚。無数の小さな種は食物連鎖に捧げられる生贄である。大地の中のパースニップは生きた化学の驚異で、地面、空気、水から、砂糖と独特な風味とを作り上げる」。そこには生存のための化学と物理学がある。しかしそこにはまた礼儀作法もある。もしわれわれが実際に肉を食べるなら、とスナイダーは続ける、「われわれは、鋭い耳と愛らしい目を持った、がっしりとした足と大きな脈打つ心臓を持った、偉大で敏捷な存在の、命、弾み、悲鳴を食べているのだ、自分を欺くのはよそう*165」。

　賢治の鳥捕りの章は、この日常の出来事の、この単純なエネルギー交換の、優雅な構造と倫理的重みとを垣間見せてくれる。殺すことのドラマをその物質的本質へと蒸留することでこの一節は生存そのものの抽象的なモデルを提示する。鳥捕りが突然客車からいなくなり、窓の外の川原に再び現われるとき、少年たちは彼が仕事をするのを見ることができる。ただ「燈台守」とだけされるもう一人の乗客（この章と次の章で即興の案内役を果たす）とともに少年たちは鳥捕りが豊饒な空から鷺を収穫するのを見守る。

「あすこへ行ってる。ずゐぶん奇体だねえ。きっとまた鳥をつかまへるとこだねえ。汽車が走って行かないうちに、早く鳥がおりるとい丶な。」と云った途端、がらんとした桔梗いろの空から、さっき見たやうな鷺が、まるで雪の降るやうに、ぎゃあぎゃあ叫びながら、いっぱいに舞ひおりて来ました。するとあの鳥捕りは、すっかり注文通りだといふやうにほくほくして、両足をかっきり六十度に開いて立って、鷺のちぢめて降りて来る黒い脚を両手で片っ端から押へて、布の袋の中に入れるのでした。すると鷺は、蛍のやうに、袋の中でしばらく、青くぺかぺか光ったり消えたりしてゐましたが、おしまひたうたう、みんなぼんやり白くなって、眼をつぶるのでした。ところが、つかまへられる鳥よりは、つかまへられないで無事に天の川の砂の上に降りるものの方が多かったのです。それは見てゐると、足が砂へつくや否や、まるで雪の融けるやうに、縮まって扁《ひら》べったくなって、間もなく熔鉱炉から出た銅の汁のやうに、砂や砂利の上にひろがり、しばらくは鳥の形が、砂についてゐるのでしたが、それも二三度明るくなったり暗くなったりしてゐるうちに、もうすっかりまはりと同じいろになってしまふのでした。*166

視覚的に圧縮され、謎のような口調で語られるこの一節は、のちにニューエコロジーの中心的パラダイムとなるものの詩的表現であることを問題なく理解できるだろう。エネルギーの流れと栄養の交換という過程である。殺すときの血と、摂取と排泄の汚さだけでなく、分解と分子崩壊という最終段階もが、すべてこの場面で要約され、燃焼と溶解という奇跡のようなイメージに変貌させられる。ここには威厳ある悲しみもあって、なぜか——前の部分と同じで——鳥の目を閉じることによって描かれた狩りの説明を際立たせている。この場面は、物語の他の部分とともに、最終的には宇宙のこうした基本的な条件をやさしく受け入れることを伝えている。生の死に対する依存ということである。物語が次の章で結論に向けて動いてゆき、外洋汽船で遭難したまだ濡れたままの犠牲者を乗せると、物語の主人公に（そして読者に）、少なくとも銀河鉄道の乗客の幾人かはあの世までの切符を買っていることが明らかになる。列車が天に近づいてゆくにつれ超自然的なイメージは強くなるが、外の景色の中では生存のための戦いが続いている——たとえ洗練の度合いは高まっているとはいえ。

乗り合わせた客と、黄金と紅でいろどられた大きなりんごをいくつか丁重に分け合いながら燈台守はこうした純化された存在の高みでの食糧生産の条件について説明する。

この辺ではもちろん農業はいたしますけれども大ていひとりでにいゝものができるやうな約束になって居ります。農業だってそんなに骨は折れはしません。たいてい自分の望む種子さへ播けばひとりでにどんどんできます。米だってパシフィック辺のやうに殻もないし十倍も大きくて匂もいゝのです。けれどもあなたがたのいらっしゃる方なら農業はもうありません。苹果だってお菓子だってかすが少しもありませんからみんなそのひとそのひとによってちがったわづかのいゝかほりになって毛あなからちらけてしまふのです。*[167]

鳥を捕る場面のこの変奏においては燈台守のりんごもまたごく希薄な、あるいは揮発性の物質からできていることが示される。果物の皮がむかれると「折角剝いたそのきれいな皮も、くるくるコルク抜きのやうな形になって床へ落ちるまでの間にはすうっと灰いろに光って蒸発してしまふのでした」。*[168] 賢治研究者のサラ・M・ストロングはこの場面の分析の中で、「より洗練され、より農業に依存しない食べ物のモデル」へと向かうこの物語の進行を、作者の考える「仏教的来世の、経典に基づいた正しい階層秩序づけ」という枠組みの中へときれいにまとめている。*[169] この古典的な倫理構造の中でりんごは、それを消費することが動物にとっても植物にとっても命の喪失を引き起こさないから、重要な役割を演じていると説明する。実際、エコロジストだったら、まさしくりんごの消費によって——そしてその結果として排泄物の中の種子が散布されることによって——一つの種としてその木が生き残ることが保証されるとつけ加えるかもしれない。「食物連鎖という悪行からの逃避を求める者にとって、りんごのような果物はほとんど理想的な食べ物である」とストロングは論じる。[*170]

だがしかし、賢治の物語の仏教的枠組みを認める際に、作者の神秘主義が物質的世界とその矛盾からの断絶の表現だと読み違えないことは重要である。最終的に「銀河鉄道の夜」は食物連鎖からの脱出ではなく、その抽象的な姿——現実の否定ではなくそれを理解するためのモデル——を読者に提示しているのだ。それだからここでは理想主義と抽象との区別は維持されなければならない。この物語を取り巻く批評的混乱の多くは、私の考えでは、まさに詩的に表現された抽象が、理想と捉えられるところから生じている。確かにこの物語は動物の殺害を自然主義的な詳細さで描いてはいないし、穀物生産によって代表される多数の犠牲を一般化している。しかしここでさえも動物は死につづけ、穀物は育ちつづけているのだ。列車がアメリカの西部を思わせる夢のような風景の中を通り過ぎるとき列車の外に現われる「インデアン」のイメージを考えてみよ。この光景は二人の少年と外洋汽船から来た若い男によって目撃される。

「あら、インデアンですよ。インデアンですよ。おねえさまごらんなさい。」黒服の青年も眼をさましました。ジョバンニもカムパネルラも立ちあがりました。「走って来るわ、あら、走って来るわ。追ひかけてゐるんでせう。」「いゝえ、汽車を追ってるんぢゃないんですよ。猟をするか踊るかしてるんですよ。」青年はいまどこに居るか忘れたといふ風にポケットに手を入れて立ちながら云ひました。
　まったくインデアンは半分は踊ってゐるやうでした。第一かけるにしても足のふみやうがもっと経済もとれ本気にもなれさうでした。にはかにくっきり白いその羽根は前の方へ倒れるやうになりインデアンはぴたっと立ちどまってすばやく弓を空にひきました。そこから一羽の鶴がふらふらと落ちて来てまた走り出したインデアンの大きくひろげた両手に落ちこみました。インデアンはうれしさうに立ってわらひました。そしてその鶴をもってこっちを見てゐる影ももうどんどん小さく遠くなり電しんばしらの碍子がきらっきらっと続いて二つばかり光ってまたたうもろこしの林になってしまひました。こっち側の窓を見ますと汽車はほんたうに高い高い崖の上を走ってゐてその谷の底には川がやっぱり幅ひろく明るく流れてゐたのです[*171]。

ストロングがこの部分に関する明敏な議論で指摘するように、「賢治の文の一行一行がここでは狩猟という行為を無血の儀式へと変形させることを意図しているように思える」[*172]。自然主義的な描写に明らかに関心のないこの物語は、その代わりに、バレエの振り付けのような狩りのモデルを提出している。動物の殺害がダンスの詩へと収斂する。目に見える形では一本の矢も放たれない。鶴の鼓動する心臓は決して目に見える形で射抜かれることはない。血はまったく流れない。しかし鳥は確かに天から狩人の腕の中に落ちてくる――殺害は完結される。この場面が本当に、ストロングが示唆するように、狩猟行為を「無血の儀式」へと変形するのなら、儀式の目的は現実を否定することではなく、それを説明すること、それを寿《ことほ》ぐこと、さもなければその神聖な側面を暴き出すことだというのを思い出すのは有益だろう。実際、賢治の物語の世界は「食物連鎖という悪行」、いかなる形でもその神聖な性格を減少させることのない特徴、で射抜かれている。物語の細部にある「来世」の約束を強調することは、この物語が現世と関連していることを見逃す危険を冒すことである。というのは、結局はこの謎めいた傑作は日常の状況の説明としてももっともよく意味をなすからである。一見したところ超自然的な「エネルギー場」の、科学における歴史的役割と、原子の世界を表現するに当たっての難解な数学的モデルを考えてみるとき、「銀河鉄道の夜」の異様なイメージは、それ自体の記載範囲の中で、われわれのまわりの世界が何のために存在しているかを明らかにすることを狙っているのだと示唆しても、それほど無謀なことではないように思える。この物語は主人公に対しても読者に対しても、存在の罪からの最終的な解放を提供しているわけではなく、言い換えればただ、存在の罪のより純粋なイメージを提供しているだけなのだ。

最終的には賢治の宗教性と唯物論者としての彼の姿勢とのあいだには何の矛盾もない。この物語は矛盾なしに分子の変形、エネルギー交換、栄養循環の霊妙なつづれ織りを宗教的象徴の折衷的な連なり——十字架、後光、天国へ行く途上の旅行者に出会う白い着物を着た人——と並べて提示する。まさしくこの超現実的な論理が、賢治の物語が死の意味を、二つの一見したところ共通点はないようだがしかし不可分の条件の中に置くことを可能にしている。エネルギー交換という物質的な事実と犠牲という道徳的事実である。究極的には「銀河鉄道の夜」は読者に、どんなにささやかなものであれあらゆる死を、銀河に対する捧げ物と見るよう求める。犠牲とその食物連鎖との関連というテーマは物語の終わり近くで、さそり座をめぐる仏教的な話を通して強調される。ジョバンニとカムパネルラが天の川の向こう岸の、「ルビーよりも赤くすきとほりリチウムよりもうつくし」い明るい火のような光輝に気がつくとき、カムパネルラは銀河の地図を調べてそれが「蝎の火」[*173]だと断定する。すると海で遭難した女の子が父親から聞いた話を詳しく物語る。一匹の蠍が昆虫を殺して食べて生きてきたあげくに、ある日イタチに見つかって食べられそうになる。一生懸命に逃げようとしていると、深い井戸に落ちてしまい、そこからどうしても逃れられず溺れはじめる。とつぜん蠍は少なくともイタチの餌にもなれず死んでゆくことを後悔し、この次にはむなしく命を捨てず、まことのみんなの幸のためにこの体を使ってくれと祈る。「そしたらいつか蝎はじぶんのからだがまっ赤なうつくしい火になって燃えてよるのやみを照らしてゐるのを見た[*174]」。

ここで自覚的な意思という寓話的な奇想によっていかに擬人化されていようと、自らを食物連鎖の犠牲にする蠍のイメージは理想主義として片づけることはできない。そうした犠牲は、実際、存在の日常的な特徴で、自然の世界では瞬間瞬間に起こっているのだ。毎日、植物も動物も生命全体の継続のために個々の命をなげうっている。これが「秘跡の生態学」の根本条件なのだ。賢治の物語の世界では犠牲は宇宙の厳格な物質的事実でありまた奇跡的な出来事でもある。悲しみと同時に、慰めと、恐ろしい美の源泉でもあるのだ。

カムパネルラ自身の死――「石炭袋」と呼ばれる謎のような現象、つまり作者が持つ何冊かの天文学の本でその謎について論じられている「暗黒星雲」ないしは銀河の「裂け目」、への文字どおりの移行――は以前の章の鷺の物質的な死、そして蠍の倫理的な死の両方に重要な形で類似している[*175]。死ぬことでカムパネルラの体は銀河の基本的要素に帰る。しかしそれはまた、彼が死んだために溺れることから救われたもう一人の少年に生きることを許すから、捧げ物にもなる。

ジョバンニは丘の斜面で夢からさめると、「天の川もやっぱりさっきの通りに白くぼんやりかゝりまっ黒な南の地平線の上では殊にけむったやうになってその右には蠍座の赤い星がうつくしくきらめ*176」いているのが見える。いかにも童話らしく、この物語はジョバンニを無事に地上に、村に、町外れの丘に返す。しかしもちろんすべてが異なってもいて、それは今やジョバンニは自分がどこにいるか知っているからだ。ジョバンニはすでに自分の位置を確かめていて、読者は今やこの「航法に関する」行為もまたカムパネルラの命の価値を計るための、他の者を救うことによって負った対価を査定するための、一つの方法だったことがわかる。川の下流を見つめ、行方が知れなくなった友達の、希望がないとわかっている探索を見つめるとき、ジョバンニには川がはっきりと上の空と融合しているのが見える。「下流の方は川はゞ一ぱい銀河が巨きく写ってまるで水のないそのまゝのそらのやうに見えました*177」。この、悲劇が起こった局地的な場所――少年が溺れた川――を、その両岸を包み込む、アーチ状に広がった、いっぱいの星を湛えた夜と結びつけることで、このイメージは少年の命の小ささとその持つ意味の途方もない大きさの両方をまんまと暴き出している。人間は宇宙の中心ではないと、この一節は忘れがたく示しているように思える。人はただそれに属しているに過ぎない――他の一切のものと共に。そしてこの所属ということの本質こそが賢治の物語の最後の謎を作り上げている。

それだから、「銀河鉄道の夜」に命を吹き込む幻想として役立っているキュビスムの論理は、美的実験ないしは科学理論の気の利いた洞察といった表面的な手ざわりをはるかに越えて進んで行く。宇宙を主題として取り上げることで、そして（中心そのものを取り去ることによって）人間をその宇宙の中心から取り去ることで賢治の作品は、日本の文学上のモダニズムと「生態学的」傾向の基礎が奇妙に、そして思いがけなくも結びついていることを明らかにする。人文科学の理論的風潮によってどれほど非難されようとも、この有名な物語にみなぎっている科学的リアリズム――人間の意識の外にある物質的現実に対する永続的な信念――は、ある認識論的遺産を、歴史家のロドリック・フレイザー・ナッシュが「たぶん人間の思考における道徳律のもっとも劇的な拡大」と呼ぶもの――「環境倫理学[*178]」の歴史的出現――と共有している。実際、「銀河鉄道の夜」における光とエネルギーの、物と空間の、奇妙で美しい描写は、動物や木々、岩手県の岩や川を中心にしたより現世的な物語のいくつかに知的文脈を与えている。これら地上的な、とはいえ同じように革命的な物語は、賢治の作品と、「個別種主義[*179]」に対する特徴的な反対を伴った、「ディープエコロジー」とずっとあとになって呼ばれるようになるものとのあいだのもっと明白な結びつきを暴き出している。次の二つの章ではこのタイプの物語の例に焦点を当てる。

II　野生と人の手が入ったもの——賢治、ダーウィン、そして自然の権利

そしてそれが人間の石炭紀であったと
どこかの透明な地質学者が記録するであらう

——宮澤賢治「政治家」、一九二七年

ある動物が別の動物よりも高等であると言うのは馬鹿げている。

——チャールズ・ダーウィン「変異に関する覚え書き」、一八三八年

ハイ・モダニズムという文脈の中で理解されると、宮澤賢治の原野の詩と物語はこの美的運動の歴史的大きさに対して思いもかけない洞察をもたらす。機械と大都会の、そして映画館と資本主義的交換の遺産であるモダニズムもまた、産業資本主義のあまり予想できないもう一つの面と深い繋《つな》がりを共有している。生態学の関係性の論理である。本書の残りの二章はこの繋

がりを正しく評価するために捧げられ、そこから他の書物が有効に出発できるような終末点に向けて進んでゆく。

賢治が自然の世界の全体性を自分の詩の本質的な主題——参加者と偶然の目撃者の両方の役割を果たす人間を持った——として理解していたのなら、この姿勢は、文学上のモダニズムを、やがて戦間期および戦後になって新生態学という名で姿を現わすことになるものと結びつけるリアリズムの土台を明らかにしている。自然の世界に対する賢治の詩的扱いは、今日では「ディープエコロジー」と呼ばれるようになったもの——政治的、倫理的、哲学的な運動であり、またモダニスト的な感受性の残存しているもっとも重要な表現の一つであると確認できるだろう——を予表しているとさえ言えるかもしれない。賢治の詩や物語は、自然の中の「エネルギーの流れ」と栄養交換を強調する、一九三〇年代の「生態系」[*1]という概念の物理学と化学に暗示される根底的な唯物論を予感させつつ、その倫理的な力を、ディープエコロジーの創始者アルネ・ネスが「全体的展望」と呼ぶもの、すなわち、世界の中における人間の場所についての永続的なビジョン[*2]から引き出している。

「生態学 ecology」という言葉自体は、ダーウィン主義生物学者エルンスト・ヘッケル（一八三四—一九一九）によって一八六六年に作られたが、ヨーロッパでも日本でも一八九〇年代までは一般に使われるようにはなっていなかった。'economy' という語の語根（ギリシア語で「家庭」を意味する oikos）を借りたヘッケルの用語は、自然の世界全般を抽象的交換の巨大な体系として描き出しつつも、生命形態をそれが住む場所の具体的特性内部で理解することの重要性を強調した。「生態学という言葉でわれわれは、自然という機構 economy に関する一群の知識──有機的および非有機的環境に対する動物の全体的関係に関する研究──を意味する」と彼は書いた。[*3] 世紀の変わり目ごろ、英語やドイツ語を解する独学の読者にとって、ヘッケルの一般向けの本は、アンナ・ブラムウェルが「ダーウィンとマルクスに匹敵する……科学的知識を通した政治意識にとっての生命線」[*4]と呼んでいるものだった。

日本でもヘッケルの本の翻訳『生命の不可思議』（一九〇四年）は、歴史における唯物論の本質に関連したマルクス主義者たちの論争に新しい言葉遣いを提供した。実際、ヘッケルの世界観はその力を、二十世紀初めの日本で政治的・哲学的な議論の多くに生気を吹き込んでいた、物質的なものと観念的なものとのあいだの緊張から引き出していたように思える。宮澤賢治はこの本を一九一三年に十代で読んでいて、彼の作品に対するヘッケルの理論の強い影響力は広く認められてきた。賢治は詩「青森挽歌」の中で、そして物語「ビヂテリアン大祭」の中でも、ヘッケルの名前に言及している。しかし、実はいくつかの風変わりな短い物語の深層構造を通して、賢治のモダニズムの生態学的文法はもっとも注目に値する表現を見出しているのだ。[*5] 岩手県の森と動物という自然の世界に関する、賢治のもっとも有名な描写は童話集『注文の多い料理店』[*6]（一九二四年）で発表された。この童話集に収められた九つの物語のそれぞれが、所帯じみた人間活動――耕作、建築、購入、販売――の世界を、人の手が入っていない自然の世界から分ける境界地域でしか起こりえない出会いのドラマを主題として取り上げている。この境界領域で、山猫はハンターに食物連鎖における自分たちの場所を思い出させ、怒った柏林は軽率な樵《きこり》に対する裁判を開き、鹿の集団は侵入してきた農夫たちとの壊れやすい関係が始まったことを示すために奇妙な儀式をこしらえ上げる。

こうした物語――そして生前には発表されなかったほかの多くの物語――の力は、「銀河鉄道の夜」できわめて重要な役割を果たした「可動性の視点」をこの作者がすっかり自分のものにしていたことにまでたどることができる。これらの物語は忘れがたい率直さでもって思いもかけなかった「局地的な」視点を描き出す。人間が落とした手ぬぐいを見つけた野生の鹿の、原野に人が入植しはじめるのを目撃する巌《いわ》の、あるいは電信線を流れる電気エネルギー（賢治の世界における野生の自然のもう一つの例）までもの、経験である。同時に、こうした局地的な視点は、アインシュタイン物理学者ならばより高次の客観性と呼ぶかもしれないもの、たとえ模倣的には描写できないとしても抽象的に想像しうる諸関係のネットワーク――たとえば、人間‐森の関係、あるいは資本主義によって個々の熊の命に向けられた脅威の一般的な形――に対する「全体的ビジョン」に向けて開かれている。この章と次の章で議論される物語は、言い換えれば、モダニズムの実験的美学のリアリズム的性格と、姿を現わしつつあった生態学的意識の倫理的枠組みとのあいだの深い血縁関係を暴き出している。

エルンスト・ヘッケルは生態学という学問を創始したわけではなく、ただそれを説明する名前を作っただけだった。十九世紀半ばには西洋では自然科学に対する「生態学的」研究方法はすでに何世代か前からおこなわれていた。[*7] 生態学は範囲が広いため、しばしばその議論の項目は形而上学の領域にまで引き込まれたが、[*8] ヘッケルはたいへんな努力をもって、生き物とその環境の相互依存性の研究に科学的厳格さを持ち込んだ。一八六九年の講義でヘッケルは二つの必要不可欠な信条をこの新しい学問の特徴と見なした。一番目は、地球上の全生命は「単一の経済単位」を構成しているという理解と信念である。概念としては何も新しくはなかった（といいえ、おそらく徐々に経験として説得力を持っていった）この全体論 *holism* は、やがて二十世紀に、問題を引き起こしたり希望を与えたりを繰り返しながら、全体性を強調することになるものを予示していた。人種と帝国の擬似精神的なイデオロギーと世界革命のイメージの両方を形作るのを助けることになる有機体論的な見方である。しかしながら、ヘッケルの全体論的なパラダイムは明白にダーウィン的な特徴を持っていて、それは正しく理解され真剣に受け取られるならば、そうでないときには強調しかねない民族的ナショナリズムと地政学的征服の論理そのものを脱線させそうである。彼自身の研究はやがては社会進化論という堕落した呪文——最終的にはドイツのファシズム運動に仕えることになる[9]——の影響を受けるようになるが、エコロジーとダーウィン流の進化を結びつけようとするヘッケルのもともとの努力は、こうしたのちのイデオロギー的な特徴に対する根深い抵抗の種を作り上げた。生態学の研究はダーウィンの進化論という枠組みの中で——ドナルド・ウォースターが「明白にダーウィン的境界」と呼ぶものを進化という言葉そのもののまわりに置いて[10]——効果を表わすということを明らかにすることで、ヘッケルは、生態学が根本的に、人間中心的世界観から離脱し、今日では「生物中心的」方法と呼ばれるようになるものに向かうことを認めた[11]。

いくつかの点で、「生物中心主義」という言葉はその論争含みの本質のために有効性が限定されている。語形論上、生物中心主義は人間中心主義との対立を強調する。しかし中心主義という言葉を「対立語」と共有することで、この言葉は実際はそれが意味するもっとも根底的な面を否定する。つまり、中心はまったくないという見方なのである。この急進主義の精神はダーウィンの『自然淘汰による種の起源』（一八五九年）に最初に姿を現わすが、この本はやがては「進化」という言葉と同等視されるようになる理論、すなわち孤立した有機体の研究からは決定的に逸《そ》れて、その代わりに生命形態とそれを支える物質的過程を強調した種形成の包括的な説明、を提出した。より重要なのは、種内部の変異と種と種のあいだの変異とが存在論的に関連していると見なすことで、ダーウィンの理論は本質論的土台を種という範疇それ自体から動かし、その当時の生物学に対するもっとも影響力の大きい研究方法を特徴づけていた人間の特権という前提を、取り消し不能な疑問へと投げ込んだことである。[*12]

日本には最初一八七〇年代に、東京大学で何年間か教えていたアメリカの動物学者エドワード・モース（一八三八—一九二五）によって紹介された進化論は、日本の歴史学者にはしばしば、生物学的モデルとしての影響のせいでではなく、人間の歴史という舞台での社会的な生存競争に関するハーバート・スペンサーの考えとのゆるい結びつきのために思い起こされる。実際、ジュリア・アデニー・トーマスが思い出させるように、明治期にスペンサーの「社会進化論」は大きな影響力を持ち、それは「十九世紀末における西洋から日本への最大の知的輸出品」[*13]であったといってもいいかもしれない。分子生物学者の柴谷篤弘は、この否定できない衝撃にもかかわらず、スペンサーの社会進化論の内容を、二十世紀日本の生命科学の進歩にとって決定的に重要だった「本来のダーウィンの進化論」と混同しないようにと警告している。明治初期の知識人たちが進化論をあのように「顕著な情熱」をもって歓迎したとしても、それは「純粋に生物学的理論」としての将来性のためではなく、スペンサーの社会的方策が「近代化された世界の進歩的イデオロギー」[*14]を信ずる者たちに約束していたことのためだった。ダーウィンの実際の生物学的パラダイムを不正確に表現したものに対する日本での大衆的熱中は、明治の進歩主義者がダーウィンの本来の理論の深くに、何か近代化プログラムに逆行するものが流れていることを直感的に感じ取っていたということさえ示唆しているのかもしれない。

もちろん、ダーウィン理論のもっと忠実な翻訳もやがては、より静かではあったかもしれないが、確かに深い衝撃を日本に与えた。厳密に生物学的モデルとしての進化論は石川千代松（一八六〇—一九三五）や丘浅次郎（一八六八—一九四四）といった科学者たちによって理解され、翻訳され、普及させられた。[15] 丘の『進化論講話』（一九〇四年）は実際、一九一二年にそれを読んだ若い宮澤賢治に熱い興味を掻き立てたのだ。[16] 丘の進化論に関する本と、人類の不可避的な絶滅というテーゼを紹介した『人類之過去現在及未来』は、人間の命の儚《はかな》さと相対的な無意味さとを強調し、ダーウィン的な進化と「無常」という仏教的な概念との結びつきをもたらした。

明治の末年（一九一二年）に総合雑誌『中央公論』に発表された「人類の征服に対する自然の復讐」という表題の論文で丘は、一方の、スペンサーが言う社会的・政治的支配のための「ダーウィン流の」戦いと、もう一方の、ダーウィン理論が実際に説明している有機体と非有機体の相互依存の網の目とのあいだの矛盾を、暗黙のうちに認識している。「文明とは自然を征服することである」と認める丘は、自然の世界は直接的な人間の必要を超えた「理法」に従っているということを読者に思い出させる。近代文明の増大しつつある農工業生産性という文脈において丘は、自然は洪水で、疫病と汚染された河川で、応えてきたと述べている。静かで情け容赦のない復讐である。[17]

　この論文の大部分は進歩の生態学的影響についての余談――「自業自得」という原則に対する内省[18]――になってはいるものの、丘は根本的な結論を出すには程遠いところにとどまっている。明治後期というイデオロギー的土壌に根ざした丘浅次郎は、自らのもっとも突出した洞察を中和して、究極的には人類中心的な進歩という側に立って論文を締めくくっている。「若し研究を怠り、努力を休んで、自然の征服を努めずに居たならば、自然の復讐を受けることは或いは軽く済むかも知れぬが、その代はり忽ち他の民族に征服せられ圧伏せられて、更に苦しい位置に落ちねばならぬ……」[19]。こうして、進化論に反論するユダヤ－キリスト教的伝統がなかったにもかかわらず、だからそれが西洋に紹介されたときにはついてまわった反感も抵抗も実質的にはまったくなかったにもかかわらず、ダーウィンの理論は、近代日本の新たに確立された政治的・商業的諸制度の前提――中央集権化、物象化 objectification、服従という産業的・植民地的論理の上に築かれた前提――に対して、実際、大きな難題を提示した。

　次の世紀のアインシュタインの理論と同じで、ダーウィンの考えの素晴らしさはその複雑さにではなく、新コペルニクス主義的な大胆さにあった。『種の起源』を読んだあと、トーマス・ハクスリーは「これを思いつかなかったなんて、私は馬鹿だった！」と叫んだと伝えられている。しかしながら、環境史家のドナルド・ウォースターが述べるように、進化という考えに対する主要な障碍は「愚かさではなくて、人間は他に類を見ないという伝統的な臆説だった……」[20]。あえて人間を中心から移すことでダーウィンは自然の世界を、どんなひとつの有機体も至上のものとして支配してもいなければ独自に存在してもいない、関係性の場――個々の有機体の独自性と発達が文字どおり「社会的に決定される」[21]世界――として認識できた。よく知られているようにダーウィンは、自然史を研究する際の深く直線的な時間の重要性を強調する一方でまた、それほど知られてはいないが、この通時的な枠組みから、よくある目的論的な屈曲を取り去った。自然の体系の共時的構造を概念化しなおすことこそが、通例それに帰せられている「進歩」というビクトリア朝的な考えに対する見かけ上のどんな貢献よりもはるかにまして、自然淘汰と、その諸関係の網の目――食物網という巨大な構造――における位置に対する強調を革命的なものにしている。ダーウィンにとって「自然という経済機構は有機体の実用的な合成物以上のものであり、……抽象的に考えればそれは「いろいろな場所」の組織網、ないしは、のちのエコロジストが「生態的地位 niche」と呼ぶことになるものなのだ」[22]とウォースターは説明している。

『種の起源』を取り巻く歯とカギ爪のイメージ――「生存競争における有利な種族の存続」という、ぼんやりとした暗示的な副題によっても必ずしも弱められることのないイメージ――に反して、ダーウィンの考えは根本的に相互依存の論理によって動いていた。悪名高い「生存競争」という概念化は、一見したところ非ダーウィン的な洞察から生じてきていて、「自然の等級においてはかけ離れた動物と植物が複雑な諸関係の網によって一まとめにされている」[*23]という仏教的な宇宙観を思い出させるのである。ダーウィンの視野の広大さは今日でも読む者を驚かせる。進化論の言葉は博物学者に、法華経が「形あるものも形なきものも、意識あるものも意識なきものも」［「有形。無形。有想。無想。」］すべての生き物の「総計」[*24]［「六趣四生衆生」］と呼ぶものを、考えてみるようにと求める。しかしダーウィンのモデルを他から区別するのはこのほとんど神秘的な包括性だけではなかった。進化論の決定的に重要な結論——すべての生命は相互に関連していて、この体系の中では人間に特権は与えられておらず、一見無意味なように思える有機体ですらが全体の構造にとっては重要である——は、ある意味でアインシュタインの相対性理論の生物学版を明瞭に表現している。ダーウィンの宇宙は中心のない世界であり、階層秩序は見るもの次第で理解されなければならないような空間なのだ。人間の起源についての研究を著わしながら、ダーウィンは自分に宛てて、思考を導く上で有益な覚え書きを記している。「高等とか下等とかいう言葉を決して使うな」[*25]。

宮澤賢治の童話を「ダーウィン風」だと言う者はほとんどいないだろう。それでも、こうした物語を貫いている主題——人間文化とそれを支える自然の世界との関係——は、ダーウィンが理解した野生の仕組みに関するもっとも基本的な洞察を反映している。ダーウィンにとって、苦しみ、痛み、そして死は、征服と敗北によって定義される戦場というよりは（もっとも、彼の著作は繰り返し戦争の言葉を連想させることでこうした解釈をこうむりやすいのだが）、より正確には、競争と相互依存を伴う生存の闘技場としての自然の条件だった。そうだとすれば、かすかに仏教的な底流を感じさせはしても、ダーウィン流の全体論は宇宙の「単一性」にではなく、闘争と協働に具体化された宇宙の違いに基礎を置いていたのだ。こうした見方をすれば、自然の争いは単に別の形の協働になるのであって、ビクトリア朝および明治期のイデオロギーに特有の「自然の征服」は戦略として当を得ていないばかりではなく、はっきりと馬鹿げている。

この章で取り扱おうと思う短い物語「狼森《オイノもり》と笊森《ざるもり》、盗森《ぬすともり》」は、こうした理解の倫理的結果によって命を吹き込まれている。この童話は現在の盛岡からさほど遠くないところにある、森に取り囲まれた新開地に人が入植して定住するのを描いている（「森」とは樹木におおわれた「盛り上がり」つまり丘や山をいう）。[26] 一つの森の巌《いわ》によって語られるこの物語は、人間がまだより大きな自然の世界に依存し、そしてその構成員であることを理解していた時期の、人間の入植者と周囲の森との壊れやすい交渉を描いている。この作品は重要な形で、その理解が崩壊しはじめる神話的な瞬間を物語る、とはいえ、今日だったらわれわれが「持続可能性 sustainability」と呼びそうなものに向けた、最後のユートピア的な身振りでもって締めくくられてはいるのだが。

そうだとしたら、この物語を「ダーウィン風」にしているものは、人間以外の世界、大きすぎてどんな単一の視点からも知覚できない、つねに進化してゆく網の目を相互に生み出す、有機体と過程の世界、の正統性を認めていることである。賢治のリアリズムこそが、その作品をダーウィンの自然選択の理論に結びつけているのである。というのは、ほかでもないリアリストの想像力の働きがあってこそダーウィン自身が、原野と農家の中庭の動物は、苦悩と歓喜の友愛関係を人間と結ぶという、思いがけず聖者のごとき（そして経験論的には実証不可能な）洞察から始まる、近代のもっとも重要な唯物論の一つを構築することができたからだ。「憶測をたくましくすれば、われわれと苦痛を、病を、死を、苦悩を、そして飢餓を共にする仲間である動物たち――もっとも骨の折れる仕事においてわれわれの奴隷で、楽しみにおいてはわれわれの仲間――、彼らは起源に関して一つの共通の祖先をわれわれと共有しているのだろう――われわれはすべて一つの網に覆われているのだろう」[*27]。

これこそまさにダーウィンが、物理学で「エネルギー革命」に参加していた同時代の英国人たちの反実証主義精神を反映していた箇所である[*28]。彼は経験的観察から出発して人間の知覚を超えた関係の仕組みを思い描いたのだ。「鯨を解剖するとき、あるいは、ダニや真菌や滴虫を分類するとき、すべての博物学者が目の前に据えるべきもっとも重要な疑問は、生命の法則とは何かということだ[*29]」と彼は初期の覚え書きの中に書いた。こうした根本的な法則を思い描き、それを現実だと認めたことはダーウィン理論の偉大な倫理的功績の一つである。ファラデーが電磁場という現実――「距離を置いた作用」という魔術――を確証した七年後に、ダーウィンは相互連絡という自分の概念をつけ加えた場の理論の生物学版を提供したのだ。動物と人間は「一つの網に捕らえられている」かもしれないという最初期の示唆は、ダーウィン自身が密かに認めていることによれば、「憶測をたくましくする」ことから姿を現わした。それは、厳格な観察と分類という学問にどっぷりと浸《つか》った科学者は、そうした向こう見ずな想像力による以外には、推測される連続性が観察された差異と同じくらい問題になる世界を仮定することができなかったからだ。しかしながら、まさにこの連続性こそが彼の理論の基礎となった。よく知られているように、「あらゆる有機体のお互い同士の、そしてその生命の物質的条件との、相互関係が、どれほど複雑でぴったりと組み合わさっているかも心に留めておこう」[30]と彼は『種の起源』の最後に書いている。

ノーマ・フィールドが書いたように、「合理的なものと神秘的なものとを繋ぎ合わせるのが詩の特権」だとするなら、ダーウィンの進化論は、一部分は詩的達成として評価されなければならない。[31] 地質学的時間の広がりで考えるとき、自然選択の効果は「われわれの想像力では太刀打ちできない」[32]とダーウィンは認めてはいるが、有機的なものと非有機的なものの世界の限りない複雑さを単一の法則の下に包摂することを彼に許したのは、想像力の画期的な偉業以外の何ものでもない。しかし、ファラデーが空間において観察することのできない力の場を提案したのとは異なり、ダーウィンの進化の法則は日常の時間の中では直接観察することのできない関係の仕組みを提案したのだ。「われわれはこうしたゆっくりとした変化が進行してゆくのを見ることはまるでできないが、やがては時の手が時代の推移を書き記すのであり、そのとき、地質学的に遠い過去を見通すにはわれわれの視野はきわめて不完全だから、生命の形態は今では以前の形態と異なっているということしかわからない」[*33]と彼は書いた。

物理学者、あるいは天文学者の合理主義的確信をもってダーウィンは、日常の観察という境界を超越した世界観を打ち立てたのだ。形而上学であるという非難に対してダーウィンはこう書いた。「光の波動説にはこのようにして到達し、そして、地球が自転しているという信念は最近までどんな直接的な証拠にも支持されていなかった」[*34]。ダーウィンの観察の才能と経験主義に対する比類のない傾倒のために、古典的著作『弁証法的生物学者』における生物学者リチャード・レビンズとリチャード・ルウォンティンをはじめとして多くの者たちは、彼の理論には「力とか場とか原子とかいった、推論されはしても観察できない実体は一切なく」、「観念化が中心的かつ本質的役割を果たした十七世紀のニュートン革命はその精神と方法においてダーウィン革命からは完全に取り除かれている」[*35]という結論に到達した。しかしダーウィン自身は自分の理論中の観察できないものの中心性を理解もしていれば擁護もしていた。彼が繰り返して自身の進化のモデルの本質を、レビンズとルウォンティンが根底的に離脱したと見たまさにそのニュートンの法則の核心にあるスペクトルの謎に繰り返し喩えていることは、実際、偶然でもなんでもない。自然選択を擁護するに際してダーウィンは、ニュートン理論を認識論的先例として明確に呼び起こし、「ライプニッツは以前、ニュートンが「オカルト的な特質と奇跡を哲学に」導入したといって非難したが」、重力は依然として広く受け入れられ信頼できるモデルであると記した。[*36]

とはいえ、実際に進化論の核心には何か奇跡のようなことが確かにあった。一八六七年にダーウィンを読んだあとでアメリカの博物学者ジョン・ミュアは、「この星、われらが良き地球は人間が作られる前に何度となく天空を経巡る旅に成功してきたし、全生物界は、人間が現われて自分のものだと主張する前に存在を享受し塵に還っていた」と書いた。[*37] 人間が不在であることで乱されていない「客観的現実」――バスカーが、「それらについての知識を生み出す科学を一切持たずに」存在する「自動詞的対象」の世界と呼んだもの[*38]――に対するミュアの神秘的ビジョンは生態学的認識論の基礎そのものをなしている。環境史家のロドリック・フレイザー・ナッシュはこの実在論的性質の力を、ミュアが自然そのものが「権利」を持っているという考えに転向する話を詳しく物語る中で捉えている。一八六四年に連邦軍に召集されるのを避けるためにウィスコンシンの家を離れたミュアは「寂しい小道をじめじめとした陰鬱な湿地へとたどっていると、どこからも遠く離れたところでとつぜん珍しい白い蘭の群れに出くわした」。その思いがけない美しさに出会ってミュアは花の脇に座り込み、泣いた。「あとでこの経験を振り返ってみて」とナッシュは語る、「ミュアにはこの感情が、原野の蘭は人間とはほんのわずかな関連もないということから湧き上がってきたのがわかった。ミュアが偶然に出くわさなかったとしても、蘭は生き、花を咲かせ、見られることもなく死んでいっただろう」[39]。人間に「見られることなく」生き、死ぬだろう世界を実在として想像し、大切に心に抱くことは近代のもっとも強力な倫理的傾向の一つになる。すなわち、実証主義からの科学的・芸術的反乱の本質である。ジョン・ミュアは同時代人のチャールズ・ダーウィンと同じく——そして何世代かあとの宮澤賢治と同じく——自然はただそれ自身のために存在しているという、常識を覆すような信念をもって生きていた。

しかし、賢治の文学世界という文脈の中で「自然」について語ることは何を意味しうるのだろうか？「銀河鉄道の夜」や詩の多くで賢治の自然描写はエネルギー場や分子運動の領域をしばしば思い起こさせる。ソ連の地球化学者で鉱物学者のV・I・ベルナドスキー（一八六三—一九四五）——一九二六年に彼の「生物圏」という概念が「生命ある有機体と生命のない環境との堅固な境界を取り除いた」——の研究と驚くべき類似を見せて、賢治の詩的想像力は生物相のみならず岩やガスまでを相互依存と相互適応という共通の秩序の中に持ち込んだ[40]。物理学、化学、生物学が合体した土壌調査を作者自身がおこなった経験が、この野心的なまでに「客観的」な立場に拍車をかけていたのだろう。人間もまたその「石炭紀」、石炭という化石化した堆積に変えられ「どこかの透明な地質学者」に研究される時期、を持つと、詩「政治家」(一九二七年)の中で彼は書いた。実際、全宇宙はこのように、進化する化学的諸状態の場として理解できるだろう。

人間の「石炭紀」を想像するとき、賢治の詩は、今日の生態学を体系づける中心的な原則である「生態系」という概念を先取りしているように思える。一九三五年に植物学者アーサー・タンズリー(一八七一―一九五五)によって作られたこの用語は、タンズリー自身の言葉で言えば「有機体の複雑な集まり」だけでなく「全体としての宇宙から原子に至るまでの範囲を持つ、宇宙の多数の物質的体系」[*41]をも意味した。エネルギー体系の物理学が深く染み込んだタンズリーの研究は、十年前に賢治の詩や童話に描かれた倫理体系の一つの実際的な表現となる。というのは、賢治が描く森や鹿は、地方の民話の言葉を喋り大陸仏教の宇宙的絢爛さを思い起こさせるが、彼のより公然と実験的な作品の銀河的ないしは原子構成要素のイメージから切り離すことができないからである。ここには最終的に物とエネルギーによって結びつけられた宇宙がある。野の熊や電信線、柏の森、機関車。宮澤賢治にとって「自然」と呼べないものは存在の中には何もなかった。

賢治の作品はすべてを自然だと理解していると論じることは、しかし、賢治にとってはすべてが同じであると示唆するわけではない。ここが作者の認識論がもっとも重要な意味を持って日蓮宗の統一化への衝動から逸れるところである。この鉄道の詩人は結びつけ、すると信号灯は、野心的であると同じくらいもっともらしい宇宙の「解釈」を生み出し、ディープエコロジーの多数が今日でも失敗しているところで成功するのである。この意味で賢治の作品の倫理的主旨は有効にクリストファー・ベルショーの定式化へと蒸留することができる。「「すべては繋がっている」は正しい、ところが「すべてが一つである」は間違っている」[*42]。というのは、自然の世界内部の不連続性——その矛盾と緊張——こそが宮澤賢治の創作と詩とを活気づけているからである。

あめと雲とが地面に垂れ
すすきの赤い穂も洗はれ
野原はすがすがしくなつたので
花巻グランド電柱の
百の碍子にあつまる雀

掠奪のために田にはひり

うるるうるうると飛び
雲と雨とのひかりのなかを
すばやく花巻大三叉路の
百の碍子にもどる雀[*43]

この詩「グランド電柱」（一九二二年）は賢治の文学世界の国境地帯をチラッと垣間見せてくれる。詩は人の手の入っていない自然の根本的要素そのものから始まるが、それはこの上なく都会化された読者でさえも毎日出会っている。上方の空のわびしい広がりである。冒頭のイメージでは雨と雲が岩手の野原に垂れ、この地方ならどこにでもあるススキの穂を洗っている。第一連が終わるまでには、しかし、電柱の碍子という不調和なイメージが、新しい現実、自然のまったく異なった地層、に向かって扉を開く。「さまたげる」という動詞を表わす漢字を含んだ「碍子」という言葉は、野生と人の手が入ったものとを隔てる主題的境界を意味すると同時に、この詩内部の言葉遣いの境界線としても機能している。技術的な見地からは、碍子は指定された回路内に電流を囲い込み、その荒々しいエネルギーを押さえ込む働きをする。この人を欺くような控えめな詩の中で、「百の碍子」はまた人間文明の中心的活動の一つを示唆する役にも立っている。文明自体と野性とのあいだの境界を維持すること、「障碍」、食い止める、という働きである。この境界地帯こそが、賢治の作品の多くで危機と啓示の場所として機能しているのである。

しかしこの詩は、文明化された最新の努力でさえも完全な保証は与えられないと示唆する方向に進んでゆく。つねに漏れはあり、つねに相互作用はあるのだ。スズメはわれらが電線上にとまり、われらの手が入った田を略奪する。われらの戸棚の中の殺蟻剤、われらの地下室の雪かきシャベル、われらが内科医によって投与される抗生物質によって証明されるように、野生は侵略する。この侵略に美と価値とを認める能力こそが賢治の永続的な貢献の一つとなる。環境文学史家のカレン・コリガン＝テイラーは、人の手が入って洗練された桜の花よりも「タンポポの綿毛」のほうを賢治が好むことを強調して、アメリカの自然保護主義者オルド・リオポルド Aldo Leopold（一八八七―一九四八）の似たような気質に言及する。リオポルドは「町の空き地の雑草はセコイア［杉の巨木］と同じ教訓を伝えている」*44と述べた。リオポルドにとってと同様に賢治にとって、野性の領域と人の手が入った自然とはお互いに完全に分けられなかったし、分けるべきではなかったのだ。この作者の興味を引いたのは、そうではなく、この二つのあいだの弁証法的関係、現在進行中の交渉の状態だった。

賢治のもっとも興味深い物語の多くにおいて決定的な区別は、「人工的な」人間社会と自然とのあいだにでもなく、また確かに「自然な」日本文化と「非自然な」外国文化とのあいだにでもなく、前に引いた詩のように、そのままの自然と手なずけられた自然とのあいだにあった。賢治の創作の多くは、この野生と非野生という枠組み、つまり、ダーウィンの著作にまで遡れるが、ディープエコロジーの活動家で詩人であるゲーリー・スナイダーによって『野性の実践』の中でもっとも明瞭に語られた生態学的性格、という文脈の中で見たとき、はっきりとその姿が明らかになる。スナイダー――彼が賢治の詩の初期の翻訳者だったことは偶然ではない――は野性の持つ「荒涼とした」、「不毛な」、「野蛮な」という古い含意を、同じように二元論的な、汚れない、エデンのような美という（通例、公園として保存されている）壮観なる自然環境という原野のイメージで置き換えることに抵抗する。今日の、遠く離れた場所――人の手が入ってはいないが、ともかくも人が訪れ「保護」しなければならない――という野生についての一般的な考えには、傲慢で危険な皮肉がある。賢治にとってと同じくスナイダーにとって野生とは、単に人が住んでいない「自然の中の場所」という以上のものだった（とはいえ、そうでもありうるのだが）。それがもっとも重要となるところで、野生――「自己繁殖」し「自己維持」する「繁茂」力――は人間の耕作圏と相互浸透し、相互作用を及ぼし合い、しばしば相争う。[*45] 文明のこの野生の世界に対する関係の切迫性――それに対する倫理的義務と精神的依存――が「狼森《オイノもり》と笊森《ざるもり》、盗森《ぬすともり》」のテーマとなっている。

野生と人の手が入ったもの

この物語は場所の名前を列記して地理上の境界、背景を画すことで始まる。「小岩井農場の北に、黒い松の森が四つあります。いちばん南が狼森《オイノもり》で、その次が笊森《ざるもり》、次は黒坂森、北のはづれは盗森《ぬすともり》です」。しかしすぐに明らかになることだが、「背景」——土地とその地理的特徴——はまた、この物語の主人公で重要登場人物の一人、そして実際、主要な語り手でもある。

この森がいつごろどうしてできたのか、どうしてこんな奇体な名前がついたのか、それをいちばんはじめから、すつかり知つてゐるものは、おれ一人だと黒坂森のまんなかの巨きな巌《いは》が、ある日、威張つてこのおはなしをわたくしに聞かせました。

ずうつと昔、岩手山が、何べんも噴火しました。その灰でそこらはすつかり埋《うづ》まりました。このまつ黒な巨きな巌も、やつぱり山からはね飛ばされて、今のところに落ちて来たのださうです。

噴火がやつとしづまると、野原や丘には、穂のある草や穂のない草が、南の方からだんだん生えて、たうたうそこらいつぱいになり、それから柏や松も生え出し、しまひに、いまの四つの森ができました。けれども森にはまだ名前もなく、めいめい勝手に、おれはおれだと思つてゐるだけでした。するとある年の秋、水のやうにつめたいすきとほる風が、柏の枯れ葉をさらさら鳴らし、岩手山の銀の冠には、雲の影がくつきり黒くうつゝてゐる日でした。

四人の、けらを着た百姓たちが、山刀《なた》や三本鍬や唐鍬や、すべて山と野原の武器を堅くからだにしばりつけて、東の稜《かど》ばつた燧石の山を越えて、のつしのつしと、この森にかこまれた小さな野原にやつて来ました。よくみるとみんな大きな刀もさしてゐたのです[*46]。

こうした冒頭の数十行で「狼森」は地理的な自伝、土地そのものによって語られたある場所の物語だということが明らかになる。民話の淡々とした語り口が、語り手に——その土地の情報提供者（巌）の助けを借りて——この地方が火山によって誕生したときから、昔の植物相が現われ、ついには最初の耕作者がやって来る——原野と農業との最初の出会いである——までの、広い地質年代的展望を横断することを可能にしている。

実際、この物語は人間の耳のために語られる。この童話集のそれぞれの話を最初に受け取りそれから「報告」するわたくしの耳に。それだから「狼森」は、地理的構成物の奇妙にパノラマ的な視点から語られるとしても、最終的には人間の物語だと理解されなければならない。時そのものがこの部分の言葉遣いによって「可視化」され、その端近くで伸びたり縮んだりする弾力性のある境界を形作っている。この冒頭の場面の中心で、すべての時代の始まりは、一点の曇りもなく、ある特定の一日にまでたどれるという神秘的な着想が働いている。この叙事詩的な背景の前で胸が張り裂けるような光輝が、木々の葉がそれを聞く人間の耳を持たずにさらさらと音を立てていられた最後の秋の午後のイメージを満たす。この言葉数の少ない描写は、あるたった一つの考えを控えめに述べるという力を持っている。人間の目撃者によって煩わされていない実在という考えである。地質学と童話に共通した静かな野心を吹き込まれたこの物語の語り口は、名前という荷を負う前の、めいめいが「おれはおれだと思つてゐるだけ」だった頃の土地を思い描くよう求める。

そしてそれだからわれわれは、直接引用され、人間の言葉に翻訳された山の声を与えられる。民族的、地方的、性差的（男の）屈曲を備えたこの技法は、人間の言語を、まさしく人間以外の経験に適用することで、その限界を強調している。人間の言語を崖や山にあてがう——男性代名詞（おれ）を備えて——ことは、人間と人間以外の宇宙のあいだの架橋不可能な裂け目を明らかにすると同時に、深い繫がりを示唆している。まさしくこの逆説が、非常に多くの賢治の創作の主題を特徴づけているが、それはまた物語の深層構造に生気を与えてもいる。われわれが仮にも世界を「認識」する理由は、われわれがその一部だからである、と生態学者の今西錦司（一九〇二―九二）は一九四〇年に書いた。「だから」と今西は続ける、「宗教家や詩人がわれわれ人間以外のいろいろなもの、たとえば木や石と話をし、その声を聴いたからといって、われわれはちっとも驚かない。ただその声はわれわれのように口がしゃべった声ではなく、その声を聞いたのはわれわれのように音を聞く耳ではなかった」。[*47] この同一性と差異との霊媒師的交渉が、まさにこの上もなく広い意味で、科学そのものの姿勢を作り上げる。「物事は似通っている」とレビンズとルウォンティンは書く、「それが科学を可能にする。物事は異なっている。それが科学を必要にしている」。[*48] 言い換えれば、自然の世界の言語は「翻訳」されなければならない。

ここで使い古されたポスト構造主義理論の要請を思い出しておく。自然は「言説上の構成物」として理解されなければならない、というものである。この広範囲に及ぶ断言は否定できない。自然は人間が作ったものである――社会的、イデオロギー的、言語的習慣によって生み出された「知識の対象」である。生態学にとっての問題はこの断言が、これが自然のすべてだという信念を伴うときに姿を現わす。人間の言語ないしは知覚の境界を越えたものを何でも形而上学だといって斥けることは、そのもっとも極端な形において実証主義もポスト構造主義もともに犯す近視眼的な誤りとなる。十九世紀の実証主義物理学が人間の感覚外の世界を認めるのを拒んだとすれば（エルンスト・マッハの「色、空間、音調」）、ここ三十年間の人文科学の多くは、同じような「最終的」な地位を人間の言説に与えてきた。[*49] 描写された対象の現実を描写の現実で押しつぶすことで、この立場はすべての科学的ないしは記述的な苦心を単純な客観主義として斥け、二十世紀の物語作者や科学者たちによってずっと前から認められてきた弁証法的関係を無視する傾向がある。人間と人間以外の世界の歴史的相互作用について書いてきた環境史家のウィリアム・クロノンにとって、自然を人間が作ったものだと述べることは「人間以外の世界は、何か非現実的だと、あるいは、われわれの想像力による作り事だと言うことではない――とんでもない話である」。クロノンにとってこの根本的な洞察は、そうではなく、生態学者、生物学者、そして文化批評家に、「われわれがその世界を記述し、理解する方法は、われわれ自身の価値観や憶測とすっかりからまり合っているから、この二つは完全に分離することはできないと[*50]」思い出させる役に立つのだ。このポストモダンだと思われている発言は、言い換えれば、モダニスト的形態での、リアリズムそのものに関する根本的な洞察なのだ。

そうしたものとして、これはまた二十世紀初めの科学と文学に共通の問題だった。物語作者が「自らの声を他者の経験に貸し与えたとするなら」、これこそはまさに物語がもっとも科学的に機能する場所だ、とロイド・スペンサーはわれわれに告げる。[*51]「自然科学は単に自然を記述したり説明したりするだけではない。それは自然とわれわれとの相互作用の一部である[*52]」と物理学者のベルナー・ハイゼンベルグは書いた。しかし現代の（特に文学）理論はこの種の相互作用の可能性を否定し、その代わりに古典的な人間中心の信念体系（根底的に文字どおりの人間主義）に逆戻りし、自然について人間的なもの――その「翻訳の言語」[*53]――しか認めようとはしていない。人間以外の生命に対して次第に敵対的になっている世界における、人間文化の優先権についてのこの主張は、不穏当なまでにナルシスティックであるばかりかポストモダニズム自体が述べた目的にも反している。「世界の実在性が、世界に関するわれわれの言説に依存しているのなら、これは、どれほど「脱中心化」されていようと、人間という動物に人目を引くような堂々たる中心性を与えているように思える」とテリー・イーグルトンは述べる。[*54]

人間の「脱中心化」に向けたこの根本的にリアリスト的な努力をあくまで続けようとする宮澤賢治の自発的意思こそが、彼の作品を今日の読者を動かさずにはおかないものにしている。宇宙の基準点としての人間の地位をひっくり返すことで、賢治の創作と詩の多くはハイゼンベルグの弁証法の倫理的可能性を保ち、自然は人間としてのわれわれすべてとわれわれでないすべての両方であるという生態学的に現実主義的な前提――人間経験を規定もすれば超えもする関係の場――から働きかける。これが、「自然」という言葉だけでは彼の作品の創造的な性格についてほとんど明らかにならない理由である。「狼森」では記述の対象となるのは外の「実在」ではなく、自然の内部で起き、人間と人間以外との、そして野生のものと人間の手が入ったものとの、今日の風景とその原初の来歴との、あいだにある空間（キュビズム的な意味で）を作り上げている緊張と衝突、相互作用なのだ。

この現実主義的野心に満ちた文法は、この物語の冒頭の部分で、おなじみの日常の世界と、その祖先である「他者」とを、つまり、太陽に温められたまっ黒な大きな岩とその遠い昔の溶岩の激しさとを、そして「黒い松の森」と「灰で埋まった」荒れ地とを、ある秋の午後のまだらな光と地球的時間の想像もつかない広がりとを、力強く併置することを要求する。賢治はここで、「時の手が時代の推移を[*55]」書き記すという、ダーウィンがみずから告白した信念の深奥についての描写をわれわれに与える。

こうした冒頭のイメージは、人間以外の世界はそれ自体の歴史、つまり、われわれ自身の歴史と結びついてはいるが同じではない歴史を持っているという単純な進化論的命題を示唆している。「狼森」はこの歴史に栄誉を与え、原初の生態学的危機——単一の野生の体系がとる進化論的軌道が、人間の手なずける力と初めて絡み合う時——の輪郭を説明することにとりかかる。読者はすぐに、岩手山の銀の冠にうつった黒い影が影線としてこの遷移——原野の時間から耕作者の時間、人間の入植の瞬間への——の画期的な時を示していることを理解する。

先頭の百姓が、そこらの幻燈のやうなけしきを、みんなにあちこち指さして
「どうだ。いゝとこだらう。畑はすぐ起せるし、森は近いし、きれいな水もながれてゐる

る。それに日あたりもいゝ。どうだ、俺はもう早くから、こゝと決めて置いたんだ。」と云ひますと、一人の百姓は、

「しかし地味《ちみ》はどうかな。」と言ひながら、屈んで一本のすゝきを引き抜いて、その根から土を掌にふるひ落して、しばらく指でこねたり、ちよつと嘗めてみたりしてから云ひました。

「うん。地味《ぢみ》もひどくよくはないが、またひどく悪くもないな。」

「さあ、それではいよいよこゝときめるか。」

も一人が、なつかしさうにあたりを見まはしながら云ひました。

「よし、さう決めやう。」いまゝでだまつて立つてゐた、四人目の百姓が云ひました。

四人はそこでよろこんで、せなかの荷物をどしんとおろして、それから来た方へ向いて、高く叫びました。

「おゝい、おゝい。こゝだぞ。早く来《こ》お。早く来お。」

するとむかふのすゝきの中から、荷物をたくさんしよつて、顔をまつかにしておかみさんたちが三人出て来ました。見ると、五つ六つより下の子供が九人、わいわい云ひながら走つてついて来るのでした。*56

人の入植。こういう言い回しはこの生命の出会いが、ないしは、百姓の単純な選択行為、つまり住む場所を選ぶということに伴う排除、占拠、支配という致命的な見通しが、持つトラウマをほとんど捉えていない。先頭の百姓の指は、人の声がのちにそれを名指すのとほとんど同じように土地を指す。農耕のために。それが、この物語の出来事が——通常の「地名起源説話」から逸れて——名もない巌によって、つまり、まだ「人間に支配されていない」ものとしての「自然の側」からの声によって、語られるのがきわめて重要である理由なのだ、と小森陽一はこの作品の分析の中で述べる。[*57] そうした立場からのみ、農耕と林業の道具は「武器」として理解されるだろう。一方の視点からは入植として記憶されるものが他の視点からは侵略として経験されるのだ。

実際、入植者たちが持ち運ぶ鉄の鍬や山刀《なた》は周囲の森にとっての悲惨な結末を予告し、農業の直接的な圧力だけでなく、炭の製造——金属の道具を作るのに必要とされる——が、やがて東北地方にもたらす広葉樹の略奪をも象徴している。「人間の側では、農具と名づけることで、実は、その鉄で作られた道具によって、自然を傷つけ、殺害しているという事実を隠蔽している」。[*58]「自然の殺害」というこのテーマを追求して小森は最終的に、その土地の草木や微生物の視点から、農業に必然的に伴う「土地がやせる」ことはまさしく「皆殺し作戦、ジェノサイドに他なりません」と結論する。[*59]

一九九六年に本として出版された小森陽一の宮澤賢治についての連続講義は、賢治の作品について、これまで出版されたどれよりも明敏な分析が含まれている。農業による「殺戮」を、この作品や作者のほかの童話について回る、目に見えないテーマだと確認することで小森は、日本でもっとも初期の生態学的夢想家の考えを不明瞭にしている風変わりな面白さというベールを剝ぎ取る。しかし重要な点で、「自然の殺害」というテーマ、そして「侵略」、「植民地化」、「ジェノサイド」といった、小森の分析のまさに中心にある言葉遣いが、啓蒙的であるのと同じくらい歪曲もおこなう。というのは、「自然の殺害」という言葉で暗示される、自然と人間文明そのもの——あるいはもっと正確に言えば、自然を支配する文明の力という憶測——との対立を、賢治の作品はきわめて創造的に克服しようと努めているからだ。文明は「食物連鎖」からの脱出として、歴史的な「自然から切り離される」こととして、始まったとする考えに対する小森の無批判な依存[*60]は、賢治の素晴らしい物語の中心的洞察——人間の手が入った体系と野生の体系とは譲りがたく相互に依存している——から微妙にではあるが決定的に逸れてしまう。「狼森」は人間による自然の悲劇的な支配についての物語ではなく、人間が自然の中に埋め込まれているのが悲劇的にも誤って認識されていること、つまり進化論に大きく負っていることを示すテーマを語っているのだ。

宮澤賢治は丘浅次郎の『進化論講話』を読んだとき十六歳だった。一九〇四年に出版されて以来、丘がダーウィン説を語ったこの名著は、社会のあらゆる層で専門家でない若い読者に多大な影響を及ぼしてきた。社会運動家で無政府主義の知識人だった大杉栄は『進化論講話』がはじめて出版されたときの興奮を記憶している年齢だったが、彼にとってこの本は、科学的方法が一般に適用できることに対する幅広い興味を掻き立て、大杉の世代の初等教育を支配していた演繹的「推論」からの離脱を示していた。[*61] 大杉は最終的には丘の還元的結論が人間中心主義の逆説版だとわかるものの、[*62] 丘の相対化する論理、つまり、われわれは人間を「他の生物とは全く離れた一種特別のもの」としてではなく「単に生物の一種と見做す」[*63] べきだという主張に他に類を見ない重要性を認めた。「バクテリアの如く簡単微細な生物から猿人類の如き高等なものまでを一個所に集めたと想像し、全部を見渡しながら其の一部なる人間を見るようにしなければならぬ」[*64] と丘は書いた。

こうした陳述が若い宮澤賢治に与えたであろう衝撃を想像するのはたやすいことである。今日でも『進化論講話』の章の見出しや副題は概念の壮大さという魅力を帯びている。「生存競争」、「生物相互の複雑な関係」、「生物の起源は一であること」。もっとも現実的に重要な意味を持った副題の一つはこの本のおしまい近くの「自然に於ける人類の位置」と題された章に現われる。それは簡潔に「人は獣類の一種であること」と述べる。[*65] ある意味で、環境倫理のすべては、この言葉が本当の確信となるときに始まるのである。

「あなたは本当に自分を動物だと信じていますか？」」。ゲーリー・スナイダーは『野性の実践』（一九九〇年）の中で読者にこう問いかける。「私たちはいま学校でこう教わる。これは素晴らしい情報だ。……しかし子供時代からこう聞かされている多くの人々がその含む意味を自分のものとしていないし、おそらく、人間以外の世界から遠く離れていると感じていて、自分たちが動物だと確信できていないのだ」。[66]この不確かさが、今日の工業化された国々において有意義な環境倫理学に対するもっとも根強い知的障碍となっている。人間は生物学的組織体であると公然と認める学者や知識人が、小森陽一が食物連鎖における人間の「特権的な地位」[67]と述べるものと折り合いをつけようとして、そして彼らが自然におけるわれわれの他に類を見ない地位として理解しているものを説明しようとして、いまだに不合理な努力をしているのだ。

もちろん人間は実際、自然の中で他に類を見ない地位を確かに占めている。しかしこの点において、人間は地球上の他のすべての有機体と同じなのだ。それぞれの有機体の独自性ないしは「特殊化」という前提はどんなに素朴な生態学のモデルの下にも横たわり、「自然という組織における場所」（われわれが今日生態的地位 niche と呼ぶもの）というダーウィンの概念、そしてのちのより洗練された、しかしあまり知られていない「分岐」という概念にまで遡る。[68]そうだとすれば、この限定され逆説的な意味で、区別化は人間も含めてすべての地上の生命に共通でそれを統合する特徴なのだ。人間の独自性は、栄養交換という仕組みのある特定の「場所」を占められる能力の機能として現われてくる。言い換えれば、われわれは他に類を見ないが別に並はずれているわけではない。生存ということに関しては、何ものも人間を、多くの人々がいまだに動物界の何か「他」の均質な世界だと想像しているものから切り離しはしないのだ。他のどんな有機体とも同じで人間は自分たちのまわりの世界の好機と危険とを知覚し解釈することによって、そこに場所を見つけることによって、生き残る。

しかしながら、人間の生き残りを並はずれて複雑にしているのは、人間とその生存条件とのあいだで進化してきた文化的・技術的関係である。マルクスとエンゲルスによれば、人間は「生存手段を作り出すやいなや自分たちを動物と区別する……」。とはいうものの、彼らは続けてこう明らかにする。「どのようにして生存手段を作り出すかは、何よりも第一に、人が存在の中に現実に見つけ出し複製しなければならない生存手段の本質に依存している」[69]。言い換えれば、人間の自然からの歴史的疎外として姿を現わすものは、決して自然からの真の自立としてではなく、生物学上普遍的な「生存競争」の人間に独特な（イデオロギー的）経験として理解されるべきなのだ[70]。こうした見地からすれば、人間は確かにこの惑星上で特異な存在であることを享受しているが、それはただ、あたかも特異な存在であることを享受し、生存という自然の束縛から自由であるかのように生きるという歴史的実践においてのみそうなのである。「説明を必要とする、あるいは歴史的過程の結果であるのは、生きた活動的人間と、人間が自然とおこなう代謝交換の非有機的条件との統一、そしてそれゆえに人間による自然の専有ではなく、人間存在のこうした非有機的条件とこの活動的存在とのあいだの分離、賃労働と資本との関係においてのみ完全に仮定されている分離なのである」[*71]と『経済学批判綱要』として出版された一八五七―五八年の覚え書きに書いた。

マルクスにとっては「賃労働と資本」という関係において例示された、この疎外という歴史的過程を動かしている抽象化への衝動は、現代のマルクス主義批評家テリー・イーグルトンが人間の特異性に関する自身の命題の目玉に据えたものの基礎となっている。言語である。生物学的知覚のデータから後ずさりしたり、それを超越したりする――われわれの身体による世界に関するより直接的な「解釈」を解釈する――人間の言語能力がイーグルトンを刺激して、カブトムシや猿の特徴である「現実に対する」、非熟考的な「感覚的反応」とは違って、人間の世界とのかかわりには「われわれの身体の――われわれの感覚器官の――「言語」に関する二次的な熟考が含まれている」と断言させる。まさにこの意味で、「すべての人間の言語はメタ言語である」[*72]と彼は言うのだ。

この議論は偶然にも、生態学に関心のある読者に、マルクスが人間の自然からの疎外に責任があると考えた抽象化への衝動そのものが、その解決の逆説的な鍵であるかもしれないと示唆している。イーグルトンの論理に従えば、人間の言説は、言語が人間以外の世界を「構築する」ことでそれをありうるものにするからではなく、言語が絶えず人間と人間以外の現実との真の関係を解釈しつづけることによってその現実を倫理的問題にするから、生態学の中心的問題として姿を現わす。人間が自然の中で特別な位置を享受しているという考えは、言い換えれば、言説上の構成物にしかすぎないのかもしれないが、この信念を人間以外の世界に適用することの言説外の効果は実際きわめて現実的なのだ。栄養交換という事実そのもの——マルクスの「自然との代謝交換」——はこの倫理的関係の究極的な範囲としてたやすく理解できるかもしれず、そしてこれがマルクス主義が賢治の生態学に関するわれわれの理解にもっとも決定的に貢献するところなのだ。イーグルトンの急進主義が「言語的動物だけが道徳的動物でありうる」という結論に至るなら、それはまたのちに、倫理に関するすべての疑問は根本的には身体の物質性を中心題目としていると彼に主張させることにもなる。*73 人間は言語を人間以外の動物と共有してはいないかもしれないが、生物学的必要という事実は確かに共有しているのである。

他のどんな有機体とも同じで人間は自分たちの環境を選択しそして変更する。人間は環境に反応し、その統計学的構造を変形する。*74 賢治の物語で小岩井農場の北にある野原に入植する昔の百姓たちは、最初に土地を選び変形させた者たちではなかった。この地域に生える柏や松もまた種の散布という機構を通じてこの生育地を「選択」し、そしてこの土地を占拠したことでそれ自体の波及効果を生み出したのだ。今では、森林はある程度の大きさがあれば降雨と大気の状態に影響を及ぼすことはよく知られている。数が少ない場合でも樹木は根の周辺の土の状態を変更し、自分たちの十倍の高さまで風や気温の状態を変える。[*75]

それだから先頭の百姓の人差し指に体現された選択という行為（そして含意された変更という約束）はすべての生命形態に共通の認識行為になる。レビンズとルウォンティンはわれわれに「有機体は自分たちの環境を選択する」ということだけでなく「自分たちの環境のどんな面が適切であり、そしてどの環境的な変動が我慢でき、あるいは無視できるかを決定する」ということも教えてくれる[*76]（「われわれの眼にはステップと映るものでもバッタにとっては森林であるかもしれない」と今西錦司は書く[*77]）。賢治の百姓は土を嘗めて地味を評価する。森やきれいな水が利用できるか、作物を育てるための日当たりはどうか、を彼らは確かめる。もちろん、ダーウィン風のモデルなら、（特定の有機体を行為者とした）この「局所的」な選択行為は、より大きく、個性のない自然の選択という文脈の中で起こる。有機体は自分たちの環境を選択するが、時がたつにつれて今度は自分たちが、生存と絶滅といった統計的な判決の形をとって姿を現わす過程によって選択される。

ダーウィンは「自然選択」（丘の自然淘汰）という言葉を一部分は彼が「人為選択」（丘の人為淘汰）と呼んだものから区別するために作った。人為選択とは作物の改良や交雑そして畜産の実践など彼の変異と遺伝の研究に非常に多くの材料を提供したものである。[*78] 現代生物学は最初から、野生と人間の手の入ったものとの関係を研究することによってその中心的洞察を生み出してきたように思える。人間がハトや羊の種に対しておこなってきた「改良」によって明らかにされる近視眼的動機と比較してみたとき、ダーウィンは自然選択という物質的法則によって示された荘厳な「手際のよさ」に率直に感嘆した。「人の願いや努力はなんとはかないものなのだろう」と彼は書いた。「人の時はなんと短いのだ！　そしてそれゆえ人の成果とは、全地質時代を通じて自然によって蓄積されてきたものと比べたら、なんとお粗末なものにしかならないのか！」[*79]。その時間的枠組みの宇宙的な大きさだけではなく、その「展望」についての無私の理解があるからこそ自然選択はこのようにうまく機能するのだ。「自然選択は毎日、毎時間、世界中でどんな小さな変異をも精査し、悪いものは除き、よいものはすべて保存し合計し、機会があればいつでもどこでも、それぞれの生命体をその有機的・非有機的生活条件との関連において改良することに、黙って少しずつ取り組んでいる、と比喩的に言ってもいいだろう」[*80]。

とはいえ、ある意味で、人為選択を「自然」選択と対比させることでダーウィンの言い回しは、それでもやはり「自然」とその法則の傘の下で必然的に展開する文明化の一連の活動——環境を変形させようとする人間による多数の圧力——を何か不自然なものとして表現している。農業と工業は世界をより野生的でなく（そして確かにより人間的に）する役には立ってきたが自然でなくすることはなかったと言ったらもっと正しいだろう。「だからわれわれはニューヨーク市や東京は「自然」だと言えるが「野生」だとは言えない」とゲーリー・スナイダーは書き、この点を明らかにした。「どちらの都市も自然から逸脱してはいないが、それが庇《かば》う人やものに関してだけの生息地で、本当に奇妙なほど他の生き物に対しては不寛容なのだ[*81]」。

自然ではあるが野生ではない——この一見したところは小さな意味の違いが、今日の環境的危機について考える際の、そしてそれが生み出した倫理的反応における、とてつもなく大きな移行へと繋がった。表面上は地球の加速している絶滅率はほとんど聖書風といってもいいような予言の実現を示唆しているかもしれない。自然選択そのものの死——ないしは文字どおりかつ黙示録的な形での小森の「自然の殺害」である。「絶滅の危機は終わった」と政治学者のスティーブン・M・マイヤーは宣言する。「われわれは負けた」。しかしながら、この冒頭の宣言の修辞的な痛烈さにもかかわらず、マイヤーの論文は実際には自然の人為的改変が、生物多様性によって特徴づけられる原野という環境中心的な形にどう勝ってきたのかに関する暗いニュアンスの分析を与えている。「今日では、進化の導きの手は間違いなく人間で、地球を疲弊させるような結果をもたらしている」と彼は書く[*82]。

次の一世紀に地球の発生系統が二五パーセント減少する、と説得力と圧倒的な経験的データの支えをもって予言するマイヤーは「人為選択を中心にして築かれた三層の階層秩序」に分割された世界を思い描く[*83]。マイヤーの「人為選択」というテーゼは、彼が「遺物である種」と呼ぶもの——象やパンダのように、より豊かな生物学的過去を懐かしく思い出させるものとして、注意深く管理された「少数」で生き残っている動物——をはっきりと説明する。それはまた、比較的わかりやすく「幽霊種」——生息地の喪失ないしは公然たる撲滅運動を通して存在から追放された圧倒的に多くの絶滅した、あるいはすぐに絶滅しそうな生命形態——の数が絶えず増大していることも説明する。

しかしマイヤーが「雑草種」と呼ぶ新たに繁栄している部類の有機体である、この三層の階層秩序の最後の範疇は、人為選択という意図的な行為と同じくらいに人間の占領という偶然の結果が、著者が要約するような荒廃に追いやっているということをわれわれに思い出させる。「陸地と大洋は生命で満ちつづけるだろう」とマイヤーは説明する、「しかし、それは自然にそして非自然的に、われわれというひとつの根本的な勢力との適合性で選択された有機体の奇妙に均一化された集合となるだろう」（強調引用者）。タンポポ、チャヒキグサ、スズメ、白尾ジカ、ノルウェーねずみはみなこの「雑草」の範疇に入る。「絶えずかき乱される、人間が支配した環境[*84]」に繁栄できる能力で自然に選択された動植物である。これらの種は数と分布を拡大しつづけてきて、多くはすでに厄介者というレッテルを貼られている。マイヤーの論文が明らかにするように、言い換えれば、衰えてしまいそうして衰えつづけているのは自然選択という過程ではなく——自然選択は元気に生きている（どうしてそうでないことがありえよう？）——人間文明の、野生に対する物質的・文化的関係なのだ。

その一方で、マイヤーが「雑草種」という概念を喚起することはまた、図らずも、「野生の死」という挑発的な表題とは逆に、広く定義された原野そのものは死んでいるとは到底言えないということをわれわれに思い出させる。マイヤーの論文が示唆するように、「人為選択」が生物圏を支配するようになっているとしても、この条件は野生の死ではなく、野生が次第に「雑草」と「厄介者」によって表現されるようになっている、自然の新しい形が姿を現わしていることを知らせている。実際、野生的自然の継続的な脅威は、「この人間が選択した生物圏は必ずしも人間に優しいものとはならないだろう」[*85]というマイヤー自身の断言の背後に潜んでいる。この観点からすれば、原野は過去においてそうだったように繁栄しつづけるのだ。違いは、今では灰色狼がドイツの森で子供たちを食う代わりに、東京の街角でカラスが残飯をあさり、ヨハネスブルグのスラムでウィルスがわれわれの免疫機構を無効にしているということで、野生が表現されるようになるということである。

野生状態そのものは拡散してゆく現象で、公式的な原野とか国立公園とかいった一般的な想像力の中で「野性」を象徴するものをはるかに越えて広がっている。「尺度を変えれば」野生状態は文字どおりどこにでもあるとゲーリー・スナイダーは書く。「真菌類や苔、カビ、酵母、そしてわれわれを取り巻き、われわれを住処とする根強い住人たち。裏庭のベランダにいるシカネズミ、自動車道路を横切るシカ、公園のハト、隅にいるクモ」。[*86] そうだとすれば終わったのは自然選択でも、そうしたものとしての自然でもなく、野生の仕組みの広い多様性であり、人間という住人は旧石器時代のあいだじゅうそれとともに生きてきたのだが、文明のより近い歴史の中で次第にそれを出し抜くようになったのだ。根本的な意味で、これもまた「自然」である。生物学的多様性に対する損傷は、自然選択が人間文化と弁証法的に影響しあってきた中での結果であり、自然選択が消滅する前兆ではない。この弁証法——（人も人以外もふくめた）生物体系における、釣り合いが取れず混乱した相互作用——の緊急性を賢治の「狼森」は見事に描き出しているのである。

秘跡的な経済

小岩井農場の北にある小さな野原を開墾するためにやってきた百姓たちは土地を耕したり森を切り払ったりするための鉄の道具を持ってきた（と物語は示している）だけでなく、古い掟の記憶、つまり童話の教訓的なわかりやすさをもって表現された、消え去りつつあった礼儀作法のきわめて重要な名残も携えてきた。

そこで四人《よつたり》の男たちは、てんでにすきな方へ向いて、声を揃へて叫びました。

「こゝへ畑起してもいゝかあ。」

「いゝぞお。」森が一斉にこたへました。

みんなは又叫びました。

「こゝに家建てゝもいゝかあ。」

「ようし。」森は一ぺんにこたへました。

みんなはまた声をそろへてたづねました。

「こゝで火たいてもいゝかあ。」

「いゝぞお。」森は一ぺんにこたへました。

みんなはまた叫びました。

「すこし木貰《きい》つてもいゝかあ。」

「ようし。」森は一斉にこたへました。

男たちはよろこんで手をたゝき、さつきから顔色を変へて、しんとして居た女やこどもらは、にわかにはしやぎだして、子供らはうれしまぎれに喧嘩をしたり、女たちはその子をぽかぽか撲つたりしました。*87

もっとも単純なレベルで賢治の物語は読者に、お願いしますとか、ありがとうとか言うことを思い出させる。しかし「狼森」に固有の特徴は、この命令法が山や森にまで拡大されたときの倫理的な大きさを読者に示すことである。百姓たちが森に「こゝへ畑起してもいゝかあ」と尋ねるとき、この質問は人間である開墾者たちの、森とのほどくことのできない繋がりを暗示していると同時に、それとの違いも認めている。農業の到来は、小森が示唆するように人間が食物連鎖から自らを解放した、特権を与えられた生物だからではなく、まさしく人間が逃れがたくその一部であるからこそ不吉な出来事だと土地によって感じられるのだ（賢治自身が三十七歳で細菌による肺の感染症のために亡くなったということこそ、何よりもよくその事実を思い出させるのではないか）。

チャールズ・エルトンは一九二七年に「食物連鎖」という概念を導入したとき、連鎖の最下位――光合成を通して食物を生み出す植物――がもっとも重要な鎖をなすことを明らかにした。さらに重要なことにエルトンは、どんな生物社会における食物連鎖の全体も、頂点も底も持たない「網」として説明した。まさしく生物学と物理学を二十世紀の初めに支配しつつあった無限の関係性のイメージである。[88] 生産者、消費者、還元者、分解者――エルトンの考えによればこうした役割を果たす有機体は、自然の経済機構の中で広大で複雑な相互依存のネットワークを形作る。根本的に——そしてきわめて漠然とした「食物連鎖」という表現が持つ上下関係という含みにもかかわらず——エルトンによるダーウィン風の食物網のモデルは、階層秩序という論理からは外れている。進化論は最終的に、密かにではあれ、自然における絶対的関係性という考えを不合理なものとしており、そして宮澤賢治はこの洞察を倫理的確信として吸収していたように思える。ダーウィンの科学は宮澤賢治にも、二十世紀の生物学における先導的人物の多くと同じに、自然の中の優位さを相対的なものと見ようという衝動、今日でもその破壊的鋭さを保っている傾向、を染み込ませていたように思える。

すべての礼儀作法の決まりは共有された威厳という理想を尊重する。賢治の物語では、百姓がある種の生態的な礼儀——土地を利用する許可を得る——を守ることが、進歩的な政治上のイデオロギーと完全に対立する、原初の「平等性」を保っていることを示している。彼らの儀式的な言葉遣いには生存という社会契約が暗示されている。殺しはするが全滅させることはないという権利である。しかし賢治の百姓が本当にこの原初の倫理を維持しているのなら、それに続く危機の根拠は何か？　開墾者たちが最初に土地を切り開き家を建てる仕事を始めるとき、謙虚さと協働とが森との関係を特徴づけつづけている。とはいえ、森の視点からすれば、耕作者たちの勤勉さには何か前例がなく不吉なものも混じっている。

次の日から、森はその人たちのきちがひのやうになつて、働らいてゐるのを見ました。男はみんな鍬をピカリピカリさせて、野原の草を起しました。女たちは、まだ栗鼠《りす》や野鼠に持つて行かれない栗の実を集めたり、松を伐《き》つて薪《たきぎ》をつくつたりしました。そしてまもなく、いちめんの雪が来たのです。

その人たちのために、森は冬のあいだ、一生懸命、北からの風を防いでやりました。*89

しかしその翌年の秋には開墾者たちはそうした保護をほとんど必要としなくなっているように見える。小屋を三つ建て、蕎麦《そば》と稗《ひえ》の最初の実りを取り入れて、彼らはもはや森が与えてくれるものを森の動物たちと直接に争ってはいない。そしてまさしくこの瞬間、小さな共同体がぎりぎり生存のための経済（採集によって例示される）から離脱して蓄積の経済（農耕によって例示される）へと向かった時に、一連の危機の第一番目が起こる。

その冬のある「土の堅く凍つた朝」に、百姓の子供九人のうち四人がいなくなっているのが発見される。再び百姓たちは、森には「気違ひのやうになつて」と見える必死の反応を返す。もちろん、子供がいなくなったことに対するパニックで「気違ひのやうにな」るのと、この前の秋に「きちがひのやうに」働くこととは、開発と生存との不可分性の知覚が歴史的に出現したことを強調している。単に個々の子供たちの命や次の収穫の成功だけが懸かっているのではなく集落そのものの存続が懸かっているのだ。百姓たちは気がついてみるとまたもや森に助けを求め、四方に向かって子供たちの所在を森に尋ねる。森は知らないと答え、来て探してみろと言う。それに続く場面は変化しながら二度繰り返されるのだが、民話を思い起こさせる定式に従っていて、夢の簡潔な表現形式を使って、この集落の野生に対する際どい関係を暗示する。

そこでみんなは色々の農具をもつて、まづ一番ちかい狼森《オイノもり》に行きました。森へ入りますと、すぐしめつたつめたい風と朽葉の匂とが、すつとみんなを襲ひました。

みんなはどん〳〵踏みこんで行きました。

すると森の奥の方で何かパチパチ音がしました。

急いでそつちへ行つて見ますと、すきとほつたばら色の火がどん〳〵燃えてゐて、狼《オイノ》が九疋《くひき》、くる〳〵、火のまはりを踊つてかけ歩いてゐるのでした。

だん〳〵近くへ行つて見ると居なくなつた子供らは四人共、その火に向いて焼いた栗や初茸などをたべてゐました。

狼はみんな歌を歌つて、夏のまはり燈籠のやうに、火のまはりを走つてゐました。

「狼森のまんなかで、

火はどろ〳〵ぱち〳〵

　　火はどろ〱ぱち〱、
　　栗はころ〱ぱち〱、
　　栗はころ〱ぱち〱。」

みんなはそこで、声をそろへて叫びました。

「狼どの狼どの、童《わら》しやど返して呉《け》ろ。」

狼《オイノ》はみんなびつくりして、一ぺんに歌をやめてくちをまげて、みんなの方をふり向きました。

すると火が急に消えて、そこらはにはかに青くしいんとなつてしまつたので火のそばのこどもらはわあと泣き出しました。

狼は、どうしたらいゝか困つたといふやうにしばらくきよろ〱してゐましたが、たう〱みんないちどに森のもつと奥の方へ逃げて行きました。

そこでみんなは、子供らの手を引いて、森を出やうとしました。すると森の奥の方で狼どもが、

「悪く思はないで呉《け》ろ。栗だのきのこだの、うんとご馳走したぞ。」と叫ぶのがきこえました。みんなはうちに帰つてから粟餅をこしらへてお礼に狼森へ置いて来ました。*90

日本で知られている最後の野生の狼は紀伊半島で樵によって一九〇五年一月二十三日に殺されており、それは賢治がこの物語を発表するおおよそ二十年前のことである。[*91] しかし狼たちは──岩手方言ではオイノと呼ばれている──は、野性の神秘と危険性の象徴として残り続けていて、ヨーロッパやアメリカにおけると同じようにしばしば民話や童話に現われる。灰色狼の亜種であるニホンオオカミは狂犬病とジステンパーの流行の影響を受けて本州・四国・九州から姿を消した。北海道に固有のエゾオオカミは十九世紀末に家畜の牧場が設けられたあと、大規模な毒殺作戦によってより組織的に根絶された。[*92] 排除と根絶に関するこのおなじみの話は、何世代にもわたって日本の奥地でオオカミと人間とのあいだを支配してきた複雑な物質的・儀式的関係を誤って伝えている。人間と野生生物との関係をきめ細かく研究した『日本でオオカミを待ちながら *Waiting for Wolves in Japan*』の中で人類学者のジョン・ナイトは、しばしばオオカミが純粋な悪を表わすヨーロッパやアメリカとは違って、日本のオオカミは長いこと両義的なイメージを保ってきたことをわれわれに思い起こさせる。恐ろしく危険な肉食獣であると同時に、強力な保護者で「神のお使い」でもあったのだ。[*93]

食用に家畜を育てるという伝統があまりなかった明治以前の日本の農耕社会は、狼を野生生物の害に加担しているというよりはそれを抑制している重要な要因だと考える傾向があった。穀物を主食とし、魚と野菜を副菜とする農民にとって暮らしに対するもっとも直接的な野生の脅威はシカやイノシシ、サルその他の、作物をだめにする草食動物だった。[*94] 民俗学者の千葉徳爾は、十七世紀の後半になるまで「益獣」としてのオオカミの地位はまさしくその肉食獣としての技術に基づいていたと報告している。日本の民話や宗教の象徴的機構の中で保護者としてのオオカミの働き――その「救いの神」としての地位や「山の神」との結びつき――は、この動物の食物連鎖における具体的な位置と切り離せない。[*95] オオカミが絶滅して長いことたつ今日ですら、日本の田舎にあるオオカミを祭る神社ではご利益として、農地の害獣からの――具体的なではないにしても――儀式的な保護を提供している。[*96]

それでも最初からオオカミは、野本寛一の言葉を借りれば、「諸刃の剣」の不確定性を表わしていた。[*97]「環境の民俗」学派の第一人者である野本は、捕食者―獲物の関係という微妙な陰影を帯びた理解が、日本の森に近い耕作者の象徴的・具体的伝統には働いているのを見る。家畜は食用には育てられていなかったにしろ、長いこと運搬や牽引の目的で飼われてきていて、十七世紀の後半にはオオカミの群れに狂犬病が広まるとともにオオカミの凶暴さは、村の馬や田舎の隅々の人々にとってさえも重大な脅威であるという認識が広まりはじめた。[*98] 攻撃が増えるにつれて「温和な神というオオカミのイメージは、致命的な脅威というイメージに変わりはじめた」とジョン・ナイトは語る。[*99] 今日では辞書が印象的にオオカミに付与してきた――たとえば狼虎というような――強欲と凶暴さという属性が、優しさと保護という古い含意に上書きされてしまっている。[100]

賢治の物語はオオカミのイメージに坑道を掘りその両義性がもつすべての創造的潜在力を探る。ここには森と田畑の境界を警備もすれば侵犯もする捕食者がいる。優しかろうと悪意があろうと、オオカミの象徴的原子価は、狩る者と狩られる者とのあいだにある根本的な契約との結びつきから分離不能のままである。「「お前の尻は誰か他の者の食い物」――相互依存、相互連絡、「生態学」についてのぶっきらぼうな言い方は、それと同じ程度に、また注意と覚悟の教えでもある」。[101]ここでゲーリー・スナイダーが持ち出す「直接聞いた実話」――たぶん今日のハイカーやハンター、森林警備員、僻地の住人などによって語られる――とは違って、賢治の物語で百姓が昔、オオカミと出会う実感的な様相は、そのおとぎ話の奇妙な論理によって比較的弱められている。オオカミたちは直接に誰かを攻撃したり食ったりするとは脅さない、とはいえ、百姓の子供たちのそばにいることは確かに殺すという考えを誘い出しはするのだが。オオカミたちが示す危険性、そして彼らの異様な悪ふざけの正確な意味は、より重くより謎めいた要求を暗示している。

百姓たちが森の奥深く――原野がレジャーやスポーツの場所として占有される以前の、前近代的世界の神聖な「救出不能地帯」に――入り込むことには、他者性との、子供と神秘主義者しか入り込めない世界との、出会いの不思議な特質が残っている。読者は百姓たちの冷えた筋肉が湿気と冷たさに震えるのを、森の地面に腐りかけたものの匂いをかいで百姓たちの胸が騒ぐのを、想像する。それぞれの注意深いイメージはかすかに秘跡的経済の真実を感じさせる。食物としての生命の交換である。すべてのものがやがては何か他のものに食われる。百姓たちは森から、まさに森の危険から逃れるために、多くのものを奪ってきて、そして今、森が自分たちから何を奪うのかと心配している。この場面の情緒的な緊迫感は、言い換えれば文明の逆説そのものから生み出される。人類は野生の一部――その恩恵に依存し、その好意を受けて生きている――でありつづけながら、もはや野生に属してはいないということ。

野本寛一はオオカミを「森の番犬」と言うとき、オオカミが「自然の世界の変則さ」を警告することで人を守ってきたという伝説を参考にしている。[*102] しかし〈日本オオカミ協会〉のような今日の環境団体にとってオオカミは原野そのものの保護者という拡大した役割を帯びている。「森を救うオオカミ」[*103]。実際、この動物の決定不可能性そのものが、生態系の機械的モデルによっては不完全にしか表現できない、より高度な働きを意味するようになった。重要な形で賢治の物語はこのより広い見地を先取りしている。オオカミたちは子供の世話をして、きのこや栗をご馳走したが、それは子供たちを誘拐できる力を示したあとになってからなのだ。百姓たちが、火の傍らで森の影を貫く異様な「ばら色」の光の中でオオカミたちが不思議な踊りを踊るのを見るとき、オオカミの歌と悪く思わないでくれという密かな嘆願は、森そのものに、そして狼森になりかわって発せられたフェア・プレイへの要求だと理解できる。オオカミはアルネ・ネスの「全体的ビジョン」の象徴になる。彼らはより高度な客観性の言語を話すのだ。

この「無防備の原野を捉える」、つまり文明化した人間が見るはずではなかったものを盗み見る、というモチーフはこの童話集全体に、そしてのちの賢治の創作の中にも繰り返し出てくる。こうした語られた経験はいつも短く、そしていつも道徳的な変化をもたらす。日本の伝説の中で山と村を「通い」、いたるところに姿を現わす狐とくらべると、オオカミは山奥、人間の活動の範囲を超えた地域と、ずっと強く結びつけられている。[*104] オオカミの目撃は境界が突破されたことを意味している。それだから、賢治の物語の百姓が存在を知らせると、オオカミは予測されたことをおこなう。逃げ去り、距離をとるのである。とすれば、特徴的に、このびくびくしながらの出会いは、境界線の、また空間的秩序と領土的完全さという暗黙のうちの約束の、再確立へとつながる。言い換えればそれは、スムーズな関係への、すべての「礼儀正しい」振舞いの基礎への、新たにされたかかわりを表わしている。

粟餅を供えることは、その歴史的製造という意味を伴っている。選択され、蒔かれ、収穫されて調理された穀物。きのこと粟が森の施しの旧石器時代的率直さを示しているなら、粟餅は農業共同体の家庭組織と、その、空間、燃料、建築資材、そして野生がこれまで与えてきたその他多くの必需品に対する要求とを体現している。最初は「狼森」のオオカミたちに進物として贈られるこの供物は、聖なる儀式の具体的かつ実際的な始まりをなしている。いまや百姓から原野へと何かが渡されたのだ。森に対する「礼状」であるばかりでなく、百姓にとっては実際上思い出すことが不可欠な相互依存の象徴でもあるものが。

だからここで描かれた危機は「単に」かろうじて避けられた四人の子供の死よりもはるかに大きい。すべてを掬い上げるような不思議な身振りを伴ったこの物語は、聖なる契約の概略を語り、その差し迫った崩壊をぼんやりと暗示している。一九九三年に、野生と人間の手が入ったものとのあいだの境界を維持する役割を帯びたある種の歩哨としての――耕作された田畑の守護者としてだけではなく森そのものの救い主でもある――オオカミという考えが、日本の森の「生態系」にオオカミを再導入しようという運動を通じて生態学的表現を与えられた。オオカミの再導入は今日ある者たちからは野生生物による被害という増大しつつある問題に対する実際的そしてカリスマ的な解決策、森の生態学的バランスを回復する手段、として見られている。[105] しかし生態学的な言葉遣いの背後で、日本におけるオオカミ絶滅がもたらした結果についての現代的懸念には、超自然的な側面がつきまといつづけているのだ。日本で最後のオオカミを供養する儀式――一九〇五年にそのオオカミを殺した狩人によって始められた――は今日まで毎年おこなわれている。[106] ジョン・ナイトの報告によれば、日本の農民の中には増えつつある野生生物による害を「狼を絶滅に追い込んだ社会へのたたり」だとみなす者もいるという。[107]

実際、賢治の架空の百姓たちが維持しようと必死になって努力したバランスの最終的な崩壊は、歴史的に前近代および近代初期全体を通じて本州から野生の生息環境が侵食されることにつながり、この傾向は近代明治国家の成立以後急速に激化することになる。

境界地域

一方で、二十一世紀の生態意識が、大正後期の童話集やその作者の意識にあったとするのは馬鹿げていよう。産業技術に対する賢治の楽観論、科学への信念、岩手の農民に近代的な施肥技術を広めることへの直接的なかかわりはすべて、多くの点で、その当時の教育を受けた進歩論者に典型的な近代文明への熱中を示唆している。もう一方で、健全な文明と完全に機能している原野は共存できるしすべきだという賢治の仮説は、彼の作品を今日の読者にとりわけ関係あるものとしている。すでに示したように、急速な電化に例示される東北地方の劇的な近代化を、賢治は生きているうちに目撃した。しかしこの技術的変貌以前でも、日本の北緯四十度線をまたぐ豊かな森林地帯には、地元の農業ばかりでなく遠く離れた日本の西部諸都市からの建築資材の需要という負荷もかけられていたのだ。

コンラッド・トットマンが日本の森林の詳細な歴史の中で示すように、一七〇〇年には本州の東北半分には、材木伐採の手が入っていないところはどこにもなかった。[*108] 遠く離れた東北地方はトットマンが畿内盆地の「古代の略奪」——古代の平城京・平安京に近い分水嶺地帯で七世紀に行われた伐採——と呼ぶものからは逃れられたが、東北の森林地帯は十六世紀の半ばから始まる「近代初期の略奪」の広範に及ぶ影響の下で変化を強いられることになる。これらの世紀のあいだ「伐採は徹底しておこなわれたから日本が二十世紀に入ったときには、まだ手つかずの広い森林地帯があったのは北海道だけだった」。[*109] それだから賢治は物語や詩の中で、オオカミやクマ、野生のシカなどが棲む、古い広葉樹がもつれ合った岩手の自然のままの森を喚起するとき、すでに遠くなった神秘的な過去に手を伸ばしていたのだ。そして江戸時代の終わりには日本の野生の森のほとんどは、まったく完全に手なずけられていた。つまり、再生林業という管理政策の下で変形され、「植林地帯ないしは、自然に種が蒔かれ管理された二次林として」しか存在していなかった。[*110]

近代初期の略奪は遠く離れた支配者の巨大な建造計画によって推進されたが、日本の森林にかけられた圧力の大部分は人口の大多数を占める田畑で働く者たちによる直接の利用によるものだった。[*111] 賢治の物語が概略を示しているように、地元の森は農夫たちに建築資材と飼葉《かいば》や緑肥のための藪や草、そして食べ物も与えた——栗やきのこ、鳥獣の肉、魚。しかし薪を刈ることが地元の森をもっとも激しく使い尽くした。家庭内で暖房や調理のために燃やした木に加えて、それによって農耕の拡大が可能となった鉄を溶解するのに必要だった「相当な量の高品質の炭が、柏、栗、その他の木質の密な広葉樹でもって焼かれた[*112]」。

炭焼きにおいて森林が果たす役割は、賢治の地元である岩手県では特別な重要性をもっていて、昔からそこでは北部山岳地方の森林が落葉樹で有名だった。日本では戦後の化石燃料革命が起こるまで、家庭で暖房や調理のために使われる炭の大きな部分を岩手県が供給してきた。一九一二年には(賢治は十六歳だった)、この地域で広く電化が進行中だったが、まだ比較的豊富だったクヌギやナラ、コナラ、カシワ、クリのおかげで、岩手はこの国の木炭生産の中心地となっていた[*113]。東北地方に固有なサルの調査の中で霊長類学者三戸幸久は、岩手の木炭生産と十九世紀半ばから一九二五年にかけてのサルの劇的な減少には直接の関係があるのを見ている[*114]。実際、日本全体で原野にある生息地の侵食は深刻で、一九一九年には「史蹟名勝天然紀念物保存法」が制定され国レベルで法的に(弱いものであったにしろ)認められるまでに至っていた。この法律は数ある目的のひとつとして、絶滅に瀕している種や特に科学的・文化的に価値がある自然現象を保護することを意図していて、一九三四年には東北の山に棲むカモシカがその中に含まれた[*115]。

しかし生息地の破壊はまた周辺地域——賢治の作品の中心をなす、野生と人間の手が入ったものとが日々相互作用を及ぼしている合流地帯――の動植物にもはっきりと影響を与えた。たとえば環境歴史家の河合雅雄は、明治の終わりから大正にかけて岩手において野生のシカの数が急激に減少したことについて、一九一九年に県にシカ猟を禁止させるほどのたいへんな減り方だったと述べている。*[116] 賢治の創作に関する河合の風変わりな動物学的分析は、この作者の作品には山奥の動物はめったに大きく扱われず――たとえば岩手の有名なカモシカは一度も現れない――その代わりに、スティーブン・マイヤーだったら「雑草種」とするだろうような、二十世紀初めの日本の村に典型的な動物たちに焦点を当てていると特に言及している。キツネ、ネズミ、タヌキ、シカ、ウサギ、イタチなどである。*[117] 賢治の物語と芝居は、戦後になって作られた「里山」という言葉で呼ばれるようになる地域にもっとも関心を注いでいる、と河合は結論する。地元の農業共同体に必要なものを供給する、村や部落の端にある樹木でおおわれた丘である。

岩手の地理が里、里山、奥山に分割されるとき、里山の戦略的重要性を認めるのはたやすいことだ。そこでは人間文明が異質な野性を歴史的に利用し、守り、そしてそれから守られてきた。「狼森」の表題に現われる東北方言の「森」は一般的に一〇〇〇メートル以下の山、まさしく里山に分類されるようなものをさすと河合は言う。こうした周辺の低い山こそ何世代にもわたって日本の農民が薪や飼料だけでなく、栗、蕨《わらび》、ゼンマイ、蕗《ふき》、マツタケなどの必需品も収穫してきた場所だったのだ。[118] そしてまたここ、今では包囲されたこうした境界地帯でこそ、農民たちは賢治が生きている時代に、狭まりつつある原野といちばんはっきりとわかる形で聖なる契約を結んだのだ。

戦前・戦中の木炭生産が岩手の僻村で広葉樹林の侵食を助長したとするなら、戦後の石油、ガス、化学肥料の利用の増加は失われた森を取り返そうとする気持ちを削《そ》いだ。日本がもはや緑の森で覆われていないというわけではない。実際、戦後の森林再生政策は、二十世紀のあいだに一九〇〇年の二二五〇万ヘクタールから今日の二五〇〇万ヘクタールへと面積としては確かに増加させた。[119] しかし、戦時中に丘陵や山岳地帯から大規模に森林を剝ぎ取ったことを正そうとする政府の努力は、広葉樹をスギやヒノキ――住宅や建築に使われる成長の早い針葉樹――へと置き換えてしまった。言い換えれば、失われたのは里山にある遷移性の半野生の広葉樹林だけでなく奥山にあった野生の植生の多くだったのだ。今日、日本の国土面積の二五パーセント以上が単一栽培で、大部分は針葉樹の、人為的な植林地で占められ、その結果、森林面積は増加しているのに、日本固有の、ないしは伝統的な野生動物の生息地は減少するという一見したところ逆説的な状況が現出してしまっている。そのために、里山と結びつけられていた、村と森との段階的分離は崩れ去り、ジョン・ナイトの言葉では「今では村は高く暗い針葉樹林に囲まれ、くっきりとした境界面をなすに至っている」[120]。

今日、里山の事実上の消滅は、田舎の過疎化傾向と合わさって、日本の田舎で野生生物の略奪行為をとりわけ激しいものにしている。もはや中間地帯はない。交渉の余地はなく、「非武装地帯」はないのだ。シカやクマ、イノシシ、サルそして天然記念物のカモシカまでもが、次第に森の周辺の農業共同体で見られるようになり、作物を襲い、植林地を傷つけている。ツキノワグマのようなもっとも捕らえにくい奥山の動物ですらが、果物やどんぐりのなる木を奪われれば、生存のために果樹園や畑を襲わなければならない。農民たちは柵、電気柵、ワナ、毒殺など、新旧取り混ぜたあらゆる手段に訴えて野生動物を寄せつけまいとしている――感覚を刺激する忌避剤からおまじないや祈禱に至るまであらゆるものが使われる。[*121] 野生動物の害が増えるにつれて賢治の物語に描かれた緊迫感は新しい意味を帯びはじめる。

「狼森」が、河合雅雄が示唆するように、山がまだ里山になっていない時に[*122]支配していたに違いない、人間以外の世界と人間との直接でむき出しの競争を描いているなら、ジョン・ナイトや野本寛一のような今日の人類学者によって研究されている野生動物の害は、この過程の逆を表わしている。賢治の物語に描かれた原野と耕作との戦いは今日、日本中の森の周辺の村落で続いていて、それは農民が里山の文化を確立しようと努力しているからではなく、その消滅の結果と取り組んでいるからなのだ。こうした状況の人類学的説明が、空間的秩序を強調する賢治の物語の概念的枠組みを反響させているのは決して偶然の一致ではない。森に近い村落の住人が表明した懸念を説明してイグチマトイはこう報告している。「森に住むと思われている野生の動物が頻繁に村に現われはじめたら、それは「悪いこと」が起こっているのを示している……」[*123]。賢治の物語では、その「悪いこと」は原野が人間を支配することでもその逆でさえもなく、野生と人間の手が入ったものとのあいだの交渉が断たれることだと理解されるべきだ。ともに繁栄することの失敗である。結果が絶滅であれ害であれ、ことは進化論上の問題なのだ。

　コンラッド・トットマンによれば、日本における人間―森林の関係の歴史は二段階で構成されている――「ホモ・サピエンス・サピエンス［新人］が樹木でおおわれた風景を利用するのに、木や骨や石でできた貧弱な道具しか使えず、そこの本質的な性格を変えることができなかった三万年に及ぶ前農業段階」と、「次第に複雑で多くを要求するようになる技術を備えて膨らんでゆく人口が、ますます多くの森林地帯の性格を根本的に変えてきた過去二千五百年を含むはるかに短い段階である」[*124]。「狼森」はこの大規模な遷移の瞬間に生じた倫理的要請の輪郭を描いている。しかしながら、賢治の物語がその中心的テーマのひとつとして、野生と一緒に創造的に生きることができる文明という夢を取り上げているのなら、彼が作り上げた夢の光景はいつも弁証法の言語を話していることは留意しておかなければならない。

　たとえば、有名な物語「鹿踊《ししをど》りのはじまり」（一九二四年）では賢治による野生の鹿の生き生きとした描写は、まさしくこの弁証法的枠組みの内部で効果を現わしている。東北地方の叙事詩的過去を旅する嘉十は、山の中の温泉で傷ついた足を治療するために耕作地から野原を越えてやって来た。食べ残しの弁当をわざと鹿のために残して、嘉十は再び旅を続けるが、さっき休んだところに手拭を落としてきたのに気づく。それを取りに戻ると、一人ぼっちの旅人は大勢の鹿の集団が、部外者である人間という謎に直面して、畏怖と疑惑の念を持って手拭のまわりをぐるぐるまわっているのを目にする。嘉十の耳はきーんと鳴りはじめ、ススキの中の隠れ場所で、奇妙に敏感になった感覚に彼はつかまれる。念の入った注意深い調査の末に、シカはその布が無害であると判断し、栃の団子そのものに近づきはじめる。嘉十は見ていてこの最初の「鹿踊り」に、シカとの本質的な違いを感じ取ると同時にこの動物たちとの原初の類縁関係を理解する。

鹿はそれからまた環になつて、ぐるぐるぐるぐるめぐりあるきました。
嘉十はもうあんまりよく鹿を見ましたので、じぶんまでが鹿のやうな気がして、いまにもとび出さうとしましたが、じぶんの大きな手がすぐ眼にはいりましたので、やつぱりだめだとおもひながらまた息をこらしました。[*125]

この原野の物語集全体にわたって繰り返される直感のひとつである嘉十の洞察は、ここではクリストファー・ベルショーの発言を反響させている。すべてのものが繋がっていると言うことはすべてがひとつだと言うことではない。嘉十はシカとの繋がりを認識するまさにその瞬間に、自分がシカと「ひとつだ」というのは幻想だと理解させられる。形態学的にそして文化的に、野生の有蹄類の蹄《ひづめ》と彼自身の物をつかめる手とのあいだには進化論上の深い裂け目が立ちふさがっている。一時的にシカ同士の会話を聞き理解する能力を与えられた(これらの物語に共通したもうひとつのおなじみの繰り返し)とはいえ、嘉十とこれらの動物たちとの真のつながりは言語を通して存在するわけではなく食べ物を通して存在するのだ。団子が人間の世界からシカの世界に——耕作の空間から野生の秩序へ——渡されるとき、畏れの感情は相互的なもので、シカと人とで等しく経験される。人間の手から野生の動物の体へと栄養物が渡されることはここでは精神的なものと代謝的なものの両方として描かれている。もっと正確に言えば、それが代謝的であるから精神的なものであると明らかになる。この場面で食べ物を分け合うことは、同じものを必要としているという存在の連続した条件を認めるから、一種の「聖餐式」となる。ある意味でシカが、半分食われた栃団子を摂取することは人間と人間以外の相互浸透をたたえる秘跡となる。野生と人間の手が入ったもののあいだの弁証法の象徴である。

「狼森」(同じ童話集に収められている)の冒頭の部分は、少しばかりずらしてこの弁証法の論理原則を展開する。文明の庭につねに「雑草」が侵入してくるのと同じで、地面に生える野の草にも「穀物の種となる穂」が混じっていたに違いない。小麦や米やキビの野生の近縁種である。今日の環境問題研究家はしばしば、現代の畑の土の中やシカゴや東京の通りの下深くに、幽霊の原野がもともとの植物群のごく小さな種として隠れているのを想像する。賢治もこれを見た。しかし彼はまた、古代の岩手の火山でできた平地の下に姿を潜《ひそ》め、まだ形作られていない「幽霊の文明」をも、まだ発端ではあるが、それでもやはり生まれるのを待っている農村をも、想像した。自然ではあるが野生ではない。それだから、彼の童話の中できわめて鋭く描かれる原野と耕作との出会いのショックはつねに認識の魅力によってやわらげられている。これは賢治の弁証法的想像力の核心にある逆説である。野性と文明化されたものとのあいだにある深く架橋しがたい裂け目が賢治の物語を必要としているなら（レビンズとルウォンティンだったら言いそうなように）、この二つの世界の永続的な繋がりこそが賢治の物語を可能にしてもいるのだ。

ある意味でこの弁証法的相互浸透のビジョンこそが賢治の理想主義的な――そして最終的には失敗に終わった――一九二六年の、自分で農民になろうという試みを掻き立て、それと同時に〈羅須地人協会〉を設立させたのだった。実際に農業にかかわることが自分の宇宙的・政治的なビジョンを究極的に実現することだと確信して、賢治は教職を辞し、（すべての本とチェロ、科学器具とともに）家族が所有していた下根子桜《しもねこざくら》の家に引越し、そこにあったわずかばかりの土地を耕しはじめた。この行為は苦労している地元の農業共同体には、疑いもなく大いに胡散臭いものに、また良くても単なる酔狂だと、受け取られた。しかしながら賢治自身にとってこれは、教室と教科書のわざとらしさに深みをつけ加える好機だった。「わたくしも盛岡の頃とはずゐぶん変わってゐます」と賢治は一九二五年に友人に宛てて辞職する決意を説明して書いている。「あのころはすきとほる冷たい水精のやうな水の流ればかり考へてゐましたのにいまは苗代や草の生えた堰のうすら濁ったあたたかなたくさんの微生物のたのしく流れるそんな水に足をひたしたり腕をひたして水口を繕ったりすることをねがひます」[*126]。この最後の文は作者の生態学的想像力の持続性を示している。土壌学者賢治にとって、水棲の微生物はもうひとつの原野、森の狼の、目に見えない一変形を表わしていた。

はじめから作者の土壌化学の経験が人と人以外の生物との相互作用の理解を形作っていた。この時期に書かれた「農民芸術」に関する講義ノートは、室伏高信（一八九二―一九七〇）のきわめて人気が高かった反科学的・反工業的な著作『文明の没落』（一九二三年）や『土に還る』（一九二四年）の影響を示しているが、この時期の賢治の実際の活動は、土地と、その占有者である人間とのあいだの持続可能な代謝関係という、より微妙な陰影に富んだ考えを示唆していて、科学および科学と産業との繋がりに対立するところは何もない[*127]。実際、表面上は農耕に携わってはいたものの、この時期、賢治の農業に対する最大の貢献は科学的なものだった。〈羅須地人協会〉の時期に、賢治の時間のほとんどは、花巻にある親戚の店の外で立ち上げ、おこなっていた地元の農民のための無料肥料相談にとられていた。賢治は個別の田畑や栽培方法の条件に関する詳細な質問表を配り、土の見本を採取し、家で分析し、それから農民一人一人のために詳細な農業計画を書き上げ、合衆国における土地の疲弊を例に引いて、化学合成された肥料よりも自然の肥料のほうをつねに選択した。[*128] 実際、科学の文化と農業の文化の親密な協力関係を打ち立てることが、賢治のより大きな社会的未来像の一部だったように思える。一九二六年に〈羅須地人協会〉で予定されていた活動の中には「われわれはどんな方法でわれわれに必要な科学をわれわれのものにできるか」とか「われわれに必須な化学の骨組み」[*129] とかいった話題を扱う講義や議論が含まれていた。科学者、農民、生態学的夢想家――水棲微生物が「たのしく流れる」のを優しく意識するような――である賢治は、農業生産性の上昇への戦いは、彼の童話に命を吹き込んでいる生物学的闘争と相互浸透という過程そのものに、目には見えないとしても、深く根ざしているととらえていた。

そうだとすれば、「狼森」において豊穣な地帯はまたつねに危険な地帯でもあることは驚くべきことではない。子供たちの誘拐という危機が解決された翌年の春には、野原での人間の存在はさらに大きく姿を現わしていた。子供の数は十一人に増えて――マルサス的な翳りの最初の暗示――集落は馬を二匹獲得している。牽引のための動物が存在することは、より効率的な耕耘と施肥を通してその地の森にかけられる圧力が増大することを知らせている。「畠には、草や腐つた木の葉が、馬の肥《こえ》と一諸〔ママ〕に入りましたので、粟や稗はまつさをに延びました」と語り手はわれわれに告げる。[*130]

　しかしながら、良い取り入れをしたあと、ある朝早く百姓たちが野原を起こして畠を広げようと目を覚ますと、山刀《なた》も鍬も、その他の道具も、すべてなくなっているのに気がつく。再度、彼らの生存は脅威にさらされたのだ。森への訴えと探索が繰り返されるが、今回は百姓たちはあえて遠くの笊森《ざるもり》まで進み、そこで古い柏の木の下に伏せられた、木の枝で編んだ不思議な大きい笊の中に自分たちの道具を見つける。道具の真ん中には新しいいたずら者である「黄金《キン》色の目をした、顔のまつかな山男」が座っていて、彼は百姓たちを見ると異様ないたずら心を発揮して「バア」と言う。[*131]

　特徴的な変わった肌や目、髪の色をして（とりわけ）人種的違いも示しているように思える、深い森に住む恐ろしい人物「山男」は、賢治の創作の中ばかりでなく、賢治の童話集の十四年前に発行された柳田国男の『遠野物語』（一九一〇年）で有名になった東北地方の民話の多くにしばしば現われる。小森陽一はこれら神秘的な「野生」人と、歴史的に山窩《さんか》として知られる、山や山峡、その他の周辺地帯に住み村から村へと渡り歩いて木や竹を編んだ品物を売って生計を立てていた人々との結びつきを認めている。[*132]小森にとって賢治の物語の笊を編む山男は前鉄器時代の狩猟採集生活の記憶を表わしている。単なるもうひとつの超自然的現象以上のものとして、賢治の山男は、この視点から見ると、人間が森の中で実質的に森を変えずに生きていたといわれる、トットマンの「三万年の前農業段階」の名残となる。しかし山男もまた読者に、百姓たちが維持しようと努力しているものを思い出させる。単に「自然」ないしは「動物の世界」とのではなく、野生そのものとの契約である。


「山男、これからいたづら止《や》めて呉《け》ろよ。くれぐれ頼むぞ、これからいたづら止めで呉ろよ。」

山男は、大へん恐縮したやうに、頭をかいて立つて居りました。みんなはてんでに、自分の農具を取つて、森を出て行かうとしました。

すると森の中で、さつきの山男が、

「おらさも粟餅持つて来て呉ろよ。」と叫んでくるりと向ふを向いて、手で頭をかくして、森のもつと奥の方へ走つて行きました。

みんなはあつはあつはと笑つて、うちへ帰りました。そして又粟餅をこしらへて、狼森と笊森に持つて行つて置いて来ました。[*133]

物語のこの時点で、狼森と笊森と呼ばれる森はとりかえしがたく変化させられている。これらの森はもはや自分たちのことを「おれはおれだ」と考えているのではなく、人間世界と結びつけられた名前と評判とを獲得してしまっている。森は新しい歴史に入ったのだ。何千年にもわたって、複雑な植物や動物の集まりとともに同じように進化してきた、土と岩とガスの繊細な混合体は、今や自分たちが新しい形の有機複合体と解きがたく結びついているのがわかる。森蔭に住み、森で薪やきのこを取り、森の精霊に捧げものを供える人間の耕作者である。それと同時に、この小さな農耕集落は、その野生の相対物を抜きにしては自らを想像することもできない。この集落もまた異質な歴史に触れられ、長い時間の途方もない重みを感じるようになっている。ここが賢治の単純な童話が弁証法的意識を反映していると言われるところなのだ。「狼森」では人々と彼らが住む土地の両方が「相互浸透の結果として」[*134]進化する。

進歩と生存のための戦い

「狼森《オイノもり》」は環境の変質について語る限りにおいてダーウィン流の進化の言語を話す――たとえ重要な形でもともとのダーウィンの展望を超えているとしても。そこでこういう疑問が起こる。協定されたバランスという理想と、広く「進化論的前進」と理解されているものとをどうやったら調和させられるのか？　変化が進化という考えの核心にあり、それだからある種の不安定性や変わりやすさは必然的に伴う。ダーウィンの変化という考えに規範的な意味を与えたり、文明が野生を侵略するのは「進歩」であり、人類が下等な生命形態に対してもつ優越的地位の必然的結果だとして正当化されるだろうという、大声で唱えられたビクトリア朝的な進歩に対する信念を、ダーウィン自身に帰したりするのはしばしば心をそそられることであった。この誤った考えの歴史は長く、そして日本ほど深くそれが染み込んでいるところはない。

日本語の「進化」という訳語は英語の evolution よりもっとはっきりと「前進」を意味している。evolution という言葉は『種の起源』の初版には出てこないが、大きな目的論的な重みをこめて、ダーウィンの自然選択という理論にそのもっとも広く知られた名前として急速に舞い降りてきた。[*135] 日本ではこの名前は明治の最初の二十年間にダーウィン理論の学問的取り扱い――伊沢修二の『生種原始論』（一八七九年、トーマス・ハクスリーの *Lectures on the Origin of Species*, 1862 の翻訳）や石川千代松の『動物進化論』（一八八三年、エドワード・モースの *Theory on the Evolution of Animals* の翻訳）を含む――の中で最初に出てきた。西洋科学の日本への移入を分析する中でスコット・L・モンゴメリーは、「進化」という新しく作られた言葉は、それがダーウィン自身の、絶え間ない改良という進化についてのビクトリア朝的見解と、より直接的には、文明化に向かうナショナリズムへの要求を伴った日本の啓蒙運動のイデオロギーとの、両方を体現しているがゆえに「素晴らしい選択」だったと述べている。[*136]「進化」という言葉に組み込まれた、明治のイデオロギーに対してもつ魔力は、日本におけるダーウィン理論の初期の解釈、十九世紀の末にその言葉が翻訳され普及させられた歴史に体現された傾向、を特徴づけることになる政治的・社会的屈曲を予示している。

一八七七年から一八八八年のあいだに、日本では生物学的進化に関する著作はわずか四冊しか発行されなかった。それとは対照的に、この同じ十一年間にハーバート・スペンサーの擬「ダーウィン風」の社会理論は少なくとも二十冊の翻訳が出版されている。実際、日本で一八八〇年代に「進化」という題目で発表された学術論文の大部分は社会科学の論文だった。[*137]ダーウィン自身の『種の起源』は一八九六年になって初めて『生物始原』として翻訳が現われたが、このときでさえ科学書を扱う出版社ではなく経済誌の出版社から刊行された。[*138]そうだとすれば、ダーウィンの研究が「社会」理論としてではなく、生物学理論として衝撃を与えはじめた――丘浅次郎のような科学者による専門的および大衆的な著作を通じて――二十世紀初めまでに、「進化」、「生存競争」、「適者生存」といった用語が消しがたく社会的・政治的原理として特色づけられていたのは驚くべきことではない。それはまるで、ダーウィンの有名な航海や、生涯をかけた動・植物界の細心な調査がすべて、ビクトリア朝の社会と、世界の近代国家の運命を真の対象とする理論を作り上げるための、手のこんだ言い訳としておこなわれたかのようであった。

もちろんどんな科学理論も――何に「関する」ものであれ――それが発明された歴史的・イデオロギー的条件から切り離すことのできない、言語の意味と習慣の型から作り上げられる。たとえば、「適者生存」という言い回しはダーウィンがスペンサーから借用し、自身の「自然選択」と交換できるような使い方をしたのだが、社会支配、人種的階層秩序、国民的好戦性という一般的な考え方から完全に救い出すことは決してできないだろう。この言い回しでダーウィンは自然の中での、ある特定の環境に「もっとも適した」特徴の――大きな時の広がりにわたる――生き残り、つまり「それによって個々のわずかな変異が有用ならば保存される」[*139]という原則だと彼が説明したもの、を指していた。しかしながら、多くの非専門家にとって「適者」という言葉は「最強のもの」を指す露骨な能記（まるで身体的強さが絶滅を防げるかのように）として理解されるようになり、そしてしばしば人間社会内部の、あるいは社会間の闘争を説明したり正当化したりするために誤って適用された。

日本の学者の中でももっとも反動的な進化論の「擁護者」[☆1]は加藤弘之（一八三六―一九一六）で、彼はモースが最初に進化論を紹介したときの東京大学総長だった。[*140]進化論の名の下で、加藤の『人権新説』（一八八二年）は、自然の権利としての自由、自治、平等という考えそのものを斥け、そうした「非現実的」で「形而上学的」な信念をダーウィンとスペンサーによって発展させられた科学的・哲学的原則で置き換えることを主張した。スペンサーの言葉を直訳した「適者生存」という用語に満足せずに、加藤は自身でより露骨な「優勝劣敗」という常套句を作った。運命づけられた支配を通しての進歩という含みを持つこのぎくしゃくした言い回しは、明治の日本で広く流通し、丘浅次郎をして一九〇四年の『進化論講話』で、この用語は生物学的定式としては不十分だと抗議させるまでに至った。[*141]

もちろん、こうした通俗的な誤解と学問的な歪曲が説明されたあとでさえも、ダーウィンの進化論はこの時代の社会的・政治的状況に根ざしたままだった。ある意味で、のちの生態学的思考にとって進化論をこれほどまでに果てしなく不毛にしたのは、十九世紀半ばの西欧ブルジョア社会の矛盾やイデオロギー的転倒が反映されたというまさにこの点だったのだ。自然選択というダーウィンの理論がスペンサーの『進歩――その法則と原因』に見られるような連続的改良という論理に従っているとしても、それはまた、構造的関係性と釣り合いのとれた相互依存を強調する概念的土台でもって、絶えずこの進歩主義を無効にしてもいる。その古典的な形態においても、進化論はつねに、共時的均衡（ダーウィンの「複雑な関係の網の目」[*142]）という考えと緊張関係にある通時的進歩という観念を抱いていた。学者たちのある者は、「動的な安定」という理念を、新しい反ブルジョア革命の白熱――ダーウィンが代表作を書いていた時期にヨーロッパを徘徊していた「幽霊」——の脅威に対抗する、変化のより安定した概念を奨励しようという緊急のブルジョア的必要性の表現として理解した。[*143]「動的均衡」という考えは通例、ダーウィンの研究にではなく、適応主義というのちの形に結びつけられるが、それが暗示する、関係性の絶えず移り変わってゆく場としての自然の世界というイメージは、ダーウィンの本来の考えを貫いている力強い逆潜流にそもそもの発端をもっている。

それだから、ダーウィンが『種の起源』の最後の何頁かで、「完成に向けて前進する」という「すべての肉体的・精神的資質」が持つ傾向について語るとき、彼の言葉は、どんな絶対的な垂直的、ないしは直線的な枠組みにも繋がれていない、進歩の比較的弱い観念を指示していると受け取られるべきである。[*144]あまりにも多くの人々がダーウィンの研究に帰してきたビクトリア朝的進歩の「前方と上方へ」向かう力は、最終的には彼の理論の本質的要素ではなかった。『種の起源』の最初のほうの一章で、ダーウィンはこの点を明らかにし、ほかの状態なら進化して存在しなくなるだろうと予測されるような「下等な有機体がいつでも存在していること」について、それによってどんな困難も生じはしないと説明した。「なぜなら自然選択ないしは適者生存は必ずしも前進的な発展を含むものではないからだ——それはただ、生命の複雑な関係の下で個々の生き物に生じた有利である変異を利用しているだけなのだ」。おそらくこうした理由でダーウィンは「下等な形態」というような用語をこの著作全体を通してきわめて用心深く使っているのだろう。この同じ部分で彼は読者に「今では非常に下等だとされる生き物をこれまでに何か解剖したことのあるどんな博物学者も、その実にすばらしく美しい組織に感銘を受けたことがあるに違いない」と思い出させている。[*145]

ダーウィンは早くから、自分の相対化する視点、絶対的な階層秩序という論理からの離脱、の重要性を深く意識していることを示していた。時折彼は、客観性そのものの新しい関係的な理解に向けて進んでいるように思われ、物理学者が今日「観測者依存」と呼ぶものの生物学版をほのめかしている。[*146]「ある動物が別の動物よりも高等であると言うのは馬鹿げている」と彼は、一八三七年、種の変化に関する最初期の覚え書きのひとつに記した。「われわれはこれら、大脳の構造／知的能力がもっとも発達したものを、もっとも高等だと考える。本能が問題となるならば、間違いなくミツバチだろう」[*147]。ダーウィンは、最初にミツバチやその他の人間以外の存在を、集会の完全に権利を与えられたメンバー、正当な「オブザーバー」として認めなくては、自分の進化論にとってきわめて中心的な、有機的関係の巨大なネットワークを思い描くことができなかったのだ。

その時代のもっともけしからぬ唯物的な理論——人種思想を正当化し普遍的な人間の平等性を非難するために公然と利用された——が、はじめから平等化への衝動と、ダーウィンが「われわれの自己讃美[*148]」として弾劾した人間の傲慢性に対する深い嫌悪によって導かれていたように思えることは、依然として科学史における不変の逆説の一つである。ダーウィンの進化論は、人間の領域では帝国主義者の野望を正当化するために喧伝されつつあったまさにその時に、伝統的に「人間の領域」そのものを取り巻き分離していた神聖な封蠟を、より静かに溶かしていた。人と人との関係については人間は「動物と同じ」と考えたがる加藤弘之のようなイデオローグは、ほかの動物との関係についてとなったときには、人間は「ほかの動物と同じ」というより急進的な提案を受け入れる用意がまったくできていなかった。しかしこれが、自然選択があるレベルでわれわれに信じるよう求めていたものだった。われわれは種を「便宜的に作られた人為的な[*149]」範疇として受け入れるべきだ、というダーウィンの主張の背後には、根本的な類縁関係という幽霊が潜んでいた。「これまでこの地上に生きてきたすべての有機体は、何かある一個の太古の形態の子孫なのだろう[*150]」という仮説である。ダーウィンは人間――われわれの精神、われわれの身体、われわれの社会――を特権化しようという傾向を、種形成の理解に対する重大な障碍だとみなした。より重要なことは、ダーウィンが独特な省略法と、文法にかなっていない簡略な表記で記された、包み隠しのない覚え書きの中で示唆しているように、この知的障碍物は、それ自体が倫理的盲目性というわがままな行為に根ざしていた。「動物たち――われわれが奴隷としてきてわれわれと等しいとは考えたがらぬ。奴隷所有者は黒人をほかの種とすることを望まないだろうか？[*151]」。

関係性に対するこの倫理的かかわりという文脈において、有機的世界におけるダーウィンの「完成に向けた進歩」は、直線的・垂直的な屈曲を捨て去って、球形ないしは放射状の構造と呼べるかもしれないものを獲得しはじめ、まったく新しい生態学的な文法を準備する。「より高等な種類について語るとき、われわれはつねに知的により高等だと言うべきだ」と彼は初期の覚え書きの最後のほうの頁に書いた。「しかし、地球の表面がこの上なく美しいサバンナや森林で覆われているのに、知的であることがこの世界の唯一の目的だと誰があえて言うだろう」[*152]。こうした瞬間に、ダーウィンは今にも進歩を全面的に否定しそうになっていて、変形をこうむっているほどには進歩の諸段階を通り抜けてはいない自然の世界を提示しているように見える。ある種の夢の連続としての地球である。

そして夢と同じく、自然も時として、ダーウィンが「極度に完全で複雑な器官」[*153]と呼んだ付属物のような、素敵な驚くべき結果を生むのだ。「異なった距離に焦点を合わせられ、異なった量の光を受け入れられ、球面や色の収差を補正できる、真似しがたい装置をすべて備えた」目は、不作為の変異から生み出されたという考えが、自然選択に対するダーウィンの信念をかき乱したのは有名な話である。しかしながらこれは、レビンズとルウォンティンが言うように、「極度に完成された器官」が、ダーウィンの前進的とされるイデオロギーの核心にある生成という永遠の過程を無視する、究極的な最適さの段階を表わしていたからではなく、単に、そのような複雑で洗練された結果をもたらすのに必要とされる広大な時間枠と統計学上の忍耐力がダーウィンには「われわれの想像力では乗り越えられない」[154]と感じられたからにすぎない。言い換えれば、ここでダーウィンが「最高に馬鹿げている」と述べたのは完成そのものではなく、それほどまでに複雑で洗練された完成の諸形態が現われることが一見してありえそうもないと思われることなのだ。

　それならば、「改善」という概念は、直線的・垂直的進歩という観念からのダーウィンの離脱と私が述べたものとどうして一致させられるのだろうか？　ダーウィンの進化論のモデルでは、自然選択による弛《たゆ》みない「個々の有機体の改善」は「生命の有機的・非有機的条件との関係で」[155]起こっているとつねに明示的に述べられている。この視点からは「完成」そのものが相対的で不安定な現象だと理解されなければならない。ダーウィンにとって、光に対する洗練された感受性は、知的であることと同様に、進化の歴史の特定の条件下で特定の瞬間に価値がある、世界の多くの「目的」のひとつでしかありえなかったのだ。このように生命は進化し、こうしてこの限定された意味において「進歩」する。改善の絶対的段階を貫く単一で直線的な線を描いて前進するのではなく、多数の、絶えず移り相対的である、完成の実現を通して外に向かって。

　賢治自身が一九二六年の「農民芸術」論の最後の方で述べたように「永遠の未完成これ完成

である」[*156]。この警句めいた宣言はおそらく、賢治の仏教とダーウィンの生物学のもっとも重要な類似を強調している——そこで「動的安定性」という反目的論的観念が、「如来の永遠の生命の啓示」を論じる『法華経』「如来寿量品」において捉えられた「遍在」という仏教の教義と出会う。「如来寿量品」においては仏陀の涅槃は歴史的出来事と認められているが、それはまた直線的な物語の限界を超越した出来事としても描かれている。「方便現涅槃　而実不滅度常住此説法……［方便して涅槃を現ず、而も実には滅度せず、常に此に住して法を説く］[*157]」。ここでもまた前進は逆説へと滑り込み、永遠の完成の機能として姿を現わす。これこそ「完成」と「動的均衡」の真に神秘的な形である。だが賢治にとって、この動的安定性の輪郭を明らかにする構造的諸関係は、彼の文学世界の本質的な核としての役割を果たしていた。

『種の起源』のいたるところで語られる相互依存の言語はまさにこの構造的認識論、モダニストの美的試みの予言的先取り、に基盤を置いている。ひどくビクトリア朝風に聞こえるダーウィンの「生存競争」は、丘浅次郎が『進化論講話』で慎重に注記しているように、種内部での、あるいは種同士の競争だけでなく、相互依存と協働、大杉栄がのちに（ピョートル・クロポトキンに倣って）相互扶助と述べることになるもの[*158]、をも暗示している。この広い意味——ダーウィン自身が書いているように、「ある存在の他の存在への依存も含め」——で理解されたとき、生存競争は非有機的な領域にまで広がる相関的な真理を体現したものになる。「砂漠の端の植物は生きるために日照りと戦っていると言われるが」とダーウィンは書いた、「それは湿気に依存していると言ったほうがより適切だ[*159]」。

丘浅次郎の「生存競争」の章で「生物相互の複雑な関係」という副題がついた一節に、ダーウィン自身がスタフォードシャーに家族が所有する地所で経験したことから取られた逸話が含まれている。人の手が入っていない広大な荒れ地に、小さな一区画が柵で仕切られモミの木が植えられていた。二十五年後に柵の内側と外側は二つのまったく異なった生態系を発達させていた。囲いの中は手つかずの荒れ地には見られない十二種の植物が生い茂っていた。大きく異なったタイプの昆虫がそこには棲み、囲いの外には声が聞こえない六種の新しい捕虫鳥類を招いていた。たった一つの柵とたった一本の植物がまったく異なった生物域 bio-region を生み出していたのだ[*160]。

十代の宮沢賢治は、この話や丘の本で要約されたほかの多くの話で明らかにされた、ダーウィンが「つねに膨れつつある複雑さの輪[*161]」と呼んだものにぞくぞくするような感動を覚えたに違いない。丘は英国のある地方における、猫からネズミ、ミツバチから花へと至る生態学的な繋がりや、パラグアイの一地方における家畜とある種のハエとのあいだの相互依存関係を略述した[*162]。おそらくこうした生態学的描写を貫いているもっとも持続的なテーマは、野生の仕組みに対して人間の耕作が与えている広範囲に及ぶ影響だった。たった一つの柵、たった一つの作物、ひとつの新しい宇宙。
ある意味で賢治は「狼森」でまさにこういうことを描いた。ひとつの新しい宇宙の進化である。物語の終わりでは百姓はこの地域でしっかりと自分たちの存在を確立している。「次の年の夏になりました。平らな処はもうみんな畑です。うちには木小屋がついたり、大きな納屋が出来たりしました。／それから馬も三疋になりました。その秋のとりいれのみんなの悦びは、とても大へんなものでした」*163。

三度目で最後の危機が起こったとき、今回は粟そのものが——最後の一粒まで——納屋から消える。犯人はもちろん盗森の精で、黒い人間の姿をして現われ、喧嘩腰で罪を否定するが、ついには静かで思慮深い岩手山——この一帯の土地を作った火山——の声が介入する。

名前が示すとおり盗森《ぬすと》は害そのものの体現だと容易に理解される。収穫をすべて持ち逃げすることで盗森は、森のはずれの耕作者が今と同じく当時も耐えなくてはならなかったであろう作物の侵略者の代理になっている。柵を突破するシカ、馬を脅かすオオカミ、畠を襲うスズメ。「害」という名前を動物なり昆虫なりに与えることは、それをすべての道徳的思いやりの埒外にする——撲滅という論理を発動させて——ように思えるが、ジョン・ナイトは「害という言説の出発点は、作物を襲撃する野生生物に用いられると、人間—動物の問題含みの同等性ないしは平衡の出発点である」と指摘する。野生の害獣・害虫は殺されなければならないか、さもなければ寄せつけないようにしなければならないが、それらが見慣れぬよそ者だからではなく、まさしく「人間自身と同じ栄養レベルを占めている」からなのだ。言い換えれば、ある動物は、同じ場所に住み、似たような食べ物をほしがるときにのみ、害となる。「こうした動物たちは、存在の物質的・生態学的条件において人間と連続しているからこそ人間の暮らしを脅かす」のだとナイトは書く。*[164] 人類学者のブライアン・モリスが論じるように、ぎりぎりの生活を送っている農民が作物をだめにする野生の動物を「本質的には同じだが競合している」と見る傾向があるなら、賢治の物語は野生の害獣を、競合しているから対等だと描く。*[165] この文の「から」こそが、ダーウィンの自然選択説の下に横たわる道徳的洞察をもっとも生き生きと暗示している。

物語はここで、神話的な解決という温もりで二十世紀の現実という暗くなりつつある地平線を打ち消しながら終わる。岩手山は百姓たちに粟はきっと返させると保障し、「一体盗森は、じぶんで粟餅をこさへて見たくてたまらなかつたのだ。それで粟も盗んで来たのだ」*[166]と説明する。おそらく現代の読者たちに向けて、拡大しつつある工業と、原野の生息地の前例のない破壊という見通しを背景にして語られはするものの、この物語は伝説的な過去の最上の安定を描いて終わる。「さてそれから森もすつかりみんなの友だちでした。そして毎年、冬のはじめにはきつと粟餅を貰ひました。／しかしその粟餅も、時節がら、ずゐぶん小さくなつたが、これもどうも仕方がないと、黒坂森のまん中のまつくろな巨きな巌がおしまひに云つてゐました」*[167]。

ユートピア的特徴を持つとはいえ、この物語は明らかに「自然に帰る」ことでも「野性に逃げ込む」ことについてでもなく、物質的・精神的な一切の複雑さにおける維持可能性について語っているのだ。物語が終わるときには賢治の原始的な農耕共同体はしっかりと確立されていて、野原は人間の占領によって取り戻しがたく変えられている。実際これは、この物語の「ハッピーエンド」にとって(十分ではないにしろ)不可欠の要素である。限定された形で今日の深さのエコロジーと反響しあいながらも、野生生物—耕作者の関係についての賢治のビジョンは、最終的には、今日の態度を明確にしたエコ・イデオロギーとは別個のものである。たとえば〈地球最優先 Earth First!〉の創設者デイブ・フォアマンも環境問題の根源を農業の導入にまでたどる。しかしながら、賢治の比較的現実的な論理とは対照的に、フォアマンは「原野体験」を維持すること、つまり十分な余暇と身体的健康を持った者たちが旧石器時代の生活を楽しめるような「大きな外部」への先祖返り的逃避の可能性を保っておくことの重要性を強調する。*[168] 耕作を本質的かつ本来的に不自然と見るなら、とウィリアム・クロノンは、フォアマンの考えに対する批判的評価の中で書いている、「人間が地球上で自然に生きることを望みうる唯一の方法は狩猟‐採集者たちのあとについて原野のエデンに戻り、文明がわれわれに与えてきた事実上すべてのものを放棄することだという結論に至らないのは困難だ*[169]」。

クロノン自身は、家で「われわれ自身の裏庭の原野」から始まるようなはるかに地味な環境保護主義を奨励する。中間にある里山に関する賢治の架空の描写と同じで、クロノンの考えは彼が「中景」と呼ぶ、まさに日常の近さゆえに重要な、人間と人間以外とが占める共通の領域を強調している。「中景とはわれわれが実際に住んでいるところである。そこはわれわれ異なった場所で異なった生活をしているわれわれすべて——が我が家としている場所である」[*170]。奇妙にも「狼森」はクロノンの立場を先取りしていて、自分たちと野生状態とを結びつけている葛藤と負債をまさに認識することで、野生のそばで創造的にまた生産的に暮らせている耕作集団の姿を提示しているように見える。この物語は読者に、その言葉のあらゆる意味で「みずからの場所を知っている」——地理的に属す場所を知っていて、「お願いします」そして「ありがとう」と言うことを知っている——人間文明の未来像を与えてくれる。

負債を認めることは違いと結びつきの両方を認識することだ——賢治の物語はわれわれにこの逆説を見させてくれる。そうだとすれば、『注文の多い料理店』のこの物語や、他の重要な物語の最大の貢献は認識論という見地から理解されなければならない。ダーウィン風の諸関係の網目の内部からだけでなく「上部」からも、そして地質学的時間の連続体の内と外の両方から、語られる賢治の単純な童話は、美的モダニズムと、物質的諸科学の中でそれに対応するものの核心にある、逆説的な種類の客観性を例証している。子供時代の認識の癖と相対性の科学とのあいだの類似を認められることが、宮澤賢治の非凡な才能の永続的な特徴のひとつだと私は示唆してきた。このアインシュタイン流の衝動はそのもっとも強力な具体化を、生態学という新科学の核心にあったリアリズム的野望に見出す。土地そのものによって語られる物語を想像することである。

Ⅲ　苦しいときの仲間——美、客観性、そして熊たちの命

妄想をたくましくすれば、われわれと苦痛を、病を、死を、苦悩を、そして飢餓を共にする仲間である動物たち——もっとも骨の折れる労働においてわれわれの奴隷で、楽しみにおいてはわれわれの仲間——彼らは起源に関して一つの共通の祖先をわれわれと共有しているのだろう——われわれはすべてひとつの網に覆われているのだろう。

——チャールズ・ダーウィン「変異に関する覚え書」、一八三七年

自然自身より見れば［自然には］美もなく、また醜もない。

——丘浅次郎「所謂自然の美と自然の愛」、一九〇五年

奇妙なことに、愛とは理想化に対抗する最善の保証なのだ。

——ジョン・バージャー『ポケットの形』、二〇〇一年

「山だけがオオカミの遠吠えを客観的に聞けるほど長生きをしてきた」[*1]。アメリカの自然保護主義者で作家のオルド・リオポルドは、合衆国森林局の職員だった一九二〇年代初めのあるとき、こう結論して捕食獣撲滅に対する態度を逆転させた。彼の意見は広く支持されることはなかった。実際、彼の伝記作者によれば、それはこのあと四十年間、ほとんどの猟獣管理者に共有されることはなかった[*2]。宮澤賢治が、有機体と非有機体が透明な社会的一体性を形作るイーハトーブの夢の風景を文学で作り上げていたのとまさしく同じ時期に、リオポルドはまだ野生が残るアリゾナ地方で働き、自分自身の「社会的」なものの概念を発展させ、「共同体の境界を広げ、土や水、植物そして動物を含める」[*3]道徳的ビジョンを作り上げていた。岩手の極寒の峰々の地図を作り、その山々に声を与え、その川の分子構造を寿《ことほ》いでいた賢治と同じく、オルド・リオポルドはやがては、よく知られているように、動植物に対するだけでなく土地そのものにも向けた倫理の範疇を大きく広げることになる。

古典的な『砂の地方の暦 *A Sand County Almanac*』（一九四九年）の「山のように考える」と題された章でリオポルドは、この新しい倫理的モデルのもととなった啓示の瞬間を記述している。この突然の回心の物語が文字どおりに真実かどうかわれわれにはわからないが、著者が自身の「土地倫理」全体の起源を死にかけたオオカミと目が合ったことというひとつの事例にさかのぼらせていることは重要である——モダニズムに特徴的な目に見えるものと幻想的なものとの結合。ほとんど間違いなくもっと漸進的過程だったものを説明するためにあとになって作られた神話の簡潔さをそなえたリオポルドの物語は、ひとつの道徳的ひらめきが持った即効力をこの「目による」経験に帰している。

リオポルド自身が熱心に従事していた北米のオオカミ絶滅運動の最盛期に、彼は数人の仲間といっしょに大人のオオカミとその子供たちを岩の上から撃ち殺す機会があった。ちょうどオオカミたちが川岸の開けた平地の真ん中に転がり出ながら「尻尾を振り、ふざけて引っかきながらじゃれあっている」ときに。この出来事についてのリオポルドの記述には、思い出された虐殺に関する無表情な正確さがある。「この頃私たちは、オオカミを殺す機会を逃すなどという話は聞いたこともなかった。私たちは一瞬で群れの中に鉛の弾《たま》を注ぎ込んでいたが、興奮に駆られて正確さは二の次だった。急な下方向への射撃では、どう狙いをつけるかにいつも混乱させられてしまうのだ。私たちのライフルが空っぽになったとき、年取ったオオカミは倒れ、一匹の子供が通り越せない崩れ落ちた岩のほうに向かって足を引きずっていた」[*4]。

確かに、合衆国森林局の初期の頃にはまことにありふれた出来事だった。それでもリオポルドにとって、今回の煙と血の嵐はそれに先立つ多くの場合とは違っていた。このとき、オオカミの目から自分の目に何かが、何か言葉にならない知識の影が、伝わったのだとリオポルドは語る。「私たちはオオカミに近づいて、激しく燃える緑の炎が彼女の目の中で消えてゆくのを見守った。そのとき私は、この目の中には私にとって新しいもの——何か彼女と山にしか知られていないもの——があることに気がつき、それ以来ずっとそのことを知っている」[*5]。リオポルドが言うこの「何か新しいもの」とは、単に暗い類縁関係をぞっとしながら認識することではなく、彼自身の知覚の限界にぎょっとショックを受けながら突然気がつくことだ、と結論するのはわれわれの自由である。だがこの著者のそのあとの経歴は、ひとつの認識論的洞察を具体的に探求することだったと述べることはできる。オオカミと彼女が住んでいる土地は、森林監視員と科学者と詩人が、ただ思い描きたいと望むことしかできない範囲に及ぶ世界を無言の明快さでもって「知っている」ということを。あの日オオカミの目に映っていた捕食獣のひたむきさは、風景そのものに刻み込まれた地球の時間という広大な背景の前で測られると、著者にこの土地‐オオカミの客観的実在性という燃え上がるようなイメージを残したのだ。

　もちろん著者自身もまた狩人として振舞っていたわけで、この狩りのどんな先祖返り的な特徴が「客観的にオオカミの遠吠えに耳を傾ける」ことができる著者自身の隠れた能力を引き出すことに貢献したのだろうか、と読者は訝《いぶか》りながら取り残される。重大なことに、リオポルドはこの箇所で狩りを放棄していないのだ。その代わりに彼は、現代の猟獣管理——現代科学や商業と共同している——が生き物たちの世界を客体化するようになり、屠殺の論理に従うことに反抗する。それでは「客観的に」という言葉は何を実際リオポルドにとって意味しうるのだろうか？　この章は、リオポルドの客観性の観念と宮澤賢治の作品に認められる審美的モダニズムのリアリスト的枠組みとのあいだの結びつきを引き出すことで、その質問に答えようとする。本来、市場の論理と対立する根底的な客観性という傾向が、賢治自身の狩りについての物語「なめとこ山の熊」に生き生きとした表現を見出しているのは、偶然の一致ではない。リオポルドの説明と響き合って、賢治の物語は、互いに殺しあう敵対関係の逆説的な親密さを通して暴き出される、独特な道徳的ひらめきを中心に扱う。賢治の物語の中の狩人にとって──詩人や自然科学者にとってと同じく──「美」の問題は「正確さ」の問題と重なり合い、そして、見かけ上の矛盾によって、客観性は深い関わり合いの姿勢として明らかにされる。人間の道徳性はこの作品では観察上の明瞭さの機能として最終的には姿を現わす。しかしながら何か全体論的帰属意識の戯画からは程遠く、ここで表現された、人間以外の世界の客観的ビジョンは、差異を優しく受け入れることとして二重の役を務める、連続性の認識を示唆している。そうでなければありふれた愛情と受け取られるかもしれないようなものに近づく、近さと距離の同時的知覚である。

正確なものと美しいもの

自身の説明によって神秘的な出会いにもとづくとされてはいるが、リオポルドの生態学的相互依存という見方は、このあと何十年かのあいだに彼が書くことになる多くの写生文や評論の中に引かれた経験的なデータの蓄積によって育《はぐく》まれた。一九二〇年代の半ば、〈生物調査局〉の〈捕食獣ならびに齧歯類管理部〉がオオカミ撲滅という目標の達成に近づいているときには、リオポルドは葉を食い尽くす有蹄類がはびこった「新たな、オオカミのいない」山の破壊的な効果を観察し記録していた。「シカの群れがひどくオオカミにおびえて暮らしているように、山もひどくシカにおびえて暮らしているのだろうと今では思っている」[*6]と彼はのちに書いた。

それなら、表題で「山のようにかんがえる」ことを奨励している、一九二〇年代のアリゾナで岩だらけの〈ギラ荒野〉を手なずけることに関するオルド・リオポルドの話と、地理上の構成物の視点から語られる、宮澤賢治の東北の原始の森についての童話とのあいだに、考えられるどんな結びつきが引き出せるのだろうか？ 賢治とリオポルドのまさにこの結びつきを論じる中でカレン・コリガン＝テイラーはこう書いている。「環境的立場からして、賢治の考えでもっとも注目すべきなのは、それが同時期に合衆国で発展させられ、アメリカの自然保護運動の哲学的基礎をなすことになる同様なイデオロギーと類似している度合いである」[7]。どちらもお互い同士の「影響」を知らないまま、この歴史的同時代人は、それでもやはり審美的モダニズムの基本的な衝動そのものによって結びつけられていたといえるだろう。それは単に物質的関連性の論理だけでなく、また、そしてとりわけ、直接的（ないしは「局所的」）知覚の境界を受け入れもすれば超越しもする、図表的な客観性に向けた姿勢でもある。

倫理的傾向というのは歴史的条件に関連づけるのがきわめて難しいのだが、日本とヨーロッパの文学上の前衛である詩人や芸術家たち——堀辰雄からエズラ・パウンドに至る——と同じく賢治とリオポルドは、どれほど遠まわしにであろうと、学者たち（私自身も含めて）が「モダニティ」と分かちがたいと理解するようになった目に見えない力と結びつきを指す、対象物とテキストそして出来事の世界を共有している、と言えば十分だろう。送電網や列車時刻表、電信網の宇宙、つまり工業的国民国家そのものが、自然の相互連結の抽象的モデルでもあれば具体的な証拠でもあるものとして、たやすく理解されていたのかもしれない。まるでダーウィンの、自然選択が「日々そして一時間ごとに精査しながら、世界中で……いつでもどこでも機会が許せば、静かに目に見えぬように作用している」[8]という有神論的な比喩のごとき描写を反響させているかのように、現代の批評家ポール・ビリリオは「科学技術の文化」を「神の三つの伝統的な特徴である、遍在、即時性、直接性」を成就させるものと評している[9]。国家的・帝国主義的文脈において、「遠くから作用する」という捉えどころのない力を備えた電磁技術はモダニティの、ことを可能にする「神学的」条件の一つとなり、超現実主義や、キュビスム、そして新感覚主義において例示され具体化された。それはまた重要な形で、二十世紀初頭の生態学の文化的条件でもあった。

横光利一のような作家たちが、一九二〇年代の工業的・植民地的風景を目に見えない力の巨大な網として見たなら、裏に潜む、この地‐政体 geo-polity を統一する霊——その科学技術的な聖霊——はエネルギーだった。電磁エネルギーは軍隊の行動を調整し、国家経済の運命を結びつけ、レーニンが一九一六年に「生産の社会化」[*10]と述べたものを可能にするのを助けた。実際的な効果を通じてエネルギーは、それまでは目に見えないままだった人的・物的関係性の世界を「目に見える」ようにした。とはいうものの、逆説的に、エネルギーはまたこの新しい観察力の神秘を体現してもいた。それ自体がどこか身体的知覚が届かないところに存在し、ただ理論の中でしか述べることができなかった、日常の実用的対象物。まさしくこの存在論的柔軟性のためにエネルギーは、姿を現わしつつあった〈新生態学〉と、環境保護主義の倫理にとって、発見のための鍵となった。たとえば一九四九年の「土地の倫理」を理論化し広める際にオルド・リオポルドは土地そのものをある種の「エネルギー回路」として描き出した。

それなら土地は単なる土壌ではない。それは土壌、植物、動物という回路を通って流れるエネルギーの泉である。食物連鎖はエネルギーを上向きに伝える生きた経路である。死と腐敗がそれを土壌に戻す。この回路は閉じられていない。腐敗によって放散されるエネルギーもあれば、大気からの吸収によってつけ加えられるものも、土壌や泥炭、長寿の森林に蓄えられるものもある。しかしそれは持続可能な回路で、ゆっくりと増えてきた、生命という回転する資金に似ている。*11

そうだとすれば、このきわめて現実的な意味で二十世紀の生態学は、十九世紀の半ばに起こった力の物理学からエネルギー場の物理学への移行抜きには決して想像されえなかっただろう。逆説的に言えば、十九世紀の工業で工場生産の効率を高めようとする現実的努力がエネルギー革命を引き起こし、それが結局、二十世紀初期の生態学にとってもっとも本質的な理論的枠組みを与えることになった。エネルギー交換という考えに蒸留された相互依存の言語である。*12オルド・リオポルドと宮澤賢治の道徳的洞察はこうした文脈において理解されなければならない。つまり、工業的モダニティに対する反発というよりはその深層構造の密かな表現として——もっとも、リオポルドも賢治もしばしば積極的にその有害な影響を批判したのだが。

〈新物理学〉と〈新生態学〉とは、一九三五年にイギリスの植物学者アーサー・タンズリーによって表現された生態系という概念にもっともはっきりと収斂している。熱力学と化学――自然科学でもっとも「具体的」なもの――がタンズリーの生態系のモデルの核心にあったが、それは、J・ベアド・キャリコットによれば「現代生物学の「場の理論」となるように明白に計画されていた」[*13]。エネルギーの流れという考え――明らかにオルド・リオポルドにとって決定的に重要なイメージ――は二十世紀初めの何十年かのあいだに、いくつかの学問的源泉をもっている。地球化学が「生物相、大気、水圏、地殻のあいだの化学的流れ」に焦点を当てたことが、この惑星の生物―非生物部分の繋がりを引き出しはじめ、生態学に文字どおり全地球的な見方を導入していた[*14]。ソ連の地球化学者V・I・ベルナドスキーはこの全体論的研究方法をさらに推し進めており、今では有名になった論文『生物圏』(一九二六年)を地球の「宇宙的環境」に関する議論から開始し、その環境において彼は、この惑星の生命の源を「われわれに見える、光を発するものは、あまり重要でない一部にすぎないような輻射の無限の多様性」にまでたどる。単に生物圏だけでなく「想像しうるすべての空間」が「この非物質的実体、輻射によって貫かれている」とベルナドスキーは書いた。このほとんど神秘主義的ともいえる冒頭の部分でベルナドスキーは、自分の理論の中心に、「われわれの周囲に、われわれを貫いて、いたるところに絶えず放散され」浸透してゆくような種類のエネルギーを据えた[*15]。文字どおりにも比喩的にも、ベルナドスキーと、工業化された世界にいる彼の同時代人にとって、エネルギーは広くあたりにただよっていた。

彼の『地球化学論』は宮澤賢治が死ぬ一九三三年まで日本語訳が出ていなかったから、賢治がベルナドスキーの著作を読んでいた可能性はほとんどない。*16 だが、「銀河鉄道の夜」や講義（『生物圏』が発行された一九二六年におこなわれた）の概要である「農民芸術概論綱要」中の銀河的イメージは、ベルナドスキーの全体論が持つ宇宙的抱負を、その局地的重要性を見失うことなく共有している。賢治が農民芸術に関する講義の中で宣言したように「正しく強く生きるとは銀河系を自らの中に意識」することであるとするなら、その意識は、いわば、地面の上で感じられなければならない。*17 賢治にとって農民の足の下の泥と頭の上の星ぼしとを――生きた鳥の肉体と遠く離れた銀河のガスの動きとを――結びつけるのはエネルギーの循環と栄養交換だった。「さぎといふものは、みんな天の川の砂が凝って、ぼおっとできる」と「銀河鉄道の夜」の中で鳥捕りはジョバンニに説明する、「そして始終川へ帰ります」*18。賢治もベルナドスキーもそれぞれの世界観をはじめは土壌学者として思いついたというのはおそらく重要なことだろう、というのは、土壌というのは生物と非生物とのあいだの障壁がもっともあいまいで、生命がエネルギーの分子的動力学の中にもっとも明らかに埋め込まれている場所だからだ。地殻は「物質だけの領分だと考えてはならず、エネルギーの領域、外的な宇宙の力によってこの惑星が変形する場所でもある、と考えなければならない」とベルナドスキーは論じた。*19

生理学は生態系という概念に二番目に貢献した学問であり、動物の栄養と植物の成長の研究をこの地球化学的見方につけ加え、ついにはアメリカの動物学者レイモンド・リンダマンが一九四二年にミネソタ大学に近いシダー・ボグ湖でおこなった研究として結実した。[*20]この湖の動的過程に焦点を当ててリンダマンは、その小さな水域も実際にひとつの生態系であると結論した。当然のことながら、生態史家であるフランク・ベンジャミン・ガリーが述べるように、「［リンダマンが］この過程を言い表わす特徴的な表現はエネルギーだった」。[*21]賢治にとって、われわれ自身の動物の体を「エネルギー回路」というネットワークに埋め込まれたものとして理解することは、根本的に倫理的な――宗教的でさえある――含みを帯びていた。改訂された形で『春と修羅　第二集』（一九二五年）に収められた詩「五輪峠」の先駆形（一九二四年）の中で、作者は率直に（そして幾分ためらいがちに）仏教用語と現代物理化学とを一致させようと苦闘している。

この詩は賢治の故郷である花巻の南東にある、遠野と江刺の町のあいだの峠を越える旅を描いている。[*22]五輪の塔が峠道の頂上にぼんやりと姿を現わし、この峠の名前の由来になっている。詩の語り手は、この比較的ありふれた光景の意味を考えはじめて、自分が古い宇宙像の力と対峙しているのに気がつく。五輪塔の五輪とは、この世界で一番の根本をなす物質的要素たる五大、すなわち、地、水、火、風、空を表わしている。さまざまな形をした石、すなわち輪《りん》を積み重ねて作られた、パゴダ状の供養塔ないしは墓標は鎌倉時代から日本の風景に点在してきたが、しかし詩人はいま五輪峠の供養塔を、二十世紀科学で変形させられた現代芸術家の目で眺める。*23 それぞれの石を不可欠な物質的要素を表わすものとして受け入れ、語り手はその表わす意味どおりに——宇宙そのものの圧縮されたモデルとして——五輪の塔と対面しようと努める。

「五輪は地水火風空
空といふのは総括だとさ
まあ真空でいゝだらう
火はエネルギー
地はまあ固体元素
水は液態元素
風は気態元素とかんがへるかな
世界もわれわれもこれだといふのさ
心といふのもこれだといふ
いまだつて変わらないさな」
雲もやつぱりさうかと云へば

それは元来一つの真空だけであり
所感となつては
気相は風
液相は水
固相は核の塵とする
そして運動のエネルギーと
熱と電気は火に入れる
それからわたくしもそれだ
この楢の木を引き裂けるといってゐる
村のこどももそれで
わたくしであり彼であり
雲であり岩であるのは
たゞ因縁であるといふ
そこで畢竟世界はたゞ
因縁があるだけといふ
雪の一つぶ一つぶの

質も形も進度も位置も
時間もみな因縁自体であると
さう考へると
なんだか心がぼおとなる[*24]

この詩の最終形では、このひどく凝った（そして比較的ぎこちない）内省の中身が優雅な四行に蒸留されている。

このわけ方はいゝんだな
物質全部を電子に帰し
電子を真空異相といへば
いまとすこしもかはらない[*25]

化学を因縁と調和させようとするこの率直な努力に何が賭けられていたというのだろう？先駆形から引用した最後の数行を見れば、このよく引用される詩は、もっとも基本的な意味で「環境的」な努力から姿を現わすのが明らかになる。この詩が描写する自然の世界は物質的なものと倫理的なものとの分離不可能性に依存し、それは因縁そのものの、感情に動かされず、反目的論的な法則によって反響させられた性質である。一つぶの雪の形や位置——それから地上に漂い落ちてくる経路——を考えるときに、詩人が畏敬の念に打たれ沈黙する（「心がぼぉとなる」）のは、目に見えない物理の法則を通した、その雪の一つぶと、道徳的諸関係の広大で同じように目に見えないネットワークとの結びつきのせいである。ジョン・ベラミー・フォスターが論じたように、緑の理論の多くが当世風の環境危機を価値観の問題へと切り縮めているとしたら、賢治の作品の力は、こうした価値観の根源を物質的相互関係の中に認識する詩的能力、フォスターがマルクスその人と重ね合わせた洞察、にある。「地球との精神的な繋がりも含めて、精神的な概念がどのようにわれわれの物質的・現世的状況と結びつけられているのか理解する」[*26]能力である。雲も岩も「すべての世界とわれわれみな」は物質的相互連結性、マルクスが「代謝関係」と呼んだもの、のおかげで倫理的に意味のある生活を送っている。[*27]まさにこの意味で現代的な「真空」という観念と仏教の「空」の概念がとりわけ実り多いものになる。現代物理は対象と出来事を進化する諸関係のネットワークに根ざしていると理解し、仏教の「空」は同じような論理を倫理の領域に適用する。サラ・ストロングはこの詩の分析の中で、「仏教哲学によれば、空とは「無」でも「何もない空間」でもなく、独立して存在するいかなるものもないということだ」と書いている。[*28]

批評家で物理学者である斎藤文一は「五輪峠」のこの先駆形の中に賢治が使い古した片山正夫の教科書『化学本論』の大きな影響を認めている。雲の物質的成り立ちを、語り手自身の身体的物質と存在論的に連続したものと描くことで、この詩は化学熱力学の核心にある「連続の法則」――とりわけ、いかなる物体の形態的な「状態」も儚いものだと暴き出すエネルギー保存則――を反映している、と斎藤は論じる。分子がエネルギーを集めれば氷は水になり、水は蒸気になり、再び冷やされて結晶化すれば雪になる。エネルギーは移動するが決して減少しない。「物質はその姿を変え、また変えうるのである」と斎藤は述べる。「それは変幻相を持つ。そのことを賢治は見た。そして生命あるものもまた物質ではなかろうか！」[*29]。そうだとすれば、この詩のあからさまに仏教的なテーマという表面のすぐ下には、遠大な生態学的なビジョンの概略がある。ドナルド・ウォースターが示唆しているように、アーサー・タンズリーの生態系のモデルが生物学からではなく「熱力物理学」から生まれたのなら、賢治自身の倫理的ビジョンは重要な形でこの理論的血筋を共有していたように思える。[*30]

賢治と同時代のアメリカ人オルド・リオポルドの著作と同じで、宮澤賢治の物質世界の描写はJ・ベアド・キャリコットが「対象‐存在論」と呼ぶもの――世界を、はっきりと異なって独立して存在する対象から出来ているものと見る習慣――から逸《そ》れる。そうした習慣は「自然環境についての生態学的説明には不適切だ」とキャリコットはリオポルドを論じて述べている。

その説明はもっと適切に、対象を「「出来事」および／または「流れのパターン」および／または「場のパターン」に存在論的に従属していると」みなす。[*31] この所見には、リオポルドの「土地の倫理」と日本の仏教とのあいだに深い類似を認める哲学者スティーブ・オーデンの比較にもとづく分析のような、もっと広い文化的読み込みが与えられる。とはいえ、オーデンにとっては、単にリオポルドの倫理の、あるいは「現実という場のパラダイム」への依存の包括性は、自分が言う日本の仏教との類似性を強調しているだけでなく、彼が描写する世界が根本的に美的な意味を獲得するということだった。オーデンによれば、リオポルドの生態学的名作『砂の地方の暦』は何よりもまず美学の論文であり、オーデンの言葉によれば、「自然に対するわれわれの道徳的な愛と敬意は土地の美と価値への審美的な評価に基礎を置いている」[*32] という主張に還元できる。

しかし、「審美的評価」を直接に、そして何の疑問もなく「美」に結びつけるこの定式化は、二十世紀初期の生態学に関する真に革命的――そして真にモダニスト的――であるものをとらえそこなう。ある意味でオルド・リオポルドに対するオーデンの評価は、リオポルドの生態学が克服しようと努力していた対立そのものに根ざしているからだ。つまり、科学の領域としての事実の正確さと芸術の領域としての美とのあいだの。確かにリオポルドはこの著作の一九四九年の「序言」の中で、土地の潜在的な「審美的収穫」について言及している（そして「審美的」関心は終始主流をなしたままだ）が、この名文で書かれた傑作の基本的成果の一つは、「美」そのものを「正確さ」と分かちがたいものとして再定義すること、私がハイ・モダニズムと同一視してきたリアリズム的衝動と一致する立場、なのである。[*33] リオポルドにとって、生態学の根本的論理の中心となる業績は視覚による再編成——以前は隠されていた物質的繋がりの合体として土地を見る、同時に倫理的でもあれば、美的、科学的でもある新しい見方——の促進だった。[*34]

たとえば、リオポルドによるダニエル・ブーンというロマンチックな人物像の再評価は、このアメリカの辺境開拓者を歴史的に条件づけられた感覚という厳しい限界内で働く者として提示している。リオポルドにとって、十八世紀のアメリカの野外に対するブーンの反応は必然的に、十分な知識を持たない「心の目」による直解主義的経験主義のデータに根ざしていた。

> ダニエル・ブーンの反応は彼が見たものの質にだけでなく、彼がそれを見た「心の目」の質にも依存していた。生態学という科学が心の目に変化を生じさせてきた。それはブーンにとってはただ事実でしかなかったものの起源と機能を明らかにしてきた。それはブーンにとってはただ属性でしかなかったものの機構を明らかにしてきた。われわれにはこの変化を測る物差しはないが、しかし、今日の優秀な生態学者と比較したらブーンはものの表

面しか見ていなかったと言っても間違いないだろう。植物と動物の社会の信じられないような複雑さ――アメリカと呼ばれる有機体に本来備わっている美は、その当時、娘時代の真っ盛りだった――がダニエル・ブーンに見えもしなければ理解もできなかったのは、今日のバビット氏[☆1]と同じことだった。[*35]

リオポルドにとって、まさしく「知覚機能の発達[*36]」こそが生態学の初期の倫理的苦心を構成している。「五輪峠」における宮澤賢治の化学的余談と同様に、リオポルドの『砂の地方の暦』も二十世紀科学の観測上の拡大に依存して、その倫理計画、つまり基礎をなしている法則と力を理論化し、(直接の観察という恩恵なしに)目に見えない実在、過程、場という現実を支持する新たな意欲を推進しようとした。この著作の、分かちがたく「科学的」でもあれば「審美的」でもある本質的貢献は、このモダニスト的な認識論によって可能にされた(しかし必要とされたわけではない)倫理的含意を中心に回っている。「土地をわれわれが属している共同体と見るとき、われわれはそれを愛と尊敬をこめて利用しはじめるだろう」とリオポルドは説明する。「土地が、機械化した人間の衝撃を生き延びる道は他にないし、われわれが土地から、それが科学の下で文化に与えることのできる審美的収穫を刈り取る道も他にはない[*37]」。

「科学の下で」という言葉こそがリオポルドの「審美的収穫」のモダニスト的屈曲を強調し

ている。言い換えれば、もはや美しいだけでは十分ではないのだ。「審美的収穫」はまた「真実」でもなければならず、そしてこの意味で事実性が新しい種類の美的喜びの中心を占める。リオポルドの著作は拡張された倫理の出発点として科学的知識にもとづいた審美的想像力を求める。視覚的なものと幻想的なものとの融合である。そうだとすれば、リオポルドと賢治は、まさしく二人が共通して正確さの美学を推奨していることを通じて驚くほどの類似性を分かちもっている。「五輪峠」で賢治が適切な用語法と取り組んでいる背後には、直接の観察を超えた実在——捉えどころのない、包括的な「法則」の簡便さによってはっきり述べられた真の関連——に対する明白な信念ばかりでなく、指し示すものの正確さに対する実に誠実なかかわりがあったのだ。

雲もやつぱりさうかと云へば
それは元来一つの真空だけであり
所感となつては
気相は風
液相は水
固相は核の塵とする

そして運動のエネルギーと
熱と電気は火に入れる[38]

ここで詩人が格闘しているのは単なる比喩ではなく現実の文字どおりの構成なのである。固体、液態、気態、エネルギー——そしてそれらを全部結びつけて宇宙の真空。エズラ・パウンドの典型的にモダニスト的な「悪い芸術」と「不正確な芸術」との同一視を反映して、賢治の表現上の格闘はこの審美的傾向と、おそらく二十世紀のもっとも重要な倫理的発展とのあいだの繋がりを明らかにしている。

芸術と正確さのモダニスト的融合、そしてそれが示唆する科学と美学とのあいだの深い関係が、日本の進化論の最初期の人物たちによって予示されている。ダーウィン生物学者の丘浅次郎——彼の著作が自然選択に対する賢治の理解の土台を形作った——は一九〇五年の評論「所謂自然の美と自然の愛」[39]の中で直接この問題と取り組んでいる。丘は同時代の明治の人々が、博物学を教えることの目標の一つは「生徒をして自然の美なるを感服せしめ、随つて自然を愛するの情を起さしめるにある」[40]とした教育上の合意を、科学的な誤謬として斥けた。日本の自然科学者たち自身のあいだですらどれほど広くそう思われているにしろ、こうした見方は、自然は、実際に「美しく」、そしてそうしたものとして愛されるべきだという誤った考えを永続化させる、と丘は論じた。「虚心平気で自然を観察すれば、美なりと感ずる部分のあるは勿論であるが」と丘は書いた、「それと同時に甚だ醜なりと感ぜざるを得ぬ部分も沢山にある」[*41]。まさに丘の議論の中の「自然」という言葉が包括的であるからこそ、その美という観念がおかしなことになるのだ。明治後期の東京だったらどこでも出会いかねない自然の短い描写でもってこの包括性を実証する丘の「客観的」描写は、（重要なことに）超現実的としか言えないような、神経に障《さわ》る、圧縮された効果を生み出している。

自然を観察するために郊外へ出掛ければ、荒れ果てた草原に牛や馬の骨が乱れ転がつてある傍に腐り掛つた猫の屍骸が横たはり、皮膚は破れ腸は流れ出し全部甚しい悪臭を放つてゐる、其の側に美しい菫の花が咲いて居て、其の隣に新しい犬の糞が堆つて居ると云ふ如きことを到る所で実見するが、これが即ち小規模の自然の見本である。[*42]

一方で、丘はここで、明治の教育論争に比較的新しい――そしてまだ反直感的な――、科学的努力の学問上の限界という考えを導入しようとする、そして、同僚の科学者や教育者たちに、美の問題は、「たゞ自然の有りの儘を知ること」[*43]を「目標」にしている自然科学の範囲をまったく超えていることを思い出させようとする、おなじみの戦いに従事していたのだ。もう一方で、そしてよりひそやかに、この評論は、まさしく科学的探究の核心にある客観性と正確性という価値観によって生気を与えられた、美そのものの再定義となるものを提出しているように思える。

丘は美的関心を、全面的に歴史と文化（「時」と「場所」）によって決定される――そしてそれだから、たぶん普遍的で永遠である科学の「真実」とは異なっている――と特徴づけているが、ところが彼の評論は、科学的努力そのものに対する審美的影響を述べるときにもっとも興味深くなる。[*44] 非科学的な活動よりも、より深く、そしてより「正確に」自然を見通そうとする癖を持った自然科学は、一般に醜いと見られている現象の背後に美を発見することがよくあり、それと同じく――「表面のみを見れば」――一般に美しいと見られる現象の背後に醜さを発見することがよくある、と彼は書いている。[*45] この一節は読者に、進化の科学は知覚上の細部の経験的に文字どおりの表現だけにではなく、その基盤をなしている法則や機構にも関連しているのだと思い出させる役に立つ。自然科学者は隠された構造を推定するために細部を拡大する。目に見えない真実が目に見える欺瞞から掘り出される。ここに、モダニスト的な傾向の、美との伝統的な繋がりを完全に失いまったく新しい価値を帯びた美学の、幽《かす》かな影を見ることが可能である。指示の信頼性のより高度な形態に対する深い確信である。正確さとは精細――われわれのまわりの世界のつねにより細かな表現――を意味するが、またこのリアリズム的な意味での「真」も意味する。科学の優越性に対する丘の称揚は、美と醜さを超えて作用する「美学」を微妙に暗示している。「結局」と丘は結論する、「自然にはたゞ有りの儘があるだけで、自然自身より見れば美もなく、また醜もない[*46]」。

丘にとって、美から「真」へのこの移動は、啓蒙運動の伝統にぴったりと収まる、徹底した客観性に対する並外れた希望を表わしている。当然のことながら、彼は科学の興隆を倫理的な帰結がしみ込んだものとも見る。真、善、美という古典的な三つ組に言及しつつ、丘は真（科学的な事実性という意味で）を、歴史や文化から独立した唯一の人間的価値として描き出す。「我々は自己の有する標準に依つて他物を測り其の美醜善悪を評して居るのである。是に反して独り真だけは標準が自然の方にあつて我の方にはない[*47]」。したがって、と丘は論ずる、科学は単に多数ある学問分野の一つとしてのみならず、美学と倫理の基礎としても理解されるべきである。

しかしながら、丘にとっては、単に科学の事実性に対するかかわりだけでなく、その反射性もこの優越性を作り上げている、ということがもっと重要である。「自然に於ける人類の位置を知るのは総べての倫理的思想の根本である」と丘は、この評論の終わりのほうで断言し、進化論に関する彼の著作の多くを貫いている常套句を繰り返す。「が之《これ》を知るには先ず自然の有りの儘と人間の有りの儘とを知らなければならぬ[*48]」。だから、今日のわれわれに「客観性」に関するプラトン的イデオロギーへの丘の依存がどれほど問題含みであると見えるとしても——しばしば繰り返される、模倣を思わせるmimetic言い回し「ありのまま」に体現されたイデオロギー——、この評論で作用している力強い反観念論に、モダニストの認識論の不気味な（偶然ではあれ）先取りに、注目しておくことは重要である。丘にとって自然の中の対象を「何のためにあるか」というふうに見ることは、まず最初にわれわれを、その対象との関係でわれわれは何のためにあるのかと見ることを意味した。そうだとすれば、「普遍的で永遠の真実」という丘の素朴な形而上学の表面のすぐ下には、この客観的世界を相対化する働きをし、すべての人間経験をより大きな体系の「局所的」表現として提示する、ダーウィン的な逆潜流が走っている。人間の知覚の限界を認めることで——そしてこうした限界は、正確に知ることができる「自然の中の位置」によって決定されると理解することで——丘の著作はモダニズムに特有なリアリスト的性質と似はじめる。人間経験の境界を受け入れようともしまた超越しようともする野心である。

四十年以上前に『種の起源』の中でおこなわれた自然の美についてのダーウィン自身の議論と比較してみよう。ダーウィンを中傷する者たちの、自然の中のある構成物は「美のために、人や造物主を喜ばせるために、作られたのだ」という信仰に対して自らの理論を擁護する部分で、彼はその理論のもっとも破壊的な面を明らかにする。こうした教義が「もし真実ならば、私の理論にとっては致命的だろう」と認めるダーウィンは、自然の美を否定することによってではなく、美を人間中心的（そして有神論的）な拠りどころから移動させ、自身の生態中心的な功利主義の学説の中心にしっかりと据えることによって応える。[*49]「花は自然の一番美しい産物の一つとして位置づけられるが、それは緑の葉と対照して目立つようにされてきたのであって、その結果、同時に美しくもあり、昆虫たちにたやすく見つけられるようなっているのである」と彼は述べた。同じ議論を、熟したイチゴやサクランボなど、疑問の余地なく美しいと考える果物についてもおこなう。「しかしこの美は、果物が食われて、成熟した種子が撒き散らされるよう、単に鳥や動物たちの案内役を務めているに過ぎない」。そうだとすれば、逆説的にも、ダーウィンが道具［＝手段］としての美の側面を力説することは、結局は自身の功利主義の審美的屈曲を強調することになってしまう。「もっとも単純な形での美の感覚」――つまり、人間、昆虫、鳥、その他の動物に共通な反応としての――を理解することで、ダーウィンはカントの常識［＝共同体感覚］sensus communis を根底的に拡大したものを導入し、人間をお互い同士だけでなく、もっと大きな人間以外の共同体とも結びつける根本的な感受性を示す。[*50]

『種の起源』の中で、ダーウィンの功利主義と、産業資本主義に結びついた道具という原則との違いをこれ以上はっきりと反映している箇所はほとんどない。それは単に、一八九六年にモダニストのデザインについてルイス・H・サリバンがおこなった有名な言明と同じ意味で

「形態は機能に従う」というのではなく、形態と機能は弁証法的関係において互いを支持しあう、一緒に進化する、ということである。[*51] 実際、「分岐」というダーウィンの考えが示唆するように、自然においては形態と機能はお互い同士を見出すと言うほうがもっと正確だろう。「デザイン」という考えそのものによって暗示される狭隘な道具主義は、進化論の論理にはまったく不十分なのである。こうして、一方で美が存在しているのはそれ自身のためでも、人間の喜びのためでもなく、生存競争の一機能として存在するのだと論じながら、ダーウィンは最後の疑問をひときわ目立つように未解決のまま放置する。すなわち、生き残ることの機能は何か？ というのは、生命そのもののイメージほど道具として説明しがたいものはないからだ。生命の繁栄を疑問の余地のない基礎――生存のための生存――として認めることで、自然の世界に対するダーウィンのビジョンは、産業資本主義の目標中心の思潮と深く対立している。ダーウィンの「功利主義的」視点からは、豊かで多様なそのままの自然が、現代世界の潜在的ではあるとしても力強い批評法として、芸術の美に取って代わる。テリー・イーグルトンは、『アフター・セオリー』の一節で、美学と「自然という考え」とのあいだにある、この批判的繋がりをほのめかしている。

情け容赦もなく道具として扱うその論理の中で、[資本主義は]自然――その全存在が、純粋に自分のために、目標などということは一切考えることなしに、単に自らを満たし、自らを展開することにあるもの――について考える時間などもたない。そのことが、この社会秩序が、まさに見事なまでに無意味な達成のイメージとして見られかねない芸術を、がさつにも毛嫌いする一つの理由なのだ。それがまた、美学が現代においてかくも驚くほど重要な道徳的・政治的役割を果たしてきた一つの理由でもある。[*52]

このように、現代芸術は進化の科学に語りかけ、それぞれはそれぞれに現代性に対する防御的姿勢を与える。芸術は「見事なまでに無意味な達成」という大胆さを与え、もう一方で科学は人間経験の偏狭さに対する謙虚な自覚を提供する。この文脈では、ダーウィンは、単に美学の論理を自分の理論に吸収しただけではなく、美そのものに対する、反射のように「客観的な」見解――人間中心主義に対抗する彼のもっとも大胆な声明の一つ――を提出した、ということを思い出すことが重要である。

始新世の美しい巻貝や円錐形の貝殻は、そして中生代の優美に彫られたアンモナイトは、何万年もたってから飾り棚の上で人が称讃するために作られたのだろうか？　珪藻植物の微細なシリカ状の殻ほど美しいものはめったにない。こうしたものは顕微鏡の高倍率の下で調べられ、称讃されるように作られたのだろうか？[*53]

しかし人間の視点をこのように根底的に脱中心化することは、ここに描かれた人間経験の強烈さをいや増しにしているようにしか見えない。進化の何万年は、科学者が飾り棚の中の貝を称讃したり、藻類の分泌物の対象性に驚嘆したりする瞬間に向けて蓄積される。ダーウィンは、こうした人間に独特の反応を否定するどころか、新しい意味をその特異性に帰しているように思える。美しさはより大きな「生存競争」の中で機能を果たしているが、それはまたつねに局所的に、明らかに何のためにでもないところで経験される。屋外でも研究室でも、ある対象は「すぐ近く」で、大きな図柄から切り離されて見られる。そして、局所的な経験を全地球的な機能に一致させることが自然科学者の、観察による学問の一部ではあるが、ダーウィンの実例はどちらの見方も完全にはもう一つの見方に還元できないということをわれわれに思い出させるのに役立つ。すべての物や生き物がその体系の中で一つの役割を果たしているのなら、そのことはおのおの独自の存在を完全に説明することはできない。実際は、これらの両面を受け入れることによってのみ、リオポルドによって理論化され、賢治によって実践されたような「客観性」に生態学者は到達する。「優美に彫られたアンモナイト」の詩と「珪藻植物のシリカ状の殻」の古典的な調和を通して、ダーウィンの読者は一見して非科学的ではあるが、それでも、丘浅次郎の表題の後半で「いわゆる自然の愛」と名づけられた抑えきれない現象と向き合うのだ。

愛と客観性

丘が、同僚の科学者たちが人間を有機的・非有機的諸関係のもっと大きな網の小さな一部分にすぎないと見ることを望んだとすれば、そうした自己消去的客観性によって要求される感情的・認識的傾向は、まさしく彼が否定した「自然の愛」そのものに近づく。ここでもまた詩人と生物学者は日々の実践の深い規律を共有している。理想化に対するモダニスト的な警戒である。「愛は盲目という格言に反して」とテリー・イーグルトンは倫理と客観性に関する議論の中で書いている、「愛は徹底的な受容を含むからこそ、他のものをありのままに見せてくれるのだ」[*54]。ある対象ないしは存在を、あらゆる日常の特異性の中でそのもの自体を見失うことなしに、もっと大きな諸関係のネットワーク中の一断片と見ることは、詩人と科学者の両方がよく知っている――そして確かにオルド・リオポルドと宮澤賢治によって共有されていた――観察上の誠実さを必要とする。まさしくこの態度こそが美術評論家ジョン・バージャーがビンセント・バン・ゴッホの素描を説明して「日常のやさしさの不屈さ」と呼んだものである。「その作品が、日常的な物事に対して、これほどもあからさまな敬意を表わしている他のヨーロッパの画家を思いつかない。それらを高尚にすることもせず、何らかの形で、物事がそれに仕えることを体現している理想として救いに言及したりすることもなしに」[*55]とバージャーは述べる。バージャーの分析に当てはめれば、「リアリズム」という語はその日常の使用に深い意味を帯びる。農民や大工やグラウンド整備員と関連したリアリズムである。「この椅子は椅子で玉座ではない。歩いて長靴が擦り切れてしまった。ひまわりは植物で、星座ではない。郵便配達は手紙を配達する。アイリスは枯れるだろう」。バン・ゴッホの、「突然、そしてどんな瞬間にも目の前に見たものを愛せる能力」がそこから生じてくるような、この観察にもとづく赤裸々さ、この赤裸々さが、なぜこの画家が非常に大勢の人々から愛されるのかを説明している、とバージャーはわれわれに告げる。[*56]

バン・ゴッホに関するバージャーの議論は、前に引用した部分にはっきり現われているダーウィン自身の観察上の姿勢の困惑した優しさを捉えている。遠い時の暗い広がりを横切って、この進化論生物学者は(丘の言葉を借りれば)それが「何のためにあるか」を認識しつつも貝殻の美しさを称讃する。普通の意味では美しくも醜くもないのだ。美はここでは、対象の構造的優雅さに対するだけではなく、その自己充足性、人間の評価に対する相対的な無関心についての洞察のひらめきとなる。ある標本が人間の感受性に対してもつ魅力は、偶然でもあれば深い意味もあると明らかにされることが、ダーウィンの美に関する議論に特有な成果なのだ。科学者の目は、画家の目と同じく、それ自身のために存在している世界を理解しようと努力しなければならないが、同時に、人間の歴史に深く繋がれてもいる。オルド・リオポルドと宮澤賢治はどちらも、この洞察を遠大な倫理的確信として吸収していたように思える。理想化された対象や存在にではなく、これらの対象や存在の、われわれ自身との、そしてお互い同士との関係に焦点を当てる「視覚上の」傾向である。

宮澤賢治のそこはかとなく美しい「なめとこ山の熊」ほどこうした形の「客観性」の政治をよく説明している物語はない。生前には発表されなかったこの童話は、人間―野生生物の関係に対する賢治の文学的瞑想の頂点ともなり、他の創作物の多くからの逸脱も表わしている。近い（とはいえ幽かに伝説的な）昔に時間設定された「なめとこ山の熊」は、淵沢小十郎という猟師の物語であり、彼は花巻の北西にある大空滝の上の近寄りがたい山奥で働き、熊の皮と熊の胆《い》を町の商人に売って暮らしを立てている。自分の商売に対する疑問に悩まされ、しかし、明治国家の新しい制度的・経済的仕組みに特有の貧困にはまり込んでもいる小十郎の、自分が殺す動物に対する大きな愛情と、動物たちの考えが理解できる神秘的な能力が、この物語のドラマと政治的内容の両方を生み出している。

狩猟それ自体というよりは体の一部を現金に買えることに批判的な「なめとこ山の熊」は、最終的には資本主義と近代国家に対する鋭くも見識豊かな攻撃として読める。賢治の急進主義の本質が、生き物が商品にされるときに生み出される無用な苦しみと破壊とを理解できる悲劇的な能力を与えられた猟師、物語の中心にいる小十郎というカリスマ的な人物そのものの中に包含されている。二年たったら死んでやるという条件で、ある熊に命を助けてくれと説得されて、小十郎はきわめて「非近代的な」異種間のフェア・プレイへの参加をはっきり示し、物語の最後で、自分自身が熊の爪にかかって死ぬのを平静に受け入れる。優雅で無駄のないこの物語そのものが、この優しくも客観的な「全体像」を反映している。猟師の物語はまた、必然的に狩られるものの物語であり、土地の中で両者がともに住む場所の物語でもある。

なめとこ山の熊のことならおもしろい。なめとこ山は大きな山だ。淵沢川はなめとこ山から出て来る。なめとこ山は一年のうち大ていの日はつめたい霧か雲かを吸ったり吐いたりしてゐる。まはりもみんな青黒いなまこや海坊主のやうな山だ。山のなかごろに大きな洞穴ががらんとあいてゐる。そこから淵沢川がいきなり三百尺ぐらゐの滝になってひのきやいたやのしげみの中をごうと落ちて来る。

中山街道はこのごろは誰も歩かないから蕗やいたどりがいっぱいに生えたり牛が遁げて

登らないやうに柵をみちにたてたりしてゐるけれどもそこをがさがさ三里ばかり行くと向ふの方で風が山の頂を通ってゐるやうな音がする。気をつけてそっちを見ると何だかわけのわからない白い細長いものが山をうごいて落ちてけむりを立てゝゐるのがわかる。それがなめとこ山の大空滝だ。そして昔はそのへんには熊がごちゃごちゃ居たさうだ。ほんたうはなめとこ山も熊の胆も私は自分で見たのではない。人から聞いたり考へたりしたことばかりだ。間ちがってゐるかも知れないけれども私はさう思ふのだ。とにかくなめとこ山の熊の胆は名高いものになってゐる。

腹の痛いのにも利けば傷もなほる。鉛の湯の入口になめとこ山の熊の胆ありといふ昔からの看板もかかってゐる。だからもう熊はなめとこ山で赤い舌をべろべろ吐いて谷をわたったり熊の子供らがすまふをとっておしまひぽかぽか撲りあったりしてゐることはたしかだ。熊捕りの名人の淵沢小十郎がそれを片っぱしから捕ったのだ。[*57]

この冒頭の部分は賢治の作品群における典型と特異さの両方をあらわにしている。作者のイーハトーブ物語に特徴的なように、「なめとこ山の熊」の背景は現実と空想上の地理の寄せ集めである。地元の人々になめとこ山として知られている山は、豊沢ダムの北西、豊沢川（この物語では淵沢川と呼ばれる）の源流近くに確かに存在するが、「なめとこ山」の名前は公式的にはこの地方のどんな地図にも現われない。[☆2] 賢治研究家の原子朗は、賢治の架空の世界ではなめとこ山は、中山峠から大空滝、桂沢を含む地域全体だと考えたほうが正確だと言っている。[*58] 地理的に指すものが何であれ、この行《くだり》は、この地方でも山深い森を喚起することを明らかに意図している。われわれは、冷たい霧をまとい、迷った家畜が入り込まぬよう柵がめぐらされ、とげの生えた藪に守られ、そして熊が棲む、険しく寂しい風景を与えられる。ツキノワグマはもともとは本州、四国、九州の全域に生息していた。二十世紀を通じて適当な生息地が失われてゆくにつれ、ツキノワグマの分布は偏《かたよ》りはじめ、おもに、賢治の故郷である岩手県を含む、日本の中部から東部の高い森に限定されるようになった。この動物は広い土地を必要とする（年間の行動圏は三十から七十平方キロメートルに及ぶとされている）ために、とりわけ近代化の影響を受けやすかった。今日ではツキノワグマは九州と四国では完全に姿を消している。[*59] この衰退の――熊が人間の開拓と共存できないことの――歴史が賢治の物語に最初からしみ込んでいる。孤独と遠く離れているという連想を通じて、「ごちゃごちゃ居た」熊のイメージは、ロイ・バスカーが「知識の自動詞的対象」[*60] と呼んだものの有機的な具体化である。最初の文からして、この物語はわれわれの注意を客観的知識と想像力の結びつきに向ける。

　東北地方の農民や林業従事者たちのあいだでは、ツキノワグマは目に見えないことがその存在の本質的な部分であり、生き延びられてきた鍵だ、と長く理解されてきた。ツキノワグマは直接人間に見つけられる範囲の外で、奥山の生きた象徴として暮らしている——あるいは暮らそうとしている。今日、岩手県で熊の目撃が増えていることは、数の増加ではなく、減少を示している。昔からの遠く離れた生息地が、単一栽培の林業やスキー場の造成などの資本主義的開発の影響で消滅しつつあり、そこから排除されているしるしなのだ。[*61] 冒頭の部分で暗示される、思いがけなくも健全な熊の数（「ごちゃごちゃ居たさうだ」）はこの自動詞的な存在の神秘を伝え、人間の目に見えないときに「もっとも真実である」現象を示唆している。人類学者のジョン・ナイトは、紀伊半島で長期にわたって人間―自然の関係を調査する——その時間の多くは「森の中あるいは周辺で」費やされた——あいだに、彼自身も地元の住人のほとんども野生の熊を見たことがないと述べている。「それにもかかわらず、熊は森の中でももっとも印象的で、村人にいちばん話題にされる動物だ」[*62] と彼は続ける。

　こうしたひっそりとした動物の世界が、ただ想像上の潜入行為を通してのみ理解されうるというのは賢治の物語にとって決定的に重要である。語り手は読者に、柵を越え、藪の中を何キロも歩き、大空滝の音に聞き耳を立てるよう求める。これに続く物語の思索的な性格を強調して、この作品は信ずるという行為を中心にして内容を築き上げる。「間ちがってゐるかも知れないけれども私はさう思ふのだ」と語り手は宣言する。賢治のほかの原野に関する物語の多くと対照的に、ここには「記録」し「翻訳」する人間以外の情報提供者は誰もいない。この物語は語り手に、巌（「狼森」のように）によって告げられたのでもなければ風（「鹿踊りのはじまり」のように）によって告げられたのでもない。実際、天沢退二郎が述べているように、この物語の内容は語り手に間接的に届く――「ほんとうはなめとこ山も熊の胆も私は自分で見たのではない」――のだが、もともとの出所、「真の語り主」は決して明らかにされない。[*63]

こうして伝聞を、想像された現実へと変形することはまた、この物語の神話のように曖昧な時間枠、天沢が「超時的現在」と呼ぶものも生み出す。[*64]「昔はそのへんには熊がごちゃごちゃ居たそうだ」という陳述には、熊の胆を宣伝する看板の文句が続き、熊が存在しつづけていることを示すと理解される。物語はここで想像できる過去と生きている現在との繋がりだけでなく、また――そしてより強力に――村の生活の範囲をはるかに越えた未開地でふざけまわる小熊と、作者の時代の温泉旅館の薄暗い飾り棚に置かれた（あるいはわれわれ自身の時代の昔ながらの薬屋で売られる）黒っぽい薬という目に見える「証拠」との繋がりも明らかにする。言い換えれば、物語の構造そのものに組み込まれているのは、自動詞的なものを理解しようとする逆説的にも人間的な苦心――人間以外の存在の経験を「客観的に」描こうとする、観察不能な実在と出来事の歴史的関連性を概念化しようとする、努力――に関連した、すべての不確実さと曖昧さなのだ。

この衝動の本質的な人間らしさは、物語の言葉と語り口がぶっきらぼうなのにも表われている。童話集『注文の多い料理店』の、もっとよそよそしい、ですます調の語尾（童話によくあるスタイル）とは違って、文法的に砕けた語尾の使用に、時折、少年ぽい一人称男性代名詞「僕」を使うことで際立たせられる感嘆の挿入が伴う。語り手はこの物語の登場人物や出来事に親しく関わっているのだ。天沢はこうした方法の荒々しさを物語の主人公淵沢小十郎に対する反応だと見る。実際、小十郎のイメージは賢治の創作中によく見られるパターンからのもう一つの分岐をなしている。あえて野生の辺境に入っていって開拓しようという百姓（「狼森」の）でも、限られた滞在のあいだに野生を垣間見る文明世界からの旅行者（「鹿踊りのはじまり」の）でもない小十郎は、深い森の中で生計を立てる狩人で、そのままの自然の中でくつろぎ、野生の仲間の一人と認められている。

淵沢小十郎はすがめの赭黒いごりごりしたおやぢで胴は小さな臼ぐらゐはあったし掌は北島の毘沙門さんの病気をなほすための手形ぐらゐ大きく厚かった。小十郎は夏なら菩提《マダ》樹の皮でこさえたけらを着てはむばきをはき生蕃の使ふやうな山刀とポルトガル伝来といふやうな大きな重い鉄砲をもってたくましい黄いろな犬をつれてなめとこ山からしどけ沢から三つ又からサッカイの山からマミ穴森から白沢からまるで縦横にあるいた。木がいっぱい生えてゐるから谷を溯ってゐるとまるで青黒いトンネルの中を行くやうで時にはぱっと緑と黄金いろに明るくなることもあればそこら中が花が咲いたやうに日光が落ちてゐることもある。そこを小十郎が、まるで自分の座敷の中を歩いてゐるといふ風でゆっくりのっしのっしとやって行く。犬はさきに立って崖を横這ひに走ったりざぶんと水にかけ込んだり淵ののろのろした気味の悪いとこをもう一生けん命に泳いでやっと向ふの岩にのぼるとからだをぶるぶるっとして毛をたてゝ水をふるひ落しそれから鼻をしかめて主人の来るのを待ってゐる。小十郎は膝から上にまるで屛風のやうな白い波をたてながらコムパスのやうに足を抜き差しして口を少し曲げながらやって来る。そこであんまり一ぺんに云ってしまって悪いけれどもなめとこ山あたりの熊は小十郎をすきなのだ。その証拠には熊どもは小十郎がぼちゃぼちゃ谷をこいだり谷の岸の細い平らないっぱいにあざみなどの生えてゐるとこを通るときはだまって高いとこから見送ってゐるのだ。木の上から両手で枝にとりついたり崖の上で膝をかゝへて座ったりしておもしろさうに小十郎を見送ってゐるのだ。まったく熊どもは小十郎の犬さへすきなやうだった。*65

この注目すべき人物、毎日のように東北地方の野生の森の最深部へと入り込んでゆく狩人が物語の真ん中を進んでゆく。頑健で、広く動き回れ、自信に満ちた小十郎は、「まるで自分の座敷の中を歩いてゐる」かのように、もつれ合った藪の暗がりを渡り歩く。この狩人が地理に精通していることは雄々しい身体的スタミナを暗示している（「なめとこ山からしどけ沢から……まるで縦横にあるいた」）が、それはまたある種の不屈さ、その、現代のアウトドア文化のスポーツ精神からは長いこと排除されてきた、かすかに超自然的な様相を示唆してもいる。もっと原初の関係を反映して、小十郎は単に優れた肉体条件のためだけではなく、一つには、進んで森の「青黒いトンネル」を抜けて生存の別の段階へ入ってゆくためもあって、熊を狩ることができるように思える。ここでは「淵ののろのろした気味の悪いとこ」と描写されているような場所を犬のあとを追ってゆくのだ。この部分で原野に苦しむゴシック的な奇怪さは、その神秘性にもかかわらず、否定しがたく現実的な危険を指し示していることを思い出しておくのは重要だ。この物語のおしまいで、小十郎は死ぬことになる。ジョン・ナイトが述べるように、今日でさえも、日本の山岳地帯で野生の熊を見たことのある人の数はきわめて少ないとはいえ、「誰もが山には熊がいて、時には遭遇する機会があり、人を攻撃すれば重大な、致命的でさえあるような結果を招きかねないことを知っている」[*66]。重要な形で、この場面の「不気味さ」は、東北地方の民話の不思議なオーラを帯びてはいるものの、宇宙飛行士たちが定期的な宇宙への任務で経験するかもしれないものに近い。異質な環境に入り込んでゆくという気味の悪いぞくぞく感である。

　実際、創作や詩を通じて、原野のまったくの奇怪さを保存してきたことが賢治最大の環境的業績のひとつかもしれない。賢治の文学世界の中では未開地は異質の土地 foreign country のままであり、ままであるよう意図されている。彼の潜在的読者のほとんどにとっても――農民、都会人、都市の詩人――遠く離れた未開地の異質さはその中心的特徴だった。小十郎が深い森の中で生計を立てているという点においては、彼自身も読者にとってはある種の異人だった。生蕃の使うような山刀――生蕃というのは台湾の山岳地帯に住み、中国文化・文明に同化するのを拒否していた人たちに対する差別的呼称[*67]――を持った小十郎の原野を通り抜ける能力は、それ自体が野性のしるしとなり、植民地的「他者性」の地方的な影として彼を特徴づける。しかし彼の野性は見せかけである。どれほど快適に森をぬけて移動しようとそこでの小十郎の「商売」は町で売るために熊の皮と胆を手に入れることである。[*68]彼のひどく古風な、「ポルトガル伝来というふやうな銃」は、昔のヨーロッパ人の征服と植民地化を暗示し、読者に小十郎は彼自身が侵入する略奪者だということ、別の「植民地化された他者」――恐ろしくて何をするかわからない野生の熊――を搾取するために森に入り込んだ人間の狩人だということを思い出させる。[*69]

小十郎が、自分が狩る動物と一体でもあると同時にそれを搾取もするということが、この物語で扱われる中心的問題に触れている。物語が進むにつれて主人公は、自分と獲物とを結びつける逆説的な親しさという悩ましい意識を表わす。優しさと無慈悲さの組み合わせが彼の心情を特徴づけ、自分自身の暴力を償いたいという気持ちと、冷静にそれの必要性を受けとめることとが並んで表現される。狩猟民族のあいだでは食べ物という道徳的脅威に直面することは、しばしば「勇気」の根本的要件として理解される。イグルーに暮らす狩人があるとき述べたように、「人生における最大の危機は人間の「食べ物」がもっぱら魂から成り立っていることにある」。[*70] しかし厳密に言えば小十郎が求めているのは「食べ物」ではない。それでは生き物を殺す勇気がこの文脈ではいったい何を意味するのか、そしてなぜ——その先祖返り的な魔力は別にして——そんな古風な精神が小十郎の同時代人に、あるいは今日の読者に問題になるというのか？

一方で、ここには小十郎が熊に出会う可能性に対して平静であるという本当の偉大さがある——明らかに東北地方の男らしい熊狩りの伝統と結びついていて、それによれば熊に面と向かえる力は、度胸なりマタギの根性なりの試金石だとされる。[*71] 熊による攻撃が致命的になる可能性は、この動物が日本の多くの地方で「山の神」として特別な意味を持っているというカリスマ的名声と結びついて、ここでは叙事詩的勇敢さという魅力的な姿を作り上げるのに役立っている。[*72] しかし、読者は小十郎の大胆不敵さについて、じかに彼を観察することよりも、動物自身の評価を考えることのほうから多くを知る。なめとこ山の熊は「小十郎をすきなのだ」、そしてこの謎めいた愛情の「証拠」は、この自分たちを狩りに来た者を遠くから注目するときに

「高いとこから」向けられた彼らの静かな凝視に含まれている。小十郎という人物が実際的にも観念的にも彼が殺す動物との関係で明らかにされるというなら、この一節は現代社会における勇気という考えに、狩りそのものの前近代的な論理から引き出された新しい意味を注入する。評論家の中地文が述べているように、語り手の単純な言葉、「なめとこ山あたりの熊は小十郎をすきなのだ」は、単に興味深い細部以上のものである。話の「根幹」とほどきがたく結びついた、この物語の中心的洞察なのだ。[*73] この「すき」ということの性質——その倫理的・政治的意味——を説明することが批評家の中心的任務として姿を現わす。

たとえば、熊のこの愛情が、すぐ次の場面で、緊急に迫られた行動を記す飾りけのない数行で描かれた情け容赦もなく血なまぐさい対決を通して消えてゆくのを見逃すわけにはいかない。熊たちが「小十郎の犬さへすきなやうだった」と述べたあとで、物語は賢治の全作品中でももっとも暴力的な記述の一つを続ける。

けれどもいくら熊どもだってすっかり小十郎とぶっつかって犬がまるで火のついたまりのやうになって飛びつき小十郎が眼をまるで変に光らして鉄砲をこっちへ構へることはあんまりすきではなかった。そのときは大ていの熊は迷惑さうに手をふってそんなことをされるのを断はった。けれども熊もいろいろだから気の烈《はげ》しいやつならごうごう咆えて立ちあがって、犬などはまるで踏みつぶしさうにしながら小十郎の方へ両手を出してかかって行く。小十郎はぴったり落ち着いて樹をたてにして立ちながら熊の月の輪をめがけてズドンとやるのだった。すると森までががあっと叫んで熊はどたっと倒れ赤黒い血をどくどく吐き鼻をくんくん鳴らして死んでしまふのだった。小十郎は鉄砲を木へたてかけて注意深くそばへ寄って来て斯《か》ふ言うのだった。「熊。おれはてまへを憎くて殺したのでねえんだぞ。おれも商売ならてめへも射たなけぁならねえ。ほかの罪のねえ仕事していんだが畑はなし木はお上のものにきまったし里へ出ても誰も相手にしねえ。仕方なしに猟師なんぞしるんだ。てめえも熊に生れたが因果ならおれもこんな商売が因果だ。やい。この次には熊なんぞに生れなよ」

そのときは犬もすっかりしょげかへって眼を細くして座ってゐた。

何せこの犬ばかりは小十郎が四十の夏うち中みんな赤痢にかゝってたうたう小十郎の息子とその妻も死んだ中にぴんぴんして生きてゐたのだ。

それから小十郎はふところからとぎすまされた小刀を出して熊の腭《あご》のとこから胸から腹へかけて皮をすうっと裂いて行くのだった。それからあとの景色は僕は大きらいだ。けれどもとにかくおしまひ小十郎がまっ赤な熊の胆をせなかの木のひつに入れて血で毛がぼとぼと房になった毛皮を谷であらってくるくるまるめせなかにしょって自分もぐんなりした風で谷を下って行くことだけはたしかなのだ。[*74]

注目すべき研究『動物たちとともに』の中で、ジェイムズ・サーペルは「動物を殺すことに対する罪悪感と何らかの償いの必要という底流は、狩猟民族のあいだに、普遍的ではないにしろ、広く共有されている」と記している。[*75] 自分たちが食う動物との存在論的連続性という見方——イグルーに住む狩人が言うように、「われわれが殺さなければならない動物は、……われわれと同様に魂を、肉体とともに消滅してしまわない魂を、持っている」という考え——から提出される人間に対する危険性は、仏教的に屈曲させられた小十郎の謝罪もその一つに数えられなければならないような、広範にわたる鎮魂の祭りと「送りの儀式」の発展に拍車をかけた。[*76] その上、こうした償いの行為と狩りの成功とのあいだには、よく認められている因果関係がある。対立どころか、狩りは相互の敬意と愛情の儀式化された表現となる。サーペルは、「食べ物として殺される動物は、単なる物と、人間が捕らえて食う受動的な犠牲者と、みなされることはほとんどない」と説明する。その反対に、獲物そのものが「自分自身を殺害する、積極的で、そしてたぶん自発的な行為者」[*77] だと特徴的に見なされる、と彼は言う。人類学者たちはしばしば、獲物が進んで殺されたがることが称讃の一形態になると記してきた。つまり、敬虔で、感謝の意を示し、そして礼儀正しい略奪者としての狩人の価値の証明である。近代初期のアイヌ―日本人関係の研究において歴史家のブレット・ウォーカーは、アイヌの民話、とりわけ熊狩りに関係したものに同様の信仰をつきとめている。口承説話は「高い道徳的な性格をもち、八百万の神に向けた儀式を執り行うような高潔な狩人だけが、ヒグマのような獲物を殺すことができることを強調する」。単に殺されるのではなく、熊は「熊の神で、進んで自らをそうした尊敬すべき狩人たちに利用させたのだ」とウォーカーは説明する。[*78]

こうした文脈で理解されると、熊が小十郎を「すき」であることは実際的かつ倫理的意味を獲得する。なぜ小十郎は尊敬すべきなのか？　中地文によれば、熊の愛情のこもった凝視は、小十郎が町の保護を離れて、熊自身が属している「純朴な自然界」に入り込める能力を是認していることを示している。[*79] 中地にとって、小十郎が毎日進んで攻撃に身をさらそうとしていること――まだ人間の占有によって支配されていない食物連鎖のむき出しの平等性を受け入れること――は、ある種の原初の正義と見なされる。とはいえ、もっとも重要なことは、中地がなめとこ山の熊と狩人小十郎との親近感を、小十郎の鎮魂の儀式にほのめかされている宿命的な繋がりの証拠だと読むことである。この見解によれば、狩る者と狩られるものは人生そのものの苦しみによって結びつけられていると互いに認めているのだ。つまり、秘跡的な経済という条件によって繋がれていると。ここで主人公が口に出す因果という言葉を考えれば、いかにもこの物語を形而上学的に、中地の言葉を借りれば「存在の罪という問題」[*80]の探求として読みたくなる。一部分は、もちろんそうである——賢治の詩や創作のほとんどすべてがそうであるように。しかし、中地自身の所見の生態学的洞察が図らずもこの仏教的読みの究極的な不十分さを明らかにしている。小十郎自身が自分の仕事の「罪」がよって来るところとしている状況は読者に、この物語の表面を汚している道徳的罪悪は、最終的には、認められ受け入れられるべき存在の条件としてではなく、確認され、批判され、どうにかして克服されるべき歴史的問題として理解されなければならないことを思い出させる。

第一に、小十郎は熊を食べ物としてではなく体の一部を求めて殺し、その町での交換価値のゆえに皮と胆だけを取る。死体の残りはそのまま残しておくこと——生存のために狩りをするものの視点からは道徳的に大きな罪である——は、小十郎の仕事が「市場」活動、彼自身が商売と呼ぶものであることを鮮やかに証明する。彼の罪悪感は経済交換の罪であって秘跡的なものを反映しているのではない。思いがけなくも、この物語でもっとも儀式的な瞬間——小十郎の即興的な送りの儀式——はまた、この物語の経済的・歴史的背景をもっとも明白に示していて、初期の明治国家と重ね合わせることができる状況を暗示している。新しい制度的・経済的諸編成が、比較的遠い町中心の経済に対する小十郎の依存を強めたように思われ、熊の魂に対する狩人の謝罪——「ほかの罪のねえ仕事していんだが畑はなし木はお上のものにきまった」——は日本の奥地に住むもっとも貧窮化させられた人々にとって近代化が意味したであろうことを要約している。西洋の環境史家のあいだで大いに注目を集めてきた「共有地の悲劇」[☆3]の一変形の中で、国土をあいまいさなしに私有と国有という所有権の下に置こうとする明治初期の政府の計画――一八七三年の「地租改正」によってもっとも明白に開始された計画――は、以前は入会地として機能していたものの使用権を効果的に抑圧した。[*81]たとえば木を切り出したり、近くの森で炭を焼いたりする権利を失った、土地を持たない小十郎には、銃の許可証を申請して森の中でいちばん利益になる種のうち、自分にできるものを収穫するしか選択はなかった、と想像することは読者に任せられる。小十郎の熊との関係がこのように私有財産制度によって成立させられているというのが彼の近代性のしるしである。[*82]

もちろん、日本には明治国家の確立よりもはるか以前に商業市場があった。何世紀にもわたって、熊の毛皮や臓器、その他の体の部分を販売することは東北地方の僻地の経済においては重要な役割を果たしていた。時には黄金にたとえられる熊の胆――東アジア全般で、ある種の万能薬と見なされている――は熊のどんな部分よりも欲しがられ、狩人たちがこの器官を膨張させて市場価値を増大させるために、熊を餓死させたり撲殺したりすることが知られてきた。[*83]環境保護主義者の羽澄俊裕は、今日でも熊の胆は「日本のすべての野生生物の産物の中で最高の価値を持ち続けている」と報告し、賢治の物語が現代にも当てはまることをさらに強調している。[*84]ここで問題となっているのはまさに「経済価値」そして「野生生物の産物」という言葉の論理であり、また、人間文化を支える生きた世界に適用されたときにこれらの言葉がその文化に対して持つ重要性である。

北米インディアンの諸部族間で、ヨーロッパ人と交易を始めたときに起こった、生存から「依存」への変質に関するリチャード・ホワイトの分析を思い出させる、ブレット・ウォーカーによる十七世紀、十八世紀の日本人とアイヌの交易の発展についての議論は、以前は生存のために依存していた地方的な動物相が商品化される――ホワイトの言葉では「事業の動物」[*85]とされる――ときに結果として生じる文化的・生態学的退廃を明らかにしている。社会的自律が生産性の高い機構が変化するのに伴って失われるだけでなく、かつてはそれ自体が食べ物と衣服とを供給していた動物が、「日本の商業的需要だけでなくアイヌの新しい欲求を満たすために」輸出目的で殺されるようになるにつれ、狩りの目的と概念的枠組みそのものが変質する。必然的に、ウォーカーが「動物を殺すことについてのより深い感情の転換」と述べるものが環境条件に変化を引き起こす。「やがて、アイヌが生きるために決定的に重要な鹿や鮭が乱獲されるようになる」と彼は言う。[*86]

とはいえ、賢治の物語の文脈では日本での熊狩りは生存のためにおこなわれたことは決してないということを認識しておくのは重要である。中国で何世紀にもわたって医療効果があると考えられてきた熊の胆は、日本でも十七世紀の末から売買されてきて、江戸時代を通じてこの薬の需要は着実に増加した。[*87] 害獣として殺されようと——今日ではほとんどが植林地の「皮剥ぎ」を防ぐために——、貴重な身体部分を持った狩猟動物として殺されようと、日本のツキノワグマは長いこと「事業の動物」で、それを殺すのは根本的に商業論理によって動機づけられていた。しかしながら、山奥の熊の生息地が前例のない開発をこうむる二十世紀まで、害獣として熊を間引くこと——熊の胆を取るためと並んで、今日のツキノワグマ減少の主要な要因——は制限がかけられていた。それに加えて徳川政府によって法的に定められた身分制度は、重要な形で、市場力学の暴走効果を無効にしがちだった。マタギと呼ばれる、とりわけ東北地方と結びついた、山岳地帯に住む狩人の伝統に縛られた仕事に狩りが限定されている限り、狩りによる熊の頭数への圧力は低かっただろう。羽澄によれば、ツキノワグマは一九〇〇年代初めまでは本州・九州・四国一帯に広く分布していたが、それは「十分に開発されていない熊の生息地」が多かったせいばかりでなく、一部は、「槍や、ロープのついた罠、石の重さで動物を押しつぶす仕掛けを使うといった単純で伝統的な狩猟法」[*88] のせいでもあった。現在の日本における熊の身体部分の市場に関する報告の中で、戸川久美と坂本雅行は、日本の熊は明治政府によるマタギ階級解体の影の下で生きていると述べている。明治の近代国家確立以来、「合法的な枠内でおこなわれるのであれば」誰でも狩猟活動に従事できる、と彼らは述べる。[*89] それだから、鉄砲を振り回して「片っぱしから」熊を殺した賢治の物語の小十郎は、どれほど古臭い気風をしのばせたままだとしても、最終的には近代的人物なのである。

明治期の近代化は、小十郎のような個人の暮らしにも、人間以外の個体数の健全さにとってと同様に、深い影響を持っていた。たとえば、読者は、男手ひとつで五人の孫と自分自身の九十歳になる母親を養おうとする小十郎の努力が、熊の身体部分の不当に安い値段（死んだ熊の供給過剰を示している）のためにほとんど不可能にされているのを知る。小十郎が商売のために町に出てゆくとき、われわれは恐れを知らぬ猟師が小さな町の荒物屋の商品のあいだで惨めに交渉する、新しく衝撃的な姿に直面する。語り手の声は対照を強調する。


ところがこの豪儀な小十郎がまちへ熊の皮と胆を売りに行くときのみぢめさと云ったら全く気の毒だった。

町の中ほどに大きな荒物屋があって笊だの砂糖だの砥石だの金天狗やカメレオン印の煙草だのそれから硝子の蠅とりまでならべてゐたのだ。小十郎が山のやうに毛皮をしょってそこのしきゐを一足またぐと店では又来たかといふやうにうすわらってゐるのだった。店の次の間に大きな唐金の火鉢を出して主人がどっかり座ってゐた。

「旦那さん、先《せん》ころはどうもありがたうごあんした。」

あの山では主のやうな小十郎は毛皮の荷物を横におろして叮ねいに敷板に手をついて云

ふのだった。[*90]

この場面の「みぢめさ」は、市場の臆病な傲慢さによって辱《はずかし》められる「豪儀」な小十郎というイメージのみならず、その皮と内臓がここでは、工場で作られたタバコや砂糖の袋、ガラスの蠅取りなどと等しい商売の対象に変えられてしまうことで、野生の熊そのものの姿をも汚す。商店主の静かな拒絶（「なんぼ安くても要らなぃます」）が小十郎の次第に高まってゆく捨て鉢さ（「旦那さん、お願だます。どうが何ぼでもいゝはんて買って呉なぃ」）と鋭い対照をなしている惨めな取引交渉のあと、狩人は結局、非道なまでに不公正な熊の皮の支払いを受け取る。「いくら物価の安いときだって熊の毛皮二枚で二円はあんまり安いと誰でも思ふ」[*91]と語り手は言う。

語り手によるこの取引の描写には剝き出しの嫌悪感が充満している。不公正な取引という侮蔑的扱いに対するあからさまな反感である。取引そのものが問題なのではない。生存のもっとも基本的な活動――食べ物とするために命をとる――もある種の取引である。そうではなくて、町での取引条件の偏った構造こそが語り手の嘲笑の対象となる。小十郎自身がこの取引は不公正だと知っているとしたら、なぜそれを受け入れるのか？　語り手は謎のような答えをする。「けれども日本では狐けんといふものもあって狐は猟師に負け猟師は旦那に負けるときまってゐる。こゝでは熊は小十郎にやられ小十郎が旦那にやられる。旦那は町のみんなの中にゐるからなかなか熊に食はれない」[92]。

国際的に知られている「ジャンケン rock-paper-scissors」の一変形である、江戸時代の狐拳は、その手の形を通してより正確な食物連鎖にまで遡り、それによれば「庄屋」は「猟師」に勝ち、猟師は「狐」に勝ち、そして（ここにもっとも関係しているのだが）狐は庄屋に勝つ。[93] 賢治の物語では、この壊れた環――商店主が熊の攻撃から免れていること――の重要性は誇張しすぎることはない。市場は卑劣な妄想の場として示され、そこでは商店主自身の栄養交換への依存は超越と支配のイデオロギーによって曖昧にされる。読者の注意を、狐拳の犠牲の環が商業によって中断されること――マルクスが「人と地球の代謝的相互作用」における「裂け目」だと見極めたもの[94]――に明白に向けて、賢治の物語は、市場経済の自己認識が歴史的に登場する抽象的な姿を提出する。有限の（ではあるが限界のない）環という形から、無制限のピラミッドによって示唆される無限の支配という幻想への移行である。商店主はつねに「勝つ」。ルネサンス期の生気論による規範的抑制から現代における「物質的資源」としての土地の利用の強調へというヨーロッパ文明の移行に関するキャロリン・マーチャントの古典的分析は、無限というイメージに同じようにつきまとわれた歴史を示す。たとえば、採鉱活動に対するルネサンスの批判者たちは、「土地を大切に管理する」ことに対する局所的に有害な効果――そこに住む貴重な動植物の一切とともに地元の野原を汚染し森林を破壊する――を示して、鉱山の有効性に反対する議論をおこなった。しかし、ヨーロッパで最初の「近代的」採鉱技術の推進者であったゲオルギウス・アグリコラ（一四九四―一五五五年）にとって、この局所的制限に対する強調は近視眼的で逆行的だった。「採鉱活動によって鳥や動物が殺された場所では、その利益は「無数の鳥」と「他の土地の食用になる獣や魚」を買い、その地域を一新するために使われるだろう」とマーチャントは、アグリコラの議論を要約して書いている。[*95]

われわれは今日、資本主義のもっとも強固な幻想の一つは、いつでもどこか他の場所から買える「無数の鳥」が存在するという考えであることを知っている。これは今日、日本のどんなスーパーマーケットでも幻想だとはっきり名乗りを上げている幻想で、そこでは買い物客たちは「地元」の季節の料理のために、今日ではポルトガルかチリ、あるいはアラスカの沿岸から飛行機で運ばれてきたのに違いない魚を買うのである。どんな野生種であれ資本主義の交換という「無限の」宇宙に導入することはその将来に影を落とす。「こんな風だったから小十郎は熊どもは殺してはゐても決してそれを憎んではゐなかったのだ[*96]」と語り手は書き、荒物屋の場面を締めくくる。この場面は今日、脳裏を去ることのない問題との関連性を撒き散らしている、というのは、日本のツキノワグマは公式的には絶滅に瀕してはいないことになっているが、多くの専門家は切迫した危機に直面していると信じているからだ。〈野生生物保全論研究会〉によれば日本には約七千頭のツキノワグマが残されているが、毎年スポーツ狩猟や害獣駆除で一千頭以上が殺されている。[97] 植林地や果樹園に対するクマ関連の被害額よりも、クマの身体部分の高い市場価値が、ほとんどのクマの間引き活動の動機づけになっていると論じる批判者たちもいる。[98] 日本は依然として熊の胆汁の世界最大の消費地の一つで、「国内での熊の胆の売買には現行の日本の法制度には事実上何の規制もない」。[99] その上、日本のツキノワグマが消滅してゆくにつれて全国での「伝統医薬」としての熊の胆汁の消費（年二百kg、クマ約一万頭分に相当する）は、中国、ヒマラヤ、カナダ、ロシアに見られるクマを含めて世界中のクマの数にますます圧力をかけている。[100]

「数え切れないほどのクマ」という幻想が、計算高い主人――できうる限り最善の取引をしたがっている――がいる「なめとこ山の熊」の商店の場面に生命を吹き込んでおり、窮地に追い込まれた猟師は獲物を増やす以外に選択の道は残されていない。この取引で生み出される不公正という重荷は熊たち自身にもっとも重くのしかかってきて、彼らの抗議の手段は絶滅しかない。そうだとすれば、ある抽象的な意味で、現代における多数の絶滅の例は、数え切れないほどの抗議活動だと解釈することもできよう。無限の経済成長というイデオロギーが必死になって否定しようと努めてきた生態学的相互依存を、ひどく客観的に思い出させるものである。

しかし、宮澤賢治の謎めいた物語は、野生の動物には世界の「商店主を食う」機会がまったくないような歴史的条件に対する倫理的解決策として、何を提案しているというのだろうか？

この物語でいちばん奇妙な文（一九九三年の翻訳でそれを無視するというジョン・ベスターの決定が証拠となるように）の中で語り手は、「けれども」商店主のような「こんないやなづるいやつらは世界がだんだん進歩するとひとりで消えてなくなって行く」[101]と推測するとき、この疑問に対する回答をほのめかしている。死後に出版された――そしてそれだからことによるとまだ仕上げられていない――原稿を読むまじめな読者は、この途中に割り込んできたような発言と、それが言及している「進歩」という考えの意味に真剣に取り組まなければいけない。この物語につきまとう生態学的危機を包含できるほど根底的な、どんな進歩の理論も、確かに一九二〇年代の日本における標準的な左翼の政治的言説の中には見出せない。しかしながら前に示唆したように、解決策の影は胎児的な形態で、賢治の時代の科学でもっとも大胆な動きに特徴的な、観察と客観性の新たに姿を現わしつつあった考えの中に実際に存在したのだ。この人を欺くような単純な物語の中には、しかしながら、作者が全経歴にわたって明らかに恩恵を受けていた二十世紀はじめの科学における認識論的革命が、狩りに体現された一つの倫理的関係へと蒸留されている。

今日、一篇の創作物語が与えるような自意識過剰な生態学的メッセージの類とは程遠く、賢治の物語の真の政治的内容――そして「進歩」がこの作者に意味しえたことの唯一理にかなった解釈――は狩人のものの見方についての注目すべき描写から姿を現わす。オルド・リオポルドが自ら認める捕食獣的直感と反響しあう、小十郎の視覚的姿勢に関する賢治の生き生きとした描写は、客観性と関わりの深い繋がりを示すことで、この物語のもっとも強力な倫理的断言を生み出す。分かちがたく実際的でありまた想像力にも富む、小十郎の自分が狩る動物に対する感情移入は、科学者、詩人、そしてジョン・バージャーの画家たちに共通した観察上の明晰さを思わせる。「突然、そしてどんな瞬間にも目の前に見たものを愛せる能力」[*102]である。熊は小十郎が「好きだった」というのは、彼は熊が好きだったという、同じようにあきれ返った考えと別にしては理解できない。

　小十郎はもう熊のことばだってわかるやうな気がした。ある年の春はやく山の木がまだ一本も青くならないころ小十郎は犬を連れて白沢をずうっとのぼった。夕方になって小十郎はばっかぃ沢へこえる峯になった処へ去年の夏こさえた笹小屋へ泊らうと思ってそこへのぼって行った。そしたらどう云ふ加減か小十郎の柄にもなく登り口をまちがってしまった。

　なんべんも谷へ降りてまた登り直して犬もへとへとにつかれ小十郎も口を横にまげて息をしながら半分くづれかかった去年の小屋を見つけた。小十郎がすぐ下に湧水のあったのを思ひ出して少し山を降りかけたら愕いたことは母親とやっと一歳になるかならないやうな子熊と二疋丁度人が額に手をあてゝ遠くを眺めるといった風に淡い六日の月光の中を向ふの谷をしげしげ見つめてゐるのにあった。小十郎はまるでその二疋の熊のからだから後光が射すやうに思へてまるで釘付けになったやうに立ちどまってそっちを見つめてゐた。すると小熊が甘へるやうに云ったのだ。「どうしても雪だよ、おっかさん谷のこっち側だけ白くなってゐるんだもの。どうしても雪だよ。おっかさん。」すると母親の熊はまだしげしげ見つめてゐたがやっと云った。「雪でないよ、あすこへだけ降る筈がないんだもの。」子熊はまた云った。「だから溶けないで残ったのでせう。」「いゝえ、おっかさんはあざみの芽を見に昨日あすこを通ったばかりです。」小十郎もぢっとそっちを見た。
月の光が青じろく山の斜面を滑ってゐた。そこが丁度銀の鎧のやうに光ってゐるのだった。しばらくたって子熊が云った。「雪でなけぁ霜だねえ。きっとさうだ。」ほんたうに今夜は霜が降るぞ、お月さまの近くで胃《コキエ》もあんなに青くふるえてゐるし第一お月さまのいろだってまるで氷のやうだ　小十郎がひとりで思った。*103

二頭の熊が、遠くの斜面の白さが桜の花に違いないと結論したあと、小十郎は自分が深く、説明できないように感動しているのがわかる。

小十郎はなぜかもう胸がいっぱいになってもう一ぺん向ふの谷の白い雪のやうな花と餘念なく月光をあびて立ってゐる母子の熊をちらっと見てそれから音をたてないやうにこっそりこっそり戻りはじめた。風があっちへ行くな行くなと思ひながらそろそろと小十郎は後退りした。くろもぢの木の匂が月のあかりといっしょにすうっとさした。*104

この記憶に残る場面は賢治の作品におなじみのパターンに従っている。臆面もない擬人化である。語り手はわれわれに、話す熊、視覚的な謎に頭を悩ませる熊、親子の愛情によって結ばれた熊を示す。日本において広く擬人化の対象とされている熊は、物語や民話の中でたやすく境界を越える種として機能し、比喩的に人間の領域と連絡しあうようにうまく作りかえられている。ここには両手で枝にとりついたり、攻撃者に迷惑そうに手を振ったりする生き物、「ひざ」を抱えて座ったり、「立って」侵入者に向かってくる動物がいる。皮をはがれたら人間の裸の死体によく似た動物である。*105 小十郎自身が――身体的にも他の面でも――自分が狩る熊によく似ていることはさらにこの等価性を強調する。山奥でめったにないほど快適にしていられて「熊の言葉を」すぐに理解する用意が出来ている小十郎は、読者の遭遇のために、通常は目に見ることができない熊の存在に並外れて敏感な道具の役を務める。狩人の研ぎ澄まされた感覚が追跡し殺すためにではなく単に目撃するために使われることには何か辛辣なところがある。

小十郎の捕食獣のような沈黙は根底的な率直さを可能にしている。二頭の熊が月明かりに照らされた谷の向こうを見ているという事実に奇跡的なものを感じ取れる用意が出来ているのである。熊の会話はここでは不得要領に思える、というのは、この場面の真の内容はそれが暴き出す狩人と獲物との、見るものと見られるものとの、関係だからだ。

それならなぜ、賢治の動物は話すのか？　話をする熊という甘ったるい感傷ほど非科学的で、生態学的に見当はずれなものがあるだろうか？　賢治の文学世界の多弁な植物や動物は、実際、北米やヨーロッパの学者たちから彼の作品が比較的注目されてこなかったことを説明するかもしれない。彼らの本能はことごとく、動物の可愛さという、何か「ディズニー風」のイデオロギーを是認していると解釈されかねないものに抵抗するのである。言い換えれば、賢治研究は、まじめな認識論的態度としての擬人化に対する偏見に苦しんでいるのである。「十九世紀初頭から、歴史家、哲学者、人類学者は、近代科学の台頭を自然の世界に対する擬人的な態度の衰微と繰り返し結びつけてきた[*106]」とロレイン・ダストンとグレッグ・ミットマンは述べる。しかしながら『動物とともに考える』の序説の中でダストンとミットマンはそのことの科学と哲学への有効性を考え直すよう論じ、擬人化は人間中心主義と同一視されてはならないと決定的に述べる。実際、「動物とともに考える」という努力――この言い回しが含むあらゆる意味の豊かさを含めて――はしばしば、人を中心にした世界観に対する有効な防止策の役を果たす、と彼らは書く。定義からすれば擬人化の衝動は、人間的な意味を人間以外の世界に投影することを伴う。その一方で、「話すことができない他の存在の行為を」捉えようとするどんな試みもすべて必然的にこの範疇に当てはまってしまう。[*107] ダーウィンの自然選択説も含めて、有機的連続性に関するもっとも抽象的な理論ですら擬人的な洞察から生じてきたのだ。

ジェイムズ・サーペルにとって、擬人化は「大多数の人々の動物に対する正常で直接的な反応」――それに対して警戒する必要を説明している――であるばかりでなく、それはまた自然科学者たちのあいだの効果的で有益な観察戦略をもなしている。[*108] ネズミを専門にする行動科学者であるジョン・ガルシアは、何か人間の弱さからではなく、まさしくそれがほとんどの学習理論よりも「うまく働く」がゆえに擬人化を利用することを認めている。「私はこの異端的な説を、私たちに共通した神経感覚組織ないしは収斂してゆく進化の力を示すことで合理化しようと思えばできるだろう」とガルシアは述べる。「だが実際は、私はただ自分を動物の立場においているに過ぎない」[*109]。ガルシアの率直な告白は、距離のイデオロギーにではなく、一時的で創造的な転位によって可能にされる近接性の認識に基づいた客観的観察というパラダイムのほうを指し示している。かつてシェリーが書いたように「理性が差異を、そして想像力が物事の類似性を尊重するなら」、あらゆる効果的な観察の態度――詩人にとってだろうと、自然科学者にとってだろうと、あるいは狩人にとってだろうと――は合理的でありまた想像力豊かでなければならない。[110]「本当に狩りで成功を収めるには、人は獲物の癖について非常に多くのことを知る必要がある」とサーペルは書く。「それが巣穴を作りそうな場所、それが占める縄張り、季節ごとの移動、好きな食べ物、水を飲む場所、いつ繁殖をおこなうか、怯えたときにどう行動するか、警戒させずに近づくにはどうするのが一番いいか」。言い換えれば、猟師にとっての知識は、自然科学者にとってと同じく、生のデータ以上のものから成り立っている。真の知識は物語のみが含みうるような想像力の働きを含意している。「ある意味で、人は動物の中に入り込み、その視点から世界を見る必要がある。それに感情移入する必要がある[111]」。

注目すべきことに、賢治の物語が注意深い読者に最終的に明らかにするのは、新しい科学理論と関連したモダニスト風の客観性と、狩りの実際的・倫理的な明晰さとの思いもよらない繋がりである。オルド・リオポルドと宮澤賢治がどちらも、もっとも強力な倫理的・認識論的主張をおこなう機会を狩りに見出したのは偶然ではない。狩人小十郎は自分の熊を、変異に関するダーウィンの初期の覚え書きを意識したような率直さで見る。もっとも抽象的な意味で小十郎が熊の「会話」の中に見たり聞いたりするものは血縁関係——同一性ではなく、同族性——の証拠なのだ。熊はその捕獲者によって、ダーウィンの言葉を借りれば、「苦痛を、病を、死を、苦悩をそして飢餓を共にする仲間」だと見られているのだが、それだけでなく、驚きを共にする友人、知覚の指導者だとも見られている。「熊は私たちと同じ塵《ちり》から出来ている」とジヨン・ミュアは書いたが、彼は山歩きの中でしばしば熊に出会い、「そして同じ風を呼吸し、同じ水を飲んだ。熊の日々は同じ太陽に温められ、住処は同じ青い空という天井で覆われている」[*112]。そうではあっても、こうした共通性にもかかわらず、熊は熊にしか知りえない方法で土地を知っているということも同じように確かである。「いゝえ、おっかさんはあざみの芽を見に昨日あすこを通ったばかりです」。熊は遠くの斜面の方を、熊だけが凝視できるように凝視し、小十郎がそのまねをするとき、彼に知覚できる世界はいっとき拡大する。「月の光が青じろく山の斜面を滑ってゐた。そこが丁度銀の鎧のやうに光ってゐるのだった」。誰でも霧に覆われた町の公園で犬を散歩させたり、日当たりのいい部屋で猫と一緒に過ごしたことのある人だったら、小十郎がこの場面で経験しているように思える種を超えた共通感覚を理解するだろう。動物は世界の詩にわれわれの眼を開くことができる。しかしそれが動物についてわれわれに教えてくれることは、それが人間の動物に対する、そして人間以外の全世界に対する関係についで教えてくれることほど重要ではない。ある意味で、この関係性の物語を語ろうとして宮澤賢治は生涯の多くを費やしたのである。

小十郎にとって、月に照らされた世界を熊が評価することは自分自身のおこなう評価をも高めることになる。「くろもぢの木の匂が月のあかりといっしょにすうっとさした」[*113]。しかしここで、賢治の創作や詩の多くと同じで、動物と人との――そしてもっと一般的に野生と人間の手が入ったものとの——関係には矛盾がしみ込んでいる。彼が突然に優しさを感じたのは、単に思いがけなくも野生の熊の日常生活の一瞬間を目撃するからではなく、彼がこの出会いを、熊を殺すことを要求する市場の代理人として自覚しながら経験するからである。「小十郎はなぜかもう胸がいっぱいに」なるのだ。この文は単なるセンチメンタリズムをはるかに越えたものを伝えている。狩人の愛情は洞察力の曇りではなく明快さを示唆している。古風な技術と感受性に根ざしているとはいえ、この場面における小十郎の客観性は全面的に近代的な美徳として姿を現わす。彼はじぶんが野生と市場とのあいだで維持するようになった搾取の歴史的関係に目を留める勇気を持っている。

そうだとすれば、重要な形で、ハギワラ・タカオが宮澤賢治の童話の中心にある「純真さinnocence」と述べたものはより有効にこの客観性についての拡張された説明の下に分類できるだろう。[*114] 純真さが知識の反対——ブレイクがいう、経験の逆——を意味するなら、賢治の登場人物はこの概念の反対にもとづいて行動するように思える。ジョバンニが死んだ鷺の目に触り、鳥が死によって食べ物に変えられることを優しく認識するのを考えてみよ。同じように、小十郎の凝視に体現された「純真さ」は、この場面では知識に対する障壁としてではなく知識の条件として機能している。すなわち、自分が狩る熊に対する小十郎の共感は、それらの理想化を防ぐことを保障する。読者はここで、リオポルド流の意味で客観性の遠大な倫理に直面させられていて、そのことがこの描写の感情的な重みを説明する。「客観性は他者が必要とするものに対する無私の率直さを意味しうる……愛のすぐ近くにある」率直さを、とイーグルトンは書いている。[*115]

物語の終わり近くで、小十郎が銃口の先にさらにもう一頭の熊と直面するとき、彼の商売の歴史的な「罪」が再び噴出し、彼が熊を殺すことを今回は妨げる。まさに発砲しようとしたときに、彼の獲物が話すのだ――今回は、直接小十郎に。「おまへは何がほしくておれを殺すんだ」。小十郎は答えを迫られる。「あゝ、おれはお前の毛皮と、胆のほかにはなんにもいらない。それも町へ持って行ってひどく高く売れると云ふのではないしほんたうに気の毒だけれどもやっぱり仕方ない」。このたどたどしい正当化は自信喪失の決定的瞬間を引き起こす。「けれどもお前に今ごろそんなことを云はれるともうおれなどは何か栗かしだのみでも食ってゐてそれで死ぬならおれも死んでもいゝやうな気がするよ」[*116]。二年たったら死んでもいいと熊が申し出たとき、小十郎は答えないが、熊が森の中に引き返してゆくのをただ見守っているのに気づく。腹を減らした一家の稼ぎ手にとっては大きな犠牲である。だから二年後、約束どおり熊が戻ってきて、彼の前に捧げ物として現われると、狩人は敬虔に応える。「小十郎は思はず拝むやうにした」[*117]。

この物語全体を通じて、秘跡的経済の礼儀作法はその資本主義的対応物の要求と戦っている。

狩人に対する熊の質問は資本主義的交換という取るに足りない想像力を、命そのものの途方もない大きさと明らかに対置する。小十郎は熊を殺さなければならないとすれば——その死体の交換価値を越えて、その実際的な効用すらも超えて——熊の命の値打ちがどれほどなのかを知らなければならない、とこの挿話は示唆しているように思える。物語は最終的にこの値打ちという疑問をめぐって最高潮に達する。自分が死んで何が得られるのか知りたいという熊の要求の背後に、今日の読者はもっと大きな疑問が反響しているのを聞くことだろう。一つの種全体が消えうせるとき何が失われるのかという疑問である。この疑問はあまりにも基本的であるから、さらなる質問の雨が浴びせられることになる。誰から失われるのか？　人間文明からなのか？　森林からなのか？　熊そのものからなのか？　目標重視という資本主義の精神は深く塹壕で取り囲まれているので、今日の環境保護論者は一般的に維持・保護の主張をするために功利主義者の論理に依存し、たとえば生態系の円滑な機能や人間の食料供給が健全に遂行されることを強調する。こうした議論が重要でないわけでは決してないが、賢治の物語は読者に、人間—野生生物の関係には、機能の論理と結びついてはいてもそれには還元できないもっと別の側面があることを思い出させる。美と愛情の経験である。熊は小十郎が好きで、小十郎も熊が好きだ。結局、この相互の愛情を描こうとする賢治の詩的努力が、彼のもっとも逆転的な策略として姿を現わす。

小十郎が物語の一番おしまいの挿話で、最後の熊と直面し、一見すると銃弾をも通さないかのように思える熊に勇敢に立ち向かうとき、攻撃され死にかけながら最後に聞くのは熊そのもののの声である。

「お丶小十郎おまへを殺すつもりはなかった。」もうおれは死んだと小十郎は思った。そしてちらちらちらちら青い星のやうな光がそこらいちめんに見えた。

「これが死んだしるしだ。死ぬとき見る火だ。熊ども、ゆるせよ。」と小十郎は思った。

それからあとの小十郎の心持はもう私にはわからない。[*118]

すぐこれに続いてこの物語を締めくくるイメージ——種と種のあいだの敬意の最終的な描写——が、賢治の全作品中でももっとも不思議な一節となっている。

とにかくそれから三日目の晩だった。まるで氷の玉のやうな月がそらにかかってゐた。雪は青白く明るく水は燐光をあげた。すばるや参《［しん］》の星が緑や橙にちらちらして呼吸をするやうに見えた。

その栗の木と白い雪の峯々にかこまれた山の上の平らに黒い大きなものがたくさん環に

なって集って各々黒い影を置き回々《フイフイ》教徒の祈るときのやうにぢっと雪にひれふしたまゝいつまでもいつまでも動かなかった。そしてその雪と月のあかりで見るといちばん高いところに小十郎の死骸が半分座ったやうになって置かれてゐた。

思ひなしかその死んで凍えてしまった小十郎の顔はまるで生きてるときのやうに冴え冴えして何か笑ってゐるやうにさへ見えたのだ。ほんたうにそれらの大きな黒いものは参の星が天のまん中に来てももっと西へ傾いてもぢっと化石したやうにうごかなかった。*119

この哀悼の――敬意を払う――場面は礼拝のイメージへとたやすく滲《にじ》んでゆく。確かに感じとれるどのような政治的信念とも同じで、自然の権威を認めるよう求める作者の嘆願は、それ自体が持つ宗教性という形而上学に用心しなければならない。それと同時に、この「宗教的」衝動こそが作者に、目標中心で具体的な政治の純粋に機械論的な境界を越える生態学的なビジョンを概念化することを許したのだ。賢治の作品が、われわれが物質的なものと精神的なものとの相互依存的関係――機能と愛情との弁証法的繋がり――を見るのを助けてくれるとすれば、まさにこの結合を通じて彼の作品は社会変化の可能性を表現している。「重要なのは、われわれが何者であるかであり、そして世界との、また他者とのわれわれの関係、存在するすべてのものに対する愛とその変形にむけた欲求への愛の両方の関係となりうる関係、をいかにして深めるかということだ」とイタロ・カルビーノはかつて述べた。[*120] 言い換えれば、カルビーノにとって「存在するすべてのものに対する愛」は、物事のありようの単なる正当化や称讃になることは決してなく、その代わりに有意義な変化の基本条件をなすのだ。この視点から見れば、「なめとこ山の熊」は、人間と熊の愛情描写を伴って何か本質的なものを達成する。そうしなければ人間の野生との関係を定めてしまう市場の力への、深い抵抗の創造的な始まりである。広い意味で、狩人の獲物に対する共感と自分に戻ってくる敬意とがこの物語の本質的な「政治的内容」となる。物語の最後の、銀河を背景とし月の光に照らされた、人間の目には見られることのない熊の儀式のおぼろげな描写は、作者によって想像された人間－野生生物の関係が、人間生活との対立がついには破壊とならずに相互理解と敬意の自覚となるなら、熊にとっては、そして山にとっては「どう見えるか」という姿なのだ。それは差異があるにもかかわらず認識された連続性の姿なのである。何か本質的な形でそれはオルド・リオポルドだったら「客観性」と呼ぶだろうものを描き出している。他の者たちだったらそれを愛と呼ぶだろう。

結語

『数学とは何か』（一九四一年）という教科書の中で、リチャード［リヒャルト］・クーラントとハーバート・ロビンズは十九世紀・二十世紀数学の偉大な業績の基礎をなしている「近代的視点」の出現について述べている。彼らはこの研究方法を、直接的かつ物理的に観察可能な現象[*1]に対する、それ自体の真実の主張を規則に従って制限することを中心とした「広くおこなわれている科学的態度」と重ね合わせられると特徴づけた。これを乗り越え、「何か基礎となる実在、「本来的なもの」に」言及することは、科学的知識と洞察を構成しているものの限界に異議を唱えることであると著者たちは説明する。

物理学の最大の業績は、まさしくこの「形而上学の除去という原則に対する勇敢なる固執」として生まれたのだ、とクーラントとロビンズは続けて断言する。十九世紀の、やがてはエーテルという概念を捨て去ることに繋がる光と電子に関する発見だけでなく、アインシュタインの相対性理論、そして「観測手段」と「観測される対象」の相互作用という量子力学上の発見を引いて、クーラントとロビンズは、この研究でも大きな役割を果たした科学におけるリアリズム革命を、直接の観察の力に対する永続的な信頼の中心に置かれた、近代性の頂点に達する業績だと提示する。数学にとっても、科学的手続き一般に劣らず「形而上学的特徴を持った諸要素を捨て去り、観察可能な事実をいつでも概念や解釈の究極的な根源と考えることが重要である」と彼らは論じた。[*2]

一方で、この反形而上学的姿勢に関しては、あるいは、明らかに数学を科学の中に位置づけることを求める努力の中で「直接的観察」を修辞的に引き合いに出すことに関しては、驚くべきことは何もない。しかし相対性理論の宇宙に関する逆説と、肉眼では見えないような量子力学の不確実さを「直接的観察」の拠りどころとして掲げることは何を意味しうるのか？　さらに決定的なことは、著者たちはこの経験主義的性質をあの何よりも抽象的な数学という領域に当てはめることで何を言いたいのか？　実はクーラントとロビンズがこの序論の中で偶然にも読者に示したのは、単に形而上学に対する近代的経験主義の勝利ではなく、「直接的観察」という概念そのものの歴史的変貌だったのである。何世紀にもわたって数学者たちは研究の対象――数、点、線など――を「本来的に実体的なもの」と考えてきたと彼らは言う。十九世紀におけるその概念からの離脱は近代数学のもっとも偉大な発見の一つとなっている。

こうした実在は十分な説明の試みをつねにはねつけてきたので、十九世紀の数学者にこうした対象の実体的なものとしての意味という問題は数学内部ではまったく意味を成さないということがわかるには時間がかかった。これらに関する唯一妥当な言明は実体的現実に言及しない。それらはただ、数学的に「定義されていない対象」とそれらを使った作業を律する規則との相互関係を述べているに過ぎない。点、線、数が「実際には」何であるかということは、数学という科学では議論できないしする必要がない。問題となること、そして「証明できる」事実に対応するものは、二つの点が線を決定し、数はある規則にしたがって結びつけられ別の数を作るというような、構造と関係である。[*3]

ここで、著者たちにとって「証明できる事実」に等しいものとして、定義されていない対象間の相互関係を取り上げることは、結局のところ経験主義のもう一つの現われなどはるかに越えたものになる、ということを理解するのは重要である。「われわれの哲学的立場がいかなるものであろうと、科学的観察のすべての目的にとって、ある対象は、知覚する主体ないしは手段に対する可能な関係の全体性に流れ込む」と彼らは書く。この控えめな陳述の中だけで、観察という意味そのものの画期的な移行が具体的に表現されている。経験的に証明可能なものの実証主義的なイメージと、心理学者ジャン・ピアジェが「論理数学的知識」と呼んだものとの区別は捨て去られているように思える。この区別を保存することが必要だと考えたピアジェにとって、数学的関係性は知られうるが「観察」はされない。子供は対象を数の上で知るかもしれないが、数の知識は観察の領域の外に留まったままだと彼は論じる。子供に二個のチップを示せば、「その二個のチップは観察可能だが「二つということ」は観察できない」[*4]とコンスタンス・カミイはピアジェの考え方を要約して説明する。しかしながら、言葉遣いは違っていても、ピアジェもクーラントもロビンズもみんな一点において意見は同じである。知りえ、証明しうるものは——たとえ器官では知覚できなくとも——決して自らを世界の「実体的なもの」に限定するのではなく、必然的にそれら同士の関係にまで広がるのだ。

まさしくこの現代的洞察が日本文学におけるモダニズム期の詩や創作を貫いている。谷崎によるナオミの図解的な描写——彼女はある観察上の「結果」となり、それ自体はより大きな社会的世界によって定義される——から、横光利一による帝国という宇宙の相対的展望に至るまで、相関的リアリズムの精神は大正後期から昭和初期のもっとも創造的な作品群を引き出したのだ。私はこの美学の「数学的」側面が、宮澤賢治の詩と創作の中にその最大の表現を見出し、そこではダーウィン流の相互依存という概念を倫理的支えとして吸収していることを証明しようとしてきた

宮澤賢治の作品は、時には隠されているとしても、美的モダニズムのこのもっとも本質的な

教訓を繰り返し繰り返し明らかにしているように思える。つまり、形而上学の科学的・唯物論的拒絶は想像力の終わりをではなく想像力の若返りを意味しているということである。日本の文学上のモダニズムにとって、数学者クーラントとロビンズにとってと同様、相互関連は形而上的虚構としてでも、感傷的な夢としてでもなく、存在の事実として理解されなければならない。われわれの世紀に、気象のパターンが変わるときに、動植物が消滅したり繁栄したりするときに、問題を含みながら、新しい活力を持って、日本のモダニズム期の核心にあるこのリアリストのビジョンは、新たにされた権威をもって語っているように思える。相互連結という事実――われわれが身体だけでなく心で「見る」もの――は今日、世界が現実であるということの最初で最後の証拠として姿を現わす。つまり最終的に唯一の重要なこととして。

注（☆は訳注を示す）

序論　リアリズム、モダニズム、そして宮澤賢治の物語

エピグラフ——Marx, *The Marx-Engels Reader*, 116. 強調は原本。カール・マルクス『経済学・哲学草稿』、岩波文庫、二〇八頁。

*1——Albert Einstein, *Autobiographical Notes*. Edited and translated by P. A. Schlipp. LaSall, IL: Open Court Publishing, 1979 (p. 8).

*2——Golley, *When Our Eyes No Longer See: Realism, Science, and Ecology in Japanese Literary Modernism*. Cambridge, MA: Harvard University Asia Center, 2008 の第1章、第二章を見よ。

*3——たとえばセイジ・リピットは日本のモダニズムに関する序説的概観の中で、「「非現実」の、動揺させられるような経験」と「断片化と矮小化に特徴づけられた空間」をこの審美的運動の中心として強調している。Seiji M. Lippit, *Topographies of Japanese Modernism*. New York: Columbia University Press, 2002 (pp. 3, 32) を見よ。

*4——Friedrich Engels, *Dialectics of Nature*, Translated by Clemens Dutt. New York: International Publishers, 1940 (p. 20).

*5——Marshall Berman, *All That Is Solid Melts Into Air: The Experience of Modernity*. New York. Penguin Books, 1988 (pp. 15, 23).

*6——Berman, 21.

*7——Friedrich Nietzsche, *On the Genealogy of Moral and Ecce Homo*. Translated by Walter Kaufmann and R. J. Hollingdale. New York: Vintage, 1989 (p. 45).

*8——Ibid.

*9——Karl Marx, *The Marx-Engels Reader: Second Edition*. Edited by Robert C Tucker. New York: W. W. Norton, 1978 (116). 強調は原文。

*10——Ibid., note 8を見よ。

☆1——energy field＝エネルギー場とは、英語でも日本語でも、普通は特定の生物によって発せられる精神的エネルギーとか、オーラ、気といったものを指す擬似的科学用語だが、本書では、エネルギーが作用する場という意味で使われている。なお、本書九三頁を見よ。

*11——坂田昌一「私の古典——エンゲルスの『自然弁証法』」(『科学』一九七一年三月号)。

*12——Karl Marx, *The Marx-Engels Reader*, 89.

*13——Joseph A. Murphy, *Metaphorical Circuit: Negotiations between Literature and Science in 20th Century Japan*. Ithaca, NY: East Asia Program, Cornell University, 2004 (p. 14).

*14——Eric Katz, Andrew Light, and David Rothenberg, eds., *Beneath the Surface: Critical Essays in the Philosophy of Deep Ecology*. Cambridge, MA: The Mit Press, 2000 (p. Xi).

*15——マルクスの「代謝関係」という概念については、John Bellamy Foster, *Marx's Ecology:*

Materialism and Nature. New York: Monthly Review Press, 2000 (pp. 141-177).
＊16――Ibid., I.
＊17――Ibid., II
＊18――Lee Smolin, *Three Roads to Quantum Gravity*. New York: Basic Books, 2001 (pp. 19-20).
＊19――Stephen Spender, *World Within World: The Autobiography of Stephen Spender*. New York: The Modern Library, 2001 (107).

I　近くのものと遠くのもの――宮澤賢治の物語における地理と倫理

エピグラフ1――「インドラの網」『校本宮澤賢治全集』八巻、二七六頁。
エピグラフ2――Marx, *The Marx-Engels Reader*, 85.　マルクス『経済学・哲学草稿』、岩波文庫、一三三頁。
＊1――一九九六年の賢治ブームは生誕百年をきっかけに起こり、花巻とその近郊の賢治関連の博物館、土産物屋、公園などを新たに活気づけるのに拍車をかけた。一九九〇年代半ばにはまた、賢治作品のアニメ映画、文庫版作品集、絵本などが改めて多くの人々の興味を引いた。
＊2――筑摩書房の一九七四年の全集を改訂した『新校本　宮澤賢治全集』（一九九五年）に加え、筑摩書房はまた、文庫版『全集』を一九八六年に刊行している。賢治による詩、物語、芝居の選集が六冊、新潮文庫で刊行されており、角川書店からも十冊刊行されている。
☆1――Gregory Golley, *When Our Eyes No Longer See*, Part I を参照せよ。

☆2——William Blake (1757–1827)、イギリスの幻想的詩人・版画家。

＊3——Fromm, 6. フロムはのちに次のように書いている。「賢治は法華経を盲目的に信仰してはいなかった。彼の詩的な目と科学の訓練を受けた精神は、世界が物理的にそれ自体の統一を確証していると感じ取っていた」。Ibid., 165.

＊4——片山の化学の教科書の内容と、賢治に与えた影響については、斎藤『宮沢賢治とその展開』（国文社、一九七六年）、七七—一一五頁を見よ。

＊5——賢治が生きているあいだ、稗貫郡は岩手県の中心のすぐ南西部を占め、花巻町を含み、そこは行政の中心になっていた。一九二九年に花巻町は隣接する［花巻］川口町を吸収し、最終的に一九五四年に花巻市になり、稗貫郡からは相当に面積が縮小した。原編の「ひえぬき」を見よ。さらに同八七五頁の地図を見よ。肺を患《わずら》っていた賢治は最初はこの調査をおこなうことに乗り気でなかったが、嫌っていた家業に就《つ》くのを遅らせられる好機を見出したのである。この企ては実際、身体的に厳しい経験だと判明するが、関豊太郎教授の指導の下で何とか調査を完了する。発表された結果には補遺としてこの郡の地質学的・地誌学的報告が含まれている。宮澤清六「解説」（『注文の多い料理店』、角川書店、一九九六年）、一八〇頁、原子朗編『宮沢賢治語彙辞典』（東京書籍、一九八九年）、四五六頁を見よ。

＊6——日本の北緯四十度線のバイオリージョンへの賢治の関わりについては、斎藤文一『銀河系と宮沢賢治——落葉広葉樹林帯の思想』（国文社、一九九六年）、三四—三八頁を見よ。

＊7——のちにこの学校は岩手県立花巻農学校になる。今日それは花巻農業高等学校として残っている。宮澤清六「解説」、二二六—二二七頁を見よ。賢治はまた代数、英語、気象学も教えた。堀尾青史

「宮沢賢治年譜」(『文芸読本　宮沢賢治』、河出書房新社、一九七七年)、二八一—八二頁も見よ。

＊8——辻は彼のことを「特異な個性の持ち主」と呼んだ。彼のコメントはもともとは『読売新聞』一九二四年七月二十三日に掲載された。続橋達雄『宮沢賢治研究資料集成』(日本図書センター、一九九〇年)一巻、四頁を見よ。

＊9——同前。

＊10——天沢「解説」(『新編　宮沢賢治詩集』、新潮社、一九九一年)、四〇六頁。

＊11——『校本　宮沢賢治全集』(筑摩書房、一九七三—七七年、以下『校本』)二巻、七頁。

＊12——同前。

＊13——Bhasker, *A Realist Theory of Science*, 21.

＊14——Ibid., 22.

＊15——これらの物語はどちらも『注文の多い料理店』に収められている。『校本』二巻、一九—二七、八七—九八頁を見よ。

＊16——航海ないしは土地測量において、三角法は、未知の地点と二つの既知の点を頂点とする三角形を作ることで未知の地点を突きとめることを意味する。

＊17——井上ひさし『宮沢賢治に聞く』(文藝春秋、一九九五年)。

＊18——宮城一男『宮沢賢治の生涯——石と土への夢』(筑摩書房、一九八〇年)。

＊19——『校本』一二巻上、九、一一頁。

＊20——賢治が生涯痛切にまた罪の意識をもって意識していた宮澤一族の特権的地位は、花巻の農耕社会における最貧層の経済的不幸によって築かれた。賢治が家業を嫌い、しまいに放棄したことは、

生涯にわたって父親との緊張関係の源となった。

*21――『校本』一二巻上、一一頁。

*22――賢治の「農民芸術」という考えと一九二〇年代、三〇年代に盛んにおこなわれたさまざまな農業ナショナリズム運動の違いについては、押野武志「農民芸術」(『宮沢賢治ハンドブック』、新書館、一九九六年)、一四九―五〇頁を見よ。

*23――『校本』一二巻上、九頁。

*24――斎藤『銀河系と宮沢賢治』、一八頁。

*25――『校本』一二巻上、一五頁。ヘルマン・ミンコフスキーは、アインシュタインの理論を四次元空間で表わす幾何学的定式化の基礎としてアンリ・ポアンカレの数学的フォルマリズムを利用した。「彼は光の速度が三つの空間的次元を時間に結びつけると理解していた」とアーサー・I・ミラーは書いている。Miller, 221-22 を見よ。

*26――賢治にとってのスタインメッツの本の重要性については、斎藤文一『宮沢賢治とその展開』、九九―一一五頁を見よ。また小倉豊文「賢治の読んだ本」(『日本文学研究資料新集 二六』、有精堂出版、一九九〇年)、二〇二頁を見よ。

*27――Smolin, 19-20.

*28――『校本』一二巻上、九頁。

*29――同前、一五頁。

*30――「随喜功徳品第十八」。

*31――私は「環境倫理」をロドリック・フレイザー・ナッシュによって広く定義されているように理解

している。すなわち、「道徳は人間の自然に対する関係を含むべきであるという考え」である。Nash, 4を見よ。

＊32——Dreyfus, 26.

＊33——Stein, 19. Cited by Miller, 8.

＊34——Miller, 111.「芸術が高度に抽象的位相に向かっているあいだに、物理学は一九一五年のアインシュタインの一般相対性理論における空間と時間の幾何学化以後、それと類似した動きを経験し、それから一九二〇年代に量子論の発展にともなってさらに劇的な動きがあった。だが、純粋な抽象はピカソが決してわたらなかったルビコン川であり、アインシュタインは量子論の高度な抽象とは決して同じ考えではなかった。それぞれの人が究極的には自分自身が起こした革命が含意するものとは接触を失ったのである」。Miller, 6.

☆3——第四次稿。

＊35——『校本』一〇巻、一二三頁。

＊36——賢治は死の床にあってもこの物語を改訂しつづけた。宮澤清六「解説」、一八六頁を見よ。草稿における もっとも大きな変化は第一稿と第三稿のあいだに起こり、このとき賢治は授業の場面を含む最初の三章をつけ加えた。この草稿の変化について詳しくは入沢と天沢『討議『銀河鉄道の夜』とは何か』(青土社、一九七九年)を見よ。

＊37——『校本』一〇巻、一二三頁。

＊38——同前、一二四頁。

＊39——Jameson, "Cognitive Mapping," 347.

*40――"The Production of the World," in Berger, *A John Berger, Selected Essays*, 461. 強調は原文。

*41――Jameson, "Cognitive Mapping," 348.

*42――私はこれらの用語を Jameson, "Cognitive Mapping," 347 から借用した。

☆4――時代は少し違うが天文学者カッシーニ、リッチョーリ、スキアパレッリ、デ・ドンディ、ドナティ、アミーチ、オディエルナ、プラーナはいずれもジョバンニである。

*43――大正時代（一九一二―二六）の終わりには、『科学知識』とか『科学画報』とかいった雑誌は天文学の最新の発展について絵入りの記事を載せていた。池野、三八―三九頁を見よ。

*44――『校本』一〇巻、一二四頁。

*45――"The Storyteller," in Benjamin, *Illuminations*, 84-88［『ベンヤミン著作集7　文学の危機』、晶文社、一八〇―一八六頁］。

*46――『校本』一〇巻、一二四頁。

*47――大沢正善「ジョバンニとカムパネルラ」（『宮沢賢治ハンドブック』）、一〇四頁。小野隆祥によれば賢治はおそらくカムパネルラとそのユートピア的著作『太陽の都』について大西肇の『西洋哲学史』（一九〇三―〇四年）で読んでいた。原編、一六一頁を見よ。

*48――『校本』一〇巻、一二三―一二四頁。

*49――*Novum Organum*. Cited in Hacking, 169.

*50――情報が「第一に要求するものは、「それだけで理解できる」よう見えるということである」とベンヤミンは書いた。Benjamin, *Illuminations*, 89［『ベンヤミン著作集7　文学の危機』、一八八頁］。

*51――Galison, "Judgment against Objectivity," 332.

＊52――この当時普及していた星図のひとつである『星』は折込みになった星図を集めた本で一戸直蔵が編纂し、一戸はまた『最近の宇宙観』（S. A. Arrhenius, *The Life of the Universe: As Conceived by Man from the Earliest Age to Present Time*, 1909 の翻訳）を一九二〇年に出版している。掛けて使う星図『新撰恒星図』もまた一九一〇年から手に入った。賢治の情報源として知られている二冊の宇宙に関する本は、吉田源治郎『肉眼に見える星の研究』（一九二二年）と『科学大系』（一九二二年、A. Thompson の *Scientific Compendium* の翻訳）である。池野、三八頁を見よ。

＊53――Galison, "Judgment against Objectivity," 329.

＊54――『校本』一〇巻、一二四―一二五頁。

＊55――原編、二三〇頁。

＊56――『校本』一〇巻、一二五頁。

＊57――大塚常樹による『銀河鉄道の夜』（角川書店、一九九六年）の注を見よ。二三五頁。

＊58――大塚常樹『宮沢賢治　心象の宇宙論』（潮文社、一九九三年）、一二〇頁。

＊59――斎藤文一『銀河系と宮沢賢治』、一九頁。

＊60――たとえばトムソンの本も銀河の形を「レンズ」にたとえており太陽を「略中心点」に置いている。大塚、一二三―一二四頁に引用。

＊61――見田宗介『宮沢賢治　存在の祭りの中へ』（岩波書店、一九八四年）、五、一一―一二頁。

＊62――ジャン・メッツァンジェは 'Note sur la peinture'（1910）に、「［ピカソは］自由で可動的な視点を展開し、かの独創的数学者モーリス・プランセはそれから新しい幾何学の全体を引き出した」と書いている。Miller, 167 に引用。

＊63――Miller, 208.
☆5――Golley, *When Our Eyes No Longer See*, Part I.
＊64――金子務『アインシュタインショック2　日本の文化と思想への衝撃』（河出書房新社、一九九一年）、一五八頁。
＊65――金子務「アインシュタイン」（『宮沢賢治ハンドブック』）、一二頁。
＊66――Dingle, 537.
＊67――Guillory, 486.
＊68――一八八七年の実験結果は、光の速度はニュートン的世界で予測されていたようには変わらないことを示唆していた。光は観察者との相対的関連において光源からの初速が増したりも減じたりもせず、一定のままである。マイケルソン‐モーリーの実験の概要とそれが提出した問題に対するアインシュタインの解決策については、Feynman, *Six Not-So-Easy Pieces*, 54-58を見よ。
＊69――Latour, "A Relativistic Account of Einstein's Relativity," 24.
＊70――Ibid., 3-4.
＊71――Ibid., 5. 強調は原文。
＊72――Ibid.
＊73――Ibid., 9.
＊74――Ibid., 23-34.
＊75――Ibid., 23.
＊76――Ibid., 35

*77――ラトゥールは、このポストモダン的位置は、絶対的確かさの喪失に対する不安を喜ぶべき理由に変える「器用な手品」だと説明した。「然り、われわれは世界を失った。然り、われわれは永久に言語の囚われ人である。否、われわれは決して確かさを回復しないであろう。否、われわれは決して偏見を克服することはないだろう。然り、われわれは永久にわれわれ自身の利己的な観点にはまり込んだままだろう。ブラボー！ アンコール！」。Latour, *Pandora's Hope*, 8を見よ。

*78――Ibid., 4.

*79――金子務『アインシュタインショック2』、一五八頁。

*80――Apollinaire, 62.

*81――Bhaskar, "General Introduction." Cited in Miller, 164. 強調は原文。

*82――Foster, 6-7.

*83――Ibid., 77.

*84――金子務「アインシュタイン」、一一一一一三頁。さらに金子務『アインシュタインショック2』一五四―七〇頁の、賢治と四次元についての議論を見よ。

*85――見田、二二一―二二三頁。

*86――金子務『アインシュタインショック2』、一五五頁。

*87――『校本』二巻、八頁。

*88――『校本』一二巻上、一五頁。

*89――たとえば見田宗介は、賢治の「四次元的知覚」という概念と妹の死、つまり著者の「永遠」とのもっとも苦しい遭遇とのあいだにある本質的関連を引き出している。喪失のトラウマ、終わって

しまう存在の神秘は、逆転不可能ですべてを取り囲む流れという時の進歩的概念を逆転させる、アインシュタインの反直感的な「不可視」の次元に潜在的な解答を見出すと見田は示唆する。「ミンコフスキー空間では時間も空間のひとつの次元なのであるから、過去に存在したものも未来に存在するはずのものも、この四次元世界の内部に存在しているものである」（強調原著）と見田は、（見当違いだとしても）一般的理解だったろうものを概説して書いている。見田、二四―二五頁。この解釈によれば、現世の無常なものは決して本当に死ぬことはなく、賢治が別の場所で「すきとほつて巨大な過去」と呼んだものに加わるに過ぎない。「風の偏倚」『校本』二巻、一九七頁を見よ。斎藤文一は「青森挽歌」（一九二三年）、「噴火湾（ノクターン）」（一九二三年）など、その中で死そのものが時を表わす言葉ではなく「ちがつた空間」というような言葉で表現されている詩を引いて同じような議論をおこなっている。斎藤『銀河系と宮沢賢治』、四二頁を見よ。

＊90――斎藤『銀河系と宮沢賢治』、五五―六二頁。

＊91――Kato, Tamura, Miyasaka, trans., 249–56.

＊92――大塚、一三四頁。

＊93――斎藤『銀河系と宮沢賢治』、一三二頁。

＊94――この傾向の賢治批評とそれに特徴的なテキスト分析の放棄を理解するためには、柄谷他の座談会を見よ、『批評空間Ⅱ』一四号（一九九七年）、六―四一頁。

＊95――小森陽一『構造としての語り』（新曜社、一九八八年）、四頁。

＊96――"The Work of Art in the Age of Its Technological Reproduction," in Benjamin, *Walter Benjamin:*

Selected Writings, 105［『ベンヤミン著作集2　複製技術時代の芸術』、晶文社、一六頁］。強調は原文。

＊97——バルター・ベンヤミンは儀式や芸術の対象物を取り囲む神秘的感覚を説明するのに「アウラ」という語を使った。ベンヤミンにとってアウラは、写真のような機械的複製技術によって壊されてしまうものだった。この概念のもっと詳しい説明と議論についてはJeremy Hawthorn, *A Glossary of Contemporary Literary Theory*, 4th ed. (London: Oxford University Press, 2000), s.v. "aura"を見よ。

＊98——小森『構造としての語り』、四頁。

＊99——『校本』一〇巻、一三〇—三一頁。

＊100——賢治の物理学と天文学の研究に関する詳細については、大塚、一二〇—三五頁を見よ。

＊101——賢治自身が使っていた星座早見の写真については、池野正樹「賢治の見た星」（『図説　宮沢賢治』、河出書房新社、一九九六年）、三六頁を見よ。

＊102——この地図の写真については、同前、三九頁を見よ。

＊103——『校本』一〇巻、一三一—三二頁。

＊104——斎藤『銀河系と宮沢賢治』、五二頁。

＊105——Gregory Golley, *When Our Eyes No Longer See*, Chap.1を参照。

＊106——Steinmetz, 69-70.

＊107——Ibid., 70.

＊108——Ibid., 78.

＊109——Ibid., 79.

☆6——遠近法に従った絵画において、描かれる風景はつねに画家の視点に相関的であるが、それと同様に世界はつねに特定の視点から特定の見方によってしか見られえないものであり、いかなる視点にも限定されない絶対的な世界認識などありえないという考え方（『平凡社世界大百科事典』第二版）。

＊110——Haraway, 184-85.

＊111——Ibid., 200.

＊112——地域によってまた地蔵車、念仏車、菩提車、血縁車とも呼ばれる柱には鉄の輪がついていて祈りを捧げるあいだ回される。原編、四八三頁を見よ。

＊113——Grapard,197-98. この宇宙の中心という概念に関して、ミルチャ・エリアーデは次のように書いている。「すべての小宇宙、すべての人が住む地域には「中心」と呼ばれるだろうものがある。つまりとりわけ神聖な場所である」。その上、エリアーデは続けてこう説明する。アジアの文明はすべて「無限の中心」を認めていて「こうした「中心」のそれぞれは「世界の中心」と考えられ文字どおりそう呼ばれていた」。奇妙なことにこの「「地球の中心」の複数性は……何の困難も提起しなかった」。ここでアインシュタインの宇宙との結びつきを主張するのは容易だろうが、誤解を招くだろう。古代の宗教的習慣はエリアーデが「世俗的で均一な幾何的空間」と呼ぶものを「神聖な空間」で置き換えるのに対し、アインシュタインの理論はユークリッド的世界観を存在論的に異なった神聖な空間ででではなく、単にもっと正確な四次元の幾何体系と置き換えたのだ。Eliade, 39を見よ。

*114――『校本』一〇巻、一三四頁。
*115――同前、一三五頁。
*116――同前、一二四―二五頁。
*117――エーテルは物理学者が、その存在がなければ想像できない、「何もない」真空を通して電磁エネルギーが伝達されることを説明するために、すべての空間を満たしている媒体として提案した漠然とした物質となった。
*118――『校本』第三巻、一五頁。
*119――たとえば『般若心経』は「この世のすべての現象は無であり、無がこの世のすべての現象である(色即是空空即是色)」と主張する。賢治の詩「五輪峠」はこの詩集の中のほとんどの詩と同じく直接仏教哲学に言及している。五輪そのものはここでは、仏教の伝統で万物を構成する五つの要素――土、水、火、風、空――を表わす「五つの輪」を指している。
*120――『校本』一〇巻、一三六頁。
*121――同前、一三六―三七頁。
*122――同前、一四〇―四一頁。
*123――Cited in Miller, 130.
*124――ブラックのキュビスムと科学における同時代の諸理論とのあいだの関係性の厳密な性格を決定する困難さに留意しながらアーサー・I・ミラーは次のように書いている。「しかしながらブラックによる「触知できる空間」の利用法はポアンカレのそれに非常に近いので、彼はおもに *La Science et l'hypohese*(科学と仮説)に関するプランセの言説に影響を受けていることについては

賭けてもいいと思う」。Ibid., 131.

＊125――私はこの言い回しを、バージャーのルネサンス芸術に関する論文 "The Clarity of the Renaissance," in Berger, *A John Berger, Selected Essays*, 43 からとっている。

☆7――ベレンソン。〈触覚的価値〉の概念は、平面的装飾的絵画より量感をリアルに描いた絵画を暗黙のうちに上位におくという、一種の偏見を一般化したものといえる（『世界大百科事典』、平凡社）。

＊126――"The Moment of Cubism," in Berger, *The Sense of Sight*, 176. 強調は原文。

＊127――Ibid., 178.

＊128――Smolin, 18.

＊129――『校本』一〇巻、一三八頁。

＊130――大塚、二〇頁。

＊131――同前、二五頁。

＊132――同前、二九頁。

＊133――同前、二四〇頁。

＊134――同前に引用、二九―三〇頁。

＊135――これらは賢治の愛読書の一つである片山正夫の化学の教科書『化学本論』の章の題名である。

＊136――電子論は十九世紀の後半を通して議論の的だった。Wise, 432-56 を見よ。

＊137――『東北の電信電話史』、吉見俊哉『「声」の資本主義――電話・ラジオ・蓄音機の社会史』（講談社、一九五五年）に引用。

＊138――『東京電灯株式会社五十年史』の図表より。大塚、一九四頁から引用。

*139——大塚、一九三—九四頁。

*140——同前、一九五頁。

*141——同前、一八八頁。賢治は「発電所」、「電線工夫」などの表題の詩を書いた。

*142——Steinmetz, 23.

*143——Ibid., 23-24.

*144——『校本』二巻、六二頁。

*145——Morgan, 500. 賢治とコロイド化学との結びつきに関しては、大塚、二八—四二頁を見よ。

*146——論文の題名は、"On the Movement of Small Particles Suspended in Stationary Liquids Required by the Molecular-Kinetic Theory of Heat." Kaku, 70-71を見よ。

*147——アインシュタインとブラウン運動については、Holton, 192-94を見よ。賢治にとっての片山正夫の化学の教科書の重要性に関する分析は、斎藤『宮沢賢治とその展開』、七七—一一五頁を見よ。

*148——Feynman, *Six Easy Pieces*, 20. 強調は原文。

*149——Ibid., 強調は原文。

*150——大塚、一三五頁。

*151——Bhasker, *The Possibility of Naturalism*, 3; Bhasker, "General Introduction," Cited in Foster, 7.

*152——宮澤清六「解説」。

*153——Foster, 72.

*154——Ibid., viii.

*155——Marx, *Karl Marx: Early Writings*, 328. Cited in Foster, 72.

＊156——『校本』一〇巻、一四二頁。
＊157——寺田寅彦『寺田寅彦全集』（岩波書店、一九九六—九七年）第五巻、七二頁。
＊158——Bhasker, *A Realist Theory of Science*, 26.
＊159——Ibid., 28.
＊160——Gary Snyder, *The Practice of the Wild*, 184［『野性の実践』、東京書籍、二五二頁］。
＊161——マルクスの「代謝関係」という概念の中心性についてはFoster, 141-77を見よ。
＊162——『校本』一〇巻、一四四頁。
＊163——同前、一四四—四五頁。
＊164——ジョバンニとカムパネルラが実際に味わうのはこの場面で調べた鷺ではなく雁である。同前、一四五頁を見よ。
＊165——Gary Snyder, *The Practice of the Wild*, 184［『野性の実践』、二五三頁］。
＊166——『校本』一〇巻、一四七頁。
＊167——同前、一五五頁。
＊168——同前、一五六頁。
＊169——Strong, "Reader's Guide," 110を見よ。
＊170——Ibid., 109.
＊171——『校本』一〇巻、一六〇—六一頁。
＊172——Strong, "Reader's Guide," 110.
＊173——『校本』一〇巻、一六二頁。

＊174――同前、一六三頁。
＊175――『宮沢賢治語彙辞典』、三九五頁。
＊176――『校本』一〇巻、一六八頁。
＊177――同前、一七〇頁。
＊178――Nash, 7.
＊179――ナッシュはこの言葉を Richard Ryder に帰すが、彼が 'Experiments on Animals' (1972) の中でこの言葉を作った。Nash, 5 を見よ。

II　野生と人の手が入ったもの――賢治、ダーウィン、そして自然の権利

エピグラフ1―「政治家」(『新編・宮沢賢治詩集』)、二五九頁。
エピグラフ2―Darwin, *Charles Darwin's Notebooks*, 189.
＊1――一九三五年に英国の生態学者アーサー・ジョージ・タンズリーによって導入された「生態系」のモデルは環境の生物学的・非生物学的側面を分離不可能なものとして扱い、栄養の循環とこの体系におけるエネルギーの流れに特別の強調をおいた。この考えは今日でも生態学を体系づける中心的な原則である。戦間期および戦後早い時期における英米でのその誕生の歴史については Frank Benjamin Golley, *A History of the Ecosystem Concept in Ecology*, 8-34 を見よ。
＊2――Katz, Light, and Rothenberg, eds., xi.

*3——Generelle Morphologie der Organismen (1866) から取られたヘッケルによる「生態学」の定義のこの英訳は、Allee, Emerson, Park, Park, and Schmidt, eds. *Principles of Animal Ecology.* の題扉に現われる。

*4——Bramwell, 41. 西洋における生態学の発展に果たしたヘッケルの役割について詳細は、Bramwell, 39-53 を見よ。

*5——賢治に対するエルンスト・ヘッケルの影響については、小野、二六六—七六頁を見よ。さらに、原編、六二四—二五頁「ヘッケル」も見よ。

*6——『校本』一一巻、五一—九八頁。

*7——生態学の起源という問題は、予想されるように、環境史家たちのあいだで議論の的になっている。たとえば、ドナルド・ウォースターは生態学の起源を、十八世紀の英国の博物学者であるギルバート・ホワイト、スウェーデンの植物学者カール・リンネ、そして十九世紀のアメリカの随筆家H・D・ソローといったさまざまな人物にまでたどる。Worster, 1-111 を見よ。一方、アンナ・ブラムウェルは「真の生態学者は十九世紀の半ばまで現われ得なかった」と論ずる。Bramwell, 22 を見よ。

*8——たとえば *The Wonders of Life* の中で、ヘッケルは生気論という「神秘的」で「二元論的」な教義を批判する。これはその当時、影響力の大きいいくつかの理論生物学の研究を特徴づけていた。生気論は肉体を活性化しそれに命を与える生命力という独立した存在を提唱した。

*9——ヘッケルの考えとナチズムの関係についてはGould, 77-78 を見よ。

*10——Worster, 192.

＊11——自然科学に対する'biocentric'な接近方法の発展に対するダーウィン理論の重要性については Worster, 179-87 を見よ。
＊12——レビンズとルウォンティンによれば、個体差と種分化との繋がりをダーウィンが認識したことは科学に対する彼のもっとも「革命的な」貢献の一つだった。Levins and Lewontin, 31 を見よ。
＊13——トーマスは、一八七七年から一八九〇年の間に「少なくとも三十二冊のスペンサーの翻訳が日本で出版された」と述べている。Thomas, 117 を見よ。
＊14——Shibatani, 336-37.
＊15——エドワード・モースの学生だった石川千代松はモースの講義に基づいて一八八三年に『動物進化論』を出版した。石川はまた一八八九年にドイツの動物学者アウグスト・バイスマンの著作を『万物退化新説』という表題の下に翻訳出版し、一八九一年に自身の『進化新論』を出版した。世界的に認められた生物学者である丘浅次郎は数冊の本を出版し、日本語とヨーロッパの諸言語で百を超える論文を発表した。進化論の献身的な擁護者だった丘は、ダーウィンのモデルを科学的理論として二十世紀初めの一般の日本人に説明するのに大きな役割を果たした。Watanabe, 66-98 を見よ。また Montgomery, 232-35 を見よ。
＊16——『宮沢賢治語彙辞典』「ダーウィン」、四三二―三三頁を見よ。
＊17——丘浅次郎「人類の征服に対する自然の復讐」（『中央公論』一九一二年一月号）、一三―一四頁。
＊18——同前。
＊19——同前、二〇頁。
＊20——Worster, 182.

＊21——Ibid., 156.

＊22——Ibid., 156-57.

＊23——Charles Darwin, *The Origin of Species by Means of Natural Selection, or the Presentation of Favored Race in the Struggle for Life*. New York: Modern Library, 1998. 101. 生態学と仏教とのつながりは多くの学者によって述べられている。たとえば、William R. LaFleur's "Saigyo and the Buddhist Value of Nature" または Francis Cook's "The Jewel Net of Indra" (Callicott and Ames, eds., *Nature in Asian Tradition of Thought: Essays in Environmental Philosophy*. 2004) 183-229 を見よ。

＊24——Kato, Tamura, and Miyasaka, trans., 270.

＊25——Cited in Nash, 42.

＊26——天沢退二郎『注文の多い料理店』注、三〇五頁。

＊27——Darwin, *Charles Darwin's Notebook*, 228-29.

＊28——ダーウィンの理論が生態学という考えを可能にしたという点では、彼の研究は物理学における「エネルギー革命」と深層構造を共有している。生態学とエネルギーの物理学の補足的関係については何人かの学者によって述べられてきた。たとえば J. Baird Callicott は次のように書いている。「興味深いことに、生態学と現代物理学は概念的にお互いを補足しあっており、同じ形而上学的観念に向けて収斂する。このことから……「新生態学」と「新物理学」とはそれぞれお互いに矛盾することのない、またお互いに支えあう、自然の像を、そのもっとも基本的かつ普遍的な、そしてそのもっとも複雑かつ局所的な現われにおいて描き出す」。Callicott, "Metaphysical Implications of Ecology", 51-52 を見よ。新物理学と新生態学との結びつきに関するさらなる議論

については、Callicott, "Intrinsic Value, Quantum Theory, and Environmental Ethics" を見よ。

*29——Darwin, *Charles Darwin's Notebooks*, 228.

*30——Darwin, *The Origin of Species*, 228.

*31——Field, 173.

*32——Darwin, *Charles Darwin's Notebooks*, 228.

*33——Ibid., 112-13.

*34——Ibid., 637.

*35——Levins and Lewontin, 33.

*36——ダーウィンは次のように書いている。「何が重力の本質なのかを誰が説明できるだろうか？ 今日、この吸引力の未知の要素の結果として生じる成り行きに従うことに反対するものは誰も居ない」。Darwin, *The Origin of Species*, 637-38 を見よ。同じように重力の法則を引き合いに出していることについては、ibid., 109, そして Darwin, *Charles Darwin's Notebooks*, 195, 219 を見よ。

*37——Muir, 357-58. Cited in Nash, 42-43.

*38——Bhaskar, *A Realist Theory of Science*, 22.

*39——Nash, 39.

*40——Lapo, 47. しかしながら、宮沢賢治がベルナドスキーの研究に気づいていたというのはほとんどありえない。ベルナドスキーの *Essays on Geochemistry* は一九三三年、賢治が死んだ年まで日本語訳が出なかった。

*41——Tansley, 299. Frank Benjamin Golley, *A History of the Ecosystem Concept in Ecology*, 8 に引用され

ている。三十年後に、ＤＮＡの二重らせん構造の発見者の一人であるフランシス・クリックはこの統合をさらに推し進めることになる。「生物学における現代的な進展の究極的な目的は、実際、物理と化学の観点からすべての生物学を説明することである」と彼は一九六六年の講義に書いている。Crick, 10 を見よ。

＊42——Belshaw, 187.

＊43——「グランド電柱」『校本』二巻、一〇八頁。

＊44——「或る農学生の日記」『新修 宮沢賢治全集』一四巻、一二四—一二五頁を見よ。さらに、Leopold, *A Sand County Almanac and Sketches Here and There*, 292 も見よ。どちらも Colligan-Taylor, 38-39 に引用。

＊45——Snyder, *The Practice of the Wild*, 9-10［『野性の実践』、一八—二二頁］。ゲーリー・スナイダーによる賢治の詩の翻訳については、富山英俊「ゲーリー・スナイダーの宮沢賢治」（『明治学院論叢』八九号、一九九四年三月）、一—三七頁を見よ。

＊46——「狼森と笊森、盗森」『校本』一一巻、一九頁。

＊47——今西錦司「生物の世界」（『今西錦司全集』講談社、一九七四—七五年）第一巻、一八頁。強調は引用者。

＊48——Levins and Lewontin, 141.

＊49——"Is Nature Real?" と題するエッセイの中で、ゲーリー・スナイダーは、「自然をこき下ろし、自然を高く評価しそれでも賢明で進歩的であるという匂いをさせている人々をこき下ろそうとする、高給取りの知識人たちによって述べられる」この極端な地位を怒りをこめて弾劾している。大乗

仏教にまでさかのぼる接近法をとって、スナイダーは読者に、「社会的構築物」だとして自然を理解することは、その独立した現実を否定することではなく、「見て、そのようにして視覚をより厳密にする人を見るために自分自身の視覚を検査する」必要性を認めるに過ぎないと思い出させる。Gary Snyder, "Is Nature Real?" In *The Gary Snyder Reader: Prose, Poetry, and Translation*, 387を見よ。

＊50——Cronon, "Introductions," 25.

＊51——Spencer, xvii.

＊52——Heisenberg, *Physics and Philosophy*. Cited in Berger, *The Success and Failure of Picasso*.

＊53——ケアリー・ウルフはこの姿勢を「種差別 speciesism」と述べる。すなわち、カルチュラル・スタディーズの核心にある根本的な盲目性であり、「人間以外の主体性の問題を、主体性はつねにすでに人間的だということを自明視することで」絶えず抑圧することである。ウルフはさらに続けてこう言う。「われわれのほとんどは、われわれの研究に人間中心主義そのものとの認識論的断絶を求めるちょうどその時に、徹底的に人間中心主義でありつづけているのだ」。Wolfe, 1を見よ。

＊54——Eagleton, *After Theory*, 162.

＊55——Darwin, *The Origin of Species*, 112–13.

＊56——『校本』一一巻、二〇頁。

＊57——小森陽一『最新・宮沢賢治講義』(朝日選書、一九九六年)、三八頁。

＊58——同前、四二頁。

＊59——同前、四三頁。

＊60——同前、五〇頁。
＊61——大杉栄「丘博士の生物学的人生社会観を論ず」（筑波常治編『日本近代思想大系9』）、四一三頁。
＊62——同前、四二八頁。
＊63——同前、四一三頁。
＊64——同前、四一四頁。
＊65——丘浅次郎「進化論講話」（『日本近代思想大系九』）、九、五六、五七、六七、二三二、二三六、二四八頁。
＊66——Gary Snyder, *The Practice of the Wild*, 15-16［『野性の実践』、二八頁］。
＊67——小森『最新』、五〇頁。
＊68——Worster, 157-61.
＊69——Marx and Engels, 5: 31-32. Cited in Foster, 115.
＊70——マルクスとエンゲルスにとってのダーウィン流「生存競争」の重要性と、「人の自然との闘い」ということについての彼らの理解に関しては、Foster, 123-26を見よ。
＊71——Marx, *Grundrisse*, 489. Cited in Foster, 159.
＊72——Eagleton, *After Theory*, 60.
＊73——Ibid., 61,155.「物質的身体はわれわれが、何よりも重要なことに、時と空間の双方において拡張されたわれわれの種のほかのすべてと共有しているものだ」とイーグルトンは書く。この陳述から、この「物質的身体」はまさにわれわれがすべての種と共有しているものであるという発言まではほんのわずかな距離しかない。

＊74——Levins and Lewontin, 51-58.

＊75——Ibid., 55.

＊76——Ibid.

＊77——今西錦司『今西錦司全集』（講談社、一九七四—七五年）第一巻、八七頁。

＊78——丘浅次郎「進化論講話」（『日本近代思想大系九』）、九、三〇頁。Darwin, *The Orisin of Species*, 49.

＊79——Darwin, *The Origin of Species*, 112.

＊80——同前。強調は原文。

＊81——Gary Snyder, *The Practice of the Wild*, 11-12［『野性の実践』、二三頁］。

＊82——Meyer, 20.

＊83——Ibid.

＊84——Ibid.

＊85——Ibid., 24.

＊86——Gary Snyder, *The Practice of the Wild*, 14［『野性の実践』、二六—二七頁］。

＊87——『校本』一一巻、二〇—二一頁。

＊88——Worster, 294-99.

＊89——『校本』一一巻、二一頁。

＊90——『校本』一一巻、二二—二三頁。

＊91——Knight, 195.

＊92——Knight, 3. 北海道オオカミの駆除に関する考察については、Walker, "Meiji Modernization,

"Scientific Agriculture, and the Destruction of Japan's Hokkaido Wolf" および、Walker, *The Lost Wolves of Japan* を見よ。

＊93——Knight, 193.

＊94——Ibid., 12.

＊95——千葉徳爾『オオカミはなぜ消えたか』（新人物往来社、一九九五年）、一八三頁。Cited in Knight, 203.

＊96——Knight, 197.

＊97——野本寛一「心意のなかの動物」（『講座 日本の民俗学4 環境の民俗』、雄山閣、一九九六年）、二二五頁。

＊98——平岩米吉『狼——その生態と歴史』（築地書館、一九九二年）、一二八頁。

＊99——「東北の一地方で、一六四四年から一六七二年の間に二七〇頭以上の馬がオオカミに襲われ殺された」とナイトは報告している。Knight, 199 を見よ。

＊100——Ibid., 200.

＊101——Gary Snyder, *The Practice of the Wild*, 18［『野性の実践』、三一頁］。

＊102——野本寛一『熊野山海民俗考』（人文書院、一九九〇年）、六六頁。Cited in Knight, 206.

＊103——Knight, 219.

＊104——野本寛一「心意のなかの動物」、二二四頁。

＊105——Knight, 3.

＊106——Ibid., 195.

*107——Ibid., 209.
*108——Map 2 in Totman, xxii.
*109——Ibid., 4.
*110——Ibid.
*111——Ibid., 23.
*112——Ibid., 9.
*113——河合雅雄「宮沢賢治の動物の世界——序章」(『講座　文明と環境8　動物と文明』、朝倉書店、一九九五年)、一八頁。さらに三戸幸久「ニホンザルの分布変遷にみる日本人の動物観の変転——東北地方の場合を例に」(『講座　文明と環境8』)、九三—九四頁を見よ。
*114——三戸、九〇頁。
*115——河合、一九頁。
*116——同前。
*117——同前、一七頁。
*118——同前、一六頁。
*119——Knight, 32.
*120——Ibid., 30.
*121——Ibid., 1.
*122——河合、一九頁。
*123——Knight, 1.

＊124――Totman, 2-3.
＊125――『校本』一一巻、九五頁。
＊126――『校本』一三巻、二二六頁。
＊127――「科学は知識人たちの奴隷である」と室伏は書いた。Fromm, 101 に引用および翻訳されている。賢治に対する室伏の影響についての詳細は、Fromm, 99-101 を見よ。
＊128――Ibid., 186.
＊129――『校本』一二巻下、一六八頁。
＊130――『校本』一一巻、二三頁。
＊131――同前、二四頁。
＊132――小森『最新』、六一頁。
＊133――『校本』一一巻、二四―二五頁。
＊134――私はこの言い回しをレビンズとルウォンティンから借用している。
＊135――Foster, 188.
＊136――Montgomery, 233-34.
＊137――Watanabe, 68-69.
＊138――ダーウィンのこの名著は最初、立花銑三郎によって訳され、経済雑誌社から出版された。
＊139――Darwin, *The Origin of Species*, 88.
☆1――正式には法理文三学部綜理。
＊140――Watanabe, 71-75.

*141——『近代日本思想大系九　丘浅次郎集』、七〇頁。加藤弘之の哲学の逆説についての詳細な議論は、Thomas, 84-110を見よ。

*142——Darwin, *The Origin of Species*, 101.

*143——Levins and Lewontin, 83-84.

*144——Darwin, *The Origin of Species*, 189.

*145——Ibid., 233.

*146——Smolin, 72.

*147——Darwin, *The Origin of Species*, 189.

*148——Ibid., 291.

*149——Darwin, *The Origin of Species*, 644.

*150——Ibid., 642.

*151——Darwin, *Charles Darwin's Notebooks*, 228.

*152——Ibid., 233.

*153——Darwin, *The Origin of Species*, 227. レビンズとルウォンティンは「極度に完成された複雑な器官」の存在は「（ダーウィンの）理論にとっての難点であり、その証明ではない」と指摘した。Levins and Lewontin, 83を見よ。

*154——Ibid., 228.

*155——Ibid., 112.

*156——『校本』、一二巻上、一六頁。

*157——Kato, Tamura, and Miyasaka, trans., 251.

*158——大杉、四二六頁を見よ。大杉栄はクロポトキンの『相互扶助論——進化の一要素』の翻訳者だった。

*159——Darwin, *The Origin of Species*, 90.

*160——丘、『近代日本思想史大系九』、六七頁。

*161——Darwin, *The Origin of Species*, 90.

*162——丘、『近代日本思想史大系九』、六八頁。

*163——『校本』一一巻、二五頁。

*164——Knight, 244.

*165——Morris, 120.

*166——『校本』一一巻、二七頁。

*167——同前。

*168——Foreman, *Confessions of an Eco-Warrior*, 65. See also Foreman and Wolke, *The Big Outside*. Both are cited in Cronon, "The Trouble with Wilderness," 84, 169. Cronon, "The Trouble with Wilderness," 84.

*169——Cronon, "The Trouble with Wilderness," 83–84.

*170——Ibid., 85–86.

Ⅲ　苦しいときの仲間——美、客観性、そして熊たちの命

エピグラフ1——Darwin, *Charles Darwin's Notebooks*, 228-29.
エピグラフ2——「所謂自然の美と自然の愛」（丘、『近代日本思想史大系八』）、三一八頁。
エピグラフ3——Berger, *The Shape of a Pocket*, 151.
＊1——Leopold, *A Sand County Almanac*, 129［『野生のうたが聞こえる』、講談社学術文庫、二〇四頁］。
＊2——"Ten New Development in Game Management" in Leopold, *Aldo Leopold's Southeast*, 124. 彼自身の説明によればリオポルドは、土地の倫理に関する自分の考えの基礎を南西部の森林局の在職期間中に発展させた。彼はこの地位を一九二四年七月三日に退いた。
＊3——Leopold, *A Sand County Almanac*, 204［『野生のうたが聞こえる』、三一八頁］。
＊4——Ibid., 130［同前、二〇五頁］。
＊5——Ibid.［同前、二〇六頁］。
＊6——Ibid., 132［同前、二〇七頁］。
＊7——Colligan-Taylor, 35.
＊8——Darwin, *The Origin of Species*, 112. 強調は原著。
＊9——Virilio, 36.
＊10——Lenin, 231.
＊11——Leopold, *A Sand County Almanac*, 215［『野生のうたが聞こえる』、三三六頁］。

＊12——See, Smith, 326–41.
＊13——Callicott, "The Metaphysical Implications of Ecology," 56. See also Worster, 303.
＊14——Frank Benjamin Golley, *A History of the Ecosystem Concept in Ecology*, 56–59.　ガリーはA. E. Fersman (1883–1945)、V. M. Goldschmidt (1888–1947), Alfred Lotka (1880–1949) などといった土壌科学者や地球科学者たちの研究の重要性を概説している。
＊15——Vernadsky, 7.
＊16——Lapo, 47.
＊17——『校本』一二巻上、九頁。
＊18——『校本』一〇巻、一四四頁。
＊19——Vernadsky, 7.
＊20——Frank Benjamin Golley, 48–56.
＊21——Ibid., 59.
＊22——『新編　宮沢賢治詩集』、三九一頁の注93を見よ。
＊23——中村元『仏教語大辞典』（東京書籍、一九八一年）、三七一、三七七頁。
＊24——『校本』三巻、二七六—七七頁。
＊25——同前、一五頁。
＊26——Foster, 10–11.
＊27——Ibid., 11.
＊28——Strong, "The Poetry of Miyazawa Kenji," 261–62.

＊29――斎藤文一『宮沢賢治とその展開』、一〇九頁。
＊30――Worster, 303.
＊31――Callicott, "The Metaphysical Implications of Ecology," 58.
＊32――Odin, 348.
＊33――Leopold, *A Sand County Almanac*, viii［『野生のうたが聞こえる』、五頁］。
＊34――カレン・コリガン‐テイラーは賢治にとっても自然の世界は広範な意味を獲得し、「宗教的洞察と科学的知識の両方の源泉となった」と記している。Colligan-Taylor, 34を見よ。
☆1――シンクレア・ルイスの小説『バビット』（一九二二年）の主人公。「広くおこなわれている中産階級の基準に何も考えずに従う人物」の典型。
＊35――Leopold, *A Sand County Almanac*, 173-74［『野生のうたが聞こえる』、二七二頁］。
＊36――Ibid., 174［同前］。
＊37――Ibid., viii［同前、五頁］。
＊38――『校本』三巻、二七六頁。
＊39――この論文は、元は『時代思潮』（一九〇五年）に発表された。丘、『近代日本思想大系九』、四五八頁。
＊40――同前、三一六頁。
＊41――同前。
＊42――同前。
＊43――同前、三一七頁。

＊44——同前、三一八、三二二頁。

＊45——同前、三一七頁。

＊46——同前、三一六頁。

＊47——同前、三二二頁。

＊48——同前、三二一頁。

＊49——Darwin, *The Origin of Species*, 251-52.

＊50——ダーウィンは「そのもっとも単純な形態の美」を「ある特定の色彩、形状、音響からの特有の快楽の受容」だと説明した。同前。

＊51——しかしながら、この根本的な相違にもかかわらずサリバンは、後にはありふれたモダニストの格言となるものを導入したまさにその論文の中で、進化論の影響を示している。「それが広く見渡している飛行中の鷹だろうと、開いたりんごの花だろうと、骨折って働く馬、陽気な白鳥、枝を広げる樫、底部で渦巻く流れ、漂う雲、いたるところで移動してゆく太陽でも、形態は常に機能に従っており、そしてこれが法則である」と書いている。Sullivan, "The Tall Office Building Artistically Considered" www.njit.edu/vw/Library/archlib/pub-domain/Sullivan-1896-tall-bldg.html〔二〇〇七年五月十八日にアクセス〕

＊52——Eagleton, *After Theory*, 119.

＊53——Darwin, *The Origin of Species*, 253.

＊54——Eagleton, *After Theory*, 131.

＊55——Berger, *The Shape of a Pocket*, 88.

＊56——Ibid.
＊57——『校本』九巻、二三二頁。
☆2——一九九六年、江戸時代の地図に「ナメトコ山」の名前が発見され、国土地理院地図（一九九六年八月一日発行）にもカタカナ表記でこの山名が記載された。原子朗『新・宮澤賢治語彙辞典』（一九九九年）、五三一頁。
＊58——原編、五二〇頁。
＊59——ツキノワグマについての導入およびその地位に関する研究についてはまた Hazumi, "Status and management of the Asiatic black bear in Japan." を見よ。さらに Knight, 159-93 を見よ。
＊60——Bhaskar, *A Realist Theory of Science*, 21-22.
＊61——Knight, 192-93.
＊62——Ibid., 159.
＊63——天沢退二郎「詩人〈宮沢賢治〉の成立」（『文芸読本　宮沢賢治』、河出書房新社、一九七七年）、一七頁。
＊64——同前、一八頁。
＊65——『校本』九巻、二三二—三三頁。
＊66——Knight, 159.
＊67——『広辞苑　第五版』（岩波書店、一九九八年）、一四七七頁。
＊68——実際、「商売」という言葉は後に小十郎自身によって自らの活動を説明するために使われる。
＊69——小森『最新』、一三八頁を参照。

＊70——Tuan, 91. Cited in Serpell, 178.
＊71——Knight, 180-81.
＊72——同前、一六二—六三頁。ナイトは岩手県内の道路を横切る野生動物を警告する道端の看板について、「熊の姿は通り過ぎる運転者にとってはあまりにショッキングなものに思え、事故を引き起こしかねないために狸の姿に変えられなければならなかった」という話を語っている。
＊73——中地文「淵沢小十郎」(『宮沢賢治ハンドブック』、新書館、一九九六年)、一七〇頁。
＊74——『校本』九巻、二三三—三四頁。
＊75——Serpell, 180.
＊76——Ibid., 178.
＊77——Ibid., 181.
＊78——Walker, *The Conquest of Ainu Lands*, 78.
＊79——中地、一七〇頁。
＊80——同前、一七一頁。
☆3——共有地の牧草のように誰もが使える資源が、維持可能な数以上の家畜を放牧することによって再生不能なまでに食い尽くされてしまうように、利用者の利己的な行為によって共同資源の枯渇を招くこと。
＊81——北条浩「官林の成立と初期官林政策」(『徳川林政史研究所研究紀要』一九七七年三月、一四四—七三頁)を見よ。
＊82——小森陽一が特徴的な簡潔さで説明しているように、「小十郎が熊を殺さなければならない理由そ

のものが、「日本」という近代国民国家の成立と深くかかわっていることが、彼自身の口から明確に語られていることがわかります」。小森『最新』、一四一頁を見よ。

*83——Knight, 179–80.

*84——Hazumi, "Status of the black bear," 147. Cited in Knight, 180.

*85——White, 238. Cited in Walker, *The Conquest of Ainu Lands*, 75.

*86——Walker, *The Conquest of Ainu Lands*, 75.

*87——Togawa and Sakamoto, 129.

*88——Hazumi, "Status of the black bear," 147. Cited in Knight, 208.

*89——Togawa and Sakamoto, 124.

*90——『校本』九巻、二三五頁。

*91——同前、二三六—三七頁。

*92——同前、二三七頁。

*93——『広辞苑 第五版』、六五七頁。また原編、一七四頁を見よ。

*94——マルクスの『資本論』において発展させられたこの概念の説明については、Foster, 155–56 を見よ。

*95——Merchant, 38.

*96——『校本』九巻、二三七頁。

*97——Togawa and Sakamoto, 121.

*98——溝口雅仁『森の動物と生きる50の方法』（ブロンズ新社、一九九二年）。

*99——Togawa and Sakamoto, 121.

＊100——Ibid., 122.

＊101——『校本』九巻、二三七頁。

＊102——Berger, *The Shape of a Pocket*, 88.

＊103——『校本』九巻、二三四—三五頁。

＊104——同前、二三五頁。

＊105——小十郎のような「山男」がしばしば人種的に異質だという連想を伴うなら（小森『最新』、六一頁を見よ）、この文脈で日本の多くの場所で熊そのものを山男とか山の親父とか言い習わしていることも同じように注目しておくべきだろう。Knight, 163-64 を見よ。

＊106——Daston and Mitman, eds., 3.

＊107——Ibid., 4-5.

＊108——Serpell, 172.

＊109——Ibid., 174.

＊110——Cited in Berger, *Another Way of Telling*, 83.

＊111——Serpell, 175-76.

＊112——Fox, 374 を見よ。この美しい一節は、カレン・コリガン‐テイラーによって『なめとこ山』の議論の中に引用された。Knight, 163-64 を見よ。

＊113——ツキノワグマの月との伝統的な連想が、この物語全体を貫く月のイメージを反響させている。

＊114——たとえば Hagiwara, "Innocence and the Other World: The Tales of Miyazawa Kenji" を見よ。

＊115——Eagleton, *After Theory*, 131.

＊116——『校本』九巻、二三七頁。
＊117——同前、二三八頁。
＊118——同前、二三九—四〇頁。
＊119——同前、二四〇頁。
＊120——"The Cloven Communist" in Calvino, 124. 強調は引用者。

結語

＊1——クーラントとロビンズ『数学とは何か』(岩波書店)。
＊2——同前。
＊3——同前。
＊4——"The Nature of Number," in Kamii, 8. 強調は引用者。

訳者あとがき

本書は、Gregory Golley の *When Our Eyes No Longer See* (2008, Harvard University Asia Center) の Part II を独立させ、それに著者自身によるあらたな Introduction を付したものの翻訳である。

原書である *When Our Eyes No Longer See* は、十九世紀の末から二十世紀の初頭にかけて、目に見えないエネルギーが作用する場という考え方がもたらした科学革命（とりわけアインシュタインの相対性理論によるそれ）と、その影響を直接に受けた文学上のモダニズムの美学との関係を「人間の気づかない世界が実際に存在しており、それを描くことが可能だ」とする、著者がリアリズムと呼ぶ信念体系によって結びつけ、解き明かそうとする。

Part I に当たる、谷崎潤一郎の『痴人の愛』と、横光利一の『上海』とを主に扱った二つの章は、無論それ自体がそれぞれの作品が持つ意味と、モダニズムという概念そのものにまったく新しい角度から光を当てているのだが、また一方では Part II の宮澤賢治論に向けて全般的背景を与え、導入ともいえる章になっている。分量的にも中心は宮澤賢治論といっていいだろう。

横光利一が賢治の最初の著作集の出版に関わったということを知る少数の人々以外は、谷崎、横光、宮澤賢治を同列に扱いうる範疇ということに当惑を覚えるかもしれないが、対極的とも思えるこれらの人々の作品が、目には見えない関係性の論理を探究するということにおいて共通していると著者はいうのである。リアリズムの論理が、谷崎のエロティシズム、横光の帝国経済に対する地政学的考察、そして宮澤賢治の環境倫理までを貫いている。

欧米において宮澤賢治は、他の日本の作家たちに比べて、まじめな取り扱いを受けることがこれまで比較的に少なかった。その理由のひとつは、物言う可愛い動物や植物の物語という、ある面では賢治作品の商業的成功を支えている見方が、欧米のまじめな研究者の本能的警戒心(「「ディズニー風」のイデオロギーを是認していると解釈されかねないものに抵抗する」)を引き起こすからだという。しかし著者が、賢治にアインシュタイン流の関係性の論理から、さらにダーウィンに発し、現代のディープエコロジーにつながる、進化する諸関係のネットワークにおける倫理を追求する過程は文字通りダイナミックで、興味深いものであり、賢治研究の見直しを迫るという点でも重要な著作といえるだろう。

なお、本書にはおびただしい引用があるが、日本語で書かれた文献に関しては日本語原文に拠った。日本語以外の文献に関しては、日本語訳のあるもので手に入ったものはできる限り参照したが、本書における訳文は全て原書に引用されたものからの私の訳である。また、本文中の［　］で括られた部分は、訳者による補足であり、☆は訳注である。

二〇一四年八月十八日

佐復秀樹

Available online at http://www.njit.edu/v2/Library/archlib/pub-domain/Sullivan-1896-tall-bldg.html. First published in *Lippincott's Magazine* (March 1896).

Tansley, Arthur G. "The Use and Abuse of Vegetational Concepts and Terms." In *Ecology* 16, no. 3 (1935): 284-307.

Thomas, Julia Adeney. *Reconfiguring Modernity: Concepts of Nature in Japanese Political Ideology*. Berkeley, CA: University of California Press, 2001.

Togawa, Kumi and Masayuki Sakamoto. "Bear Markets: Japan." *Japan Wildlife Conservation Society* (February 2002): 121-52.

富山英俊「ゲーリー・スナイダーの宮沢賢治」『明治学院論叢』89号, 1994年３月

Totman, Conrad. *The Green Archipelago: Forestry in Pre-Industrial Jpan*. Athens, OH: Ohio University Press, 1982.

続橋達雄編『宮沢賢治資料集成』全23巻, 日本図書センター, 1990年

Tuan, Yi-Fu. *Dominance and Affection: The Making of Pets*. New Haven, CT: Yale University Press, 1984.

Virilio, Paul. *Virilio Live: Selected Interviews*. Edited by John Armitage. London: Sage Publications, 2001.

Walker, Brett. *The Conquest of Ainu Lands: Ecology and Culture in Japanese Expansion, 1590-1800*. Berkeley, CA: University of California Press, 2001.

Watanabe, Masao. *The Japanese and Western Science*. Translated by Otto Theodor Benfey. Philadelphia, PA: University of Pennsylvania Press, 1988.

White, Richard. "Animals and Enterprise." In *The Oxford History of the American West*. Edited by C. A. Milner II, C. A. O'Connor, and M. Sandweiss, 237-73. New York: Oxford University Press, 1994.

Wise, Norton M. "Electromagnetic Theory in the Nineteenth Century." In *Companion to the History of Modern Science*. Edited by R. C. Olby, G. N. Cantor, J. R. R. Christie, and M. J. S. Hodge, 342-56. London: Routledge, 1990.

Wolfe, Cary. *Animal Rites: American Culture, the Discourse of Species, and Posthumanist Theory*. Chicago, IL: University of Chicago Press, 2003.

Worster, Donald. *Nature's Economy: A History of Ecological Ideas, Second Edition*. Cambridge, UK: Cambridge University Press, 1994. First published San Francisco: Sierra Club Books, 1977.

吉見俊哉『「声」の資本主義――電話・ラジオ・蓄音機の社会史』, 講談社, 1995年

小野隆祥「「青森挽歌」とヘッケル博士」『群像 日本の作家』第12巻，小学館，1990年
押野武志「農民芸術」，天沢退二郎編『宮沢賢治ハンドブック』，新書館，1996年
大杉栄「丘博士の生物学的人生社会観を論ず」，筑波常治編『近代日本思想大系9 丘浅次郎集』，筑摩書房，1979年
大塚常樹『宮沢賢治 心象の宇宙論』，潮文社，1993年
斎藤文一『銀河系と宮沢賢治』，国文社，1996年
——『宮沢賢治とその展開』，国文社，1976年
坂田昌一「物理学と自然弁証法」『潮流』第2巻8号，1947年9-10月
Serpell, James. *In the Company of Animals: A Study of Human-Animal Relationships*. Cambridge, UK: Cambridge University Press, 1996.
Shibatani, Atsuhiro. "The Anti-Selectionism of Kenji Imanishi and Social Anti-Darwinism in Japan." *The Journal of Social and Biological Structures* 6 (1983): 335-43.
Smith, Crosbie. "Energy." In *Companion to the History of Modern Science*. Edited by R. C. Olby, G. N. Cantor, J. R. R. Christie, and M. J. S. Hodge, 326-41. London: Routledge, 1990.
Smolin, Lee. *Three Roads to Quantum Gravity*. New York: Basic Books, 2001.
Snyder, Gary. "Is Nature Real?" In *The Gary Snyder Reader: Prose, Poetry, and Translations*. Washington, D.C.: Counterpoint, 1999.
——. *The Practice of the Wild*. New York: North Point Press, 1990.
Snyder, Joel. "Benjamin on Reproducibility and Aura: A Reading of 'The Work of Art in the Age of its Technical Reproducibility.'" In *Benjamin: Philosophy, Aesthetics, History*. Edited by Gary Smith, 158-74. Chicago, IL: University of Chicago Press, 1989.
Spencer, Lloyd. Introduction to *The Sense of Sight* by John Berger. Edited by Lloyd Spencer, xi-xix. New York: Vintage, 1985.
Spender, Stephen. *World Without World: The Autobiography of Stephen Spender*. New York: The Modern Library, 2001,
Stein, Gertrude. *Picasso*. New York: Dover, 1938.
——. "Reader's Guide." In *Night of the Milky Way Railway: A Translation and Guide*. Translated by Sarah M. Strong, 83-120. New York: M. E. Sharpe, 1991.
Steinmetz, Charles. *Four Lectures on Reality and Space*. New York: McGraw-Hill, 1923.
Strong, Sarah M. "Reader's Guide." In *Night of Milky Way Railway: A Translation and Guide*. Translated by Sarah M. Strong, 83-120. New York: M. E. Sharpe, 1991.
Sullivan, Louis H. "The Tall Office Building Artistically Considered."

三戸幸久「ニホンザルの分布変遷にみる日本人の動物観の変転――東北地方の場合を例に」，河合雅雄・植原和郎編『講座 文明と環境 8 動物と文明』，朝倉書店，1995年
宮城一雄『宮沢賢治の生涯――石と土への夢』，筑摩書房，1980年
宮沢賢治『注文の多い料理店』，新潮文庫，1990年
――『銀河鉄道の夜』，角川文庫，1996年
――『校本 宮沢賢治全集』，全14巻，1973-77年
――『新編 宮沢賢治詩集』，天沢退二郎編，新潮社，1991年
――『新修 宮沢賢治全集』，全16巻，筑摩書房，1974年
宮沢清六「解説」『注文の多い料理店』，角川書店，1996年
溝口雅仁『森の動物と生きる50の方法』，ブロンズ新社，1992年
Montgomery, Scott L. *Science in Translation: Movements of Knowledge Through Culture and Time*. Chicago, IL: University of Chicago Press, 2000.
Morgan, Neil. "From Physiology to Biochemistry." In *Companion to the History of Modern Science*. Edited by R. C. Olby, G. N. Cantor, J. R. R. Christie, and M. J. S. Hodge, 494–502. New York: Routledge, 1990.
Morris, Brian. *The Power of Animals: An Ethnography*. Oxford, UK: Berg, 1998.
Muir, John. *A Thousand-Mile Walk to the Gulf*. Edited by William F. Bade. Boston and New York: Houghton Mifflin Company, 1916.
室伏高信『土に還る』，批評社，1924年
Murphy, Joseph A. *Metaphorical Circuit: Negotiation between Literature and Science in 20th Century Japan*. Ithaca, NY: East Asia Program, CornellUniversity, 2004.
中地文「淵沢小十郎」，天沢退二郎編『宮沢賢治ハンドブック』，新書館，1996年
中村元『仏教語大辞典』，東京書籍，1981年
Nash, Roderick Frazier. *The Rights of Nature: A History of Environmental Ethics*. Madison, WI: University of Wisconsin Press, 1989.
Nietzsche, Friedrich. *On the Geneology of Morals and Ecce Homo*. Translated by Walter Kaufmann and R. J. Hollingdale. New York: Vintage, 1989. First Published Random House, 1967.
野本寛一『熊野山海民俗考』，人文書院，1990年
――「心意のなかの動物」，赤田光男・香月洋一郎・小松和彦・野本寛一・福田アジオ編『講座 日本の民俗学 4 環境の民俗』，雄山閣，1996年
Odin, Steve. "The Japanese Concept of Nature in Relation to Environmental Ethics and Conservation Aesthetics of Aldo Leopold." *Environmental Ethics* 13, no. 4 (Winter 1991): 345–60.
小倉豊文「賢治の読んだ本」，栗原敦編『日本文学研究資料新集26 宮沢賢治・童話の宇宙』，有精堂，1990年

Surface: Critical Essays in the Philosophy of Deep Ecology. Cambridge, MA: The MIT Press, 2000.

河合雅雄「宮沢賢治の動物の世界——序章」，河合雅雄・植原和郎編『講座 文明と環境８ 動物と文明』，朝倉書店，1995年

Knight, John. *Waiting for Wolves in Japan: An Anthropological Study of People-Wildlife Relations*. Oxford, UK: Oxford University Press, 2003.

小森陽一『構造としての語り』，新曜社，1988年

——『最新・宮沢賢治講義』，朝日選書，1996年

——「シンポジウム・方法の可能性を求めて」『日本近代文学』35号，1986年10月

Lapo, Andrei V. "Vladimir I. Vernadsky (1863–1945), founder of the biosphere concept." *International Microbiology* 4 (2001): 47–49.

Latour, Bruno. *Pandora's Hope: Essays on the Reality of Science Studies*. Cambridge, MA: Harvard University Press, 1999.

——. "A Relativistic Account of Einstein's Relativity." *Social Studies of Science* 18, no. 1 (February 1988): 3–44.

Lenin, V. I. "Imperialism, the Highest Stage of Capitalism." In *Selected Works*, vol. 1, 667–766. Moscow: Progress Publishers, 1977.

Leopold, Aldo. *Aldo Leopold's Southwest*. Edited by David E. Brown and Neil B. Carmony. Albuquerque, NM: University of New Mexico Press, 1999. First published Stackpole Books, 1990.

——. *A Sand County Almanac and Sketches Here and There*. New York: Oxford University Press, 1989. First published 1949.

Levins, Richard and Richard Lewontin. *The Dialectical Biologist*. Cambridge, MA: Harvard University Press, 1985.

Lippit, Seiji M. *Topographies Japanese Modernism*. New York: Columbia University Press, 2002.

Marx, Karl. *Karl Marx: Early Writings*. Translated and edited by T. B. Bottomore. New York: McGraw-Hill, 1964.

——. *The Marx-Engels Reader: Second Edition*. Edited by Robert C. Tucker. New York: W. W. Norton, 1978.

Marx, Karl and Friedrich Engels. *Collected Works*. Translated by Richard Dixon and others. 50 vols. New York: International Publishers, 1975–2004.

Merchant, Carolyn. *The Death of Nature: Women, Ecology and the Scientific Revolution*. San Francisco, CA: HarperCollins, 1980.

Meyer, Stephen M. "End of the Wild." *Boston Review* 29, no.2 (April/May 2004): 20–26.

Miller, Arthur I. *Einstein, Picasso: Space, Time and the Beauty that Causes Havoc*. New York: Basic Books, 2001.

見田宗介『宮沢賢治 存在の祭りの中へ』，岩波書店，1984年

Kenji." *Monumenta Nipponica* 47, no. 2 (Summer 1992): 241–63.
原子朗編『宮沢賢治語彙辞典』，東京書籍，1989年
Haraway, Donna. "Deanimations: Maps and Portraits of Life Itself." In *Picturing Science, Producing Art*. Edited by Caroline A. Jones and Peter Galison, 181–207. New York: Routledge, 1998.
Hazumi, Toshihiro. "Status and Management of the Asiatic Black Bear in Japan." In *Bears: Status Survey and Conservation Action Plan*. Compiled by Christopher Servheen, Stephen Herrero and Bernard Peyton, 207–11. Oxford, UK: Information Press, 1999.
——. "Status of the Black Bear." *International Conference on Bear Research and Management 9*, no. 1 (1994): 145–48.
Heisenberg, Werner. *Physics and Philosophy: The Revolution in Modern Science*. London: Allen & Unwin, 1959.
北条浩「官林の成立と初期官林政策」『徳川林政史研究所研究紀要』1977年3月号
Holton, Gerald. *Thematic Origins of Scientific Thought: Kepler to Einstein*. Cambridge, MA: Harvard University Press, 1973.
堀尾青史「宮沢賢治年譜」『文芸読本 宮沢賢治』，河出書房新社，1977
池野正樹「賢治の見た星」，池野正樹・上田哲・関山房兵・大矢邦宣『図説 宮沢賢治』，河出書房新社，1996年
井上ひさし『宮沢賢治に聞く』，文芸春秋，1995年
入沢康夫・天沢退二郎『討議『銀河鉄道の夜』とは何か』青土社，1979年
Jameson, Frederic. "Cognitive Mapping." In *Marxism and the Interpretation of Culture*. Edited by Cary Nelson and Lawrence Grossberg, 347–57. Urbana and Chicago, IL: University of Illinois Press, 1988.
——. *Postmodernism, or, The Cultural Logic of Late Capitalism*. Durham, NC: Duke University Press, 1994.
Kaku, Michio. *Einstein's Cosmos: How Albert Einstein's Vision Transformed Our Understanding of Space and Time*. New York: W. W. Norton, 2004.
Kamii, Constance. *Number in Preschool and Kindergarten: Educational Implications of Piaget's Theory*. Washington, D.C.: National Association for the Education of Young Children, 1982.
金子務「アインシュタイン」，天沢退二郎編『宮沢賢治ハンドブック』，新書館，1996年
——『アインシュタイン・ショック2 日本の文化と思想への衝撃』，河出書房新社，1991年
柄谷行人・関井光男・村井紀・吉田司「宮沢賢治をめぐって」『批評空間II』14号，1997年
Katō, Bunnō, Yoshirō Tamura, and Kōjirō Miyasaka, trans. *The Three Fold Lotus Sutra*. Kosei Publishing, 1975.
Katz, Eric, Andrew Light, and David Rothenberg, eds. *Beneath the*

Translated by Philip Mairet. Princeton, NJ: Princeton University Press, 1991. First published 1952.

Engels, Friedrich. *Dialectics of Nature*. Translated by Clemens Dutt. New York: International Publishers, 1940.

Feynman, Richard P. *Six Easy Pieces: Essentials of Physics Explained by Its Most Brilliant Teacher*. Cambridge, MA: Perseus Books, 1995.

——. *Six Not-So-Easy-Pieces: Einstein's Relativity, Symmetry, and Space-Time*. Reading, MA: Perseus Books, 1997.

Field, Norma. *In the Realm of a Dying Emperor: Japan at Century's End*. New York: Vintage Books, 1991.

Foreman, Dave. *Confessions of an Eco-Warrior*. New York: Harmony Books, 1991.

Foreman, Dave and Howie Wolke. *The Big Outside: A Descriptive Inventory of the Big Wilderness Areas of the U.S*. Tucson, AZ: Ned Ludd Books, 1989.

Foster, John Bellamy. *Marx's Ecology: Materialism and Nature*. New York: Monthly Review Press, 2000.

Fox, Stephen. *John Muir and His Legacy: the American Conservation Movement*. Boston, MA: Little, Brown and Company, 1981.

Fromm, Mallory Blake. "The Ideals of Miyazawa Kenji—A Critical Account of Their Genesis, Development, and Literary Expression." Ph.D. diss., University of London, 1980.

Galison, Peter. "Judgment against Objectivity." In *Picturing Science, Producing Art*. Edited by Caroline A. Jones and Peter Galison, 327-59. New York: Routledge, 1998.

Golley, Frank Benjamin. *A History of the Ecosystem Concept in Ecology*. New Haven, CT: Yale University Press, 1993.

Golley, Gregory. *When Our Eyes No Longer See: Realism, Science, and Ecology in Japanese Literary Modernism.* Cambridge, MA: Harverd University Press, 2008.

Gould, Stephen Jay. *Ontogeny and Phylogeny*. Cambridge, MA: Harvard University Press, 1977.

Grapard, Allen G. "Flying Mountains and Walkers of Emptinsee: Toward a Definition of Sacred Space in Japanese Rligions." *History of Religions* 21, no. 3 (February 1982): 195-221.

Guillory, John. "The Sokal Affair and the History of Criticism." *Critical Inquiry* 28 (Winter 2002): 470-508.

Hacking, Ian. *Representing and Intervening: Introductory Topics in the Philosophy of Natural Science*. Cambridge, UK: Cambridge University Press, 1983.

Hagiwara, Takao. "Innocence and the Other World: The Tales of Miyazawa

Traditions of Thought: Essays in Environmental Philosophy. Edited by J. Baird Callicott and Roger T. Ames, 51–64. Albany, NY: State University of New York Press, 1989.

Calvino, Italo. *Hermit in Paris: Autobiographical Writings*. Translated by Martin McLaughlin. New York: Vintage International, 2004. First published London: Jonathan Cape, 2003.

千葉徳爾『オオカミはなぜ消えたか』, 新人物往来社, 1995年

Colligan-Taylor, Karen. *The Emergence of Environmental Literature in Japan*. New York: Garland Publishing, 1990.

Courant, Richard and Herbert Robbins. *What Is Mathematics? An Elementary Approach to Ideas and Methods*. Oxford, UK: Oxford University Press, 1941.

Crick, Francis. *Of Molecules and Men*. Seattle, WA: University of Washington Press, 1966.

Cronon, William. "Introduction: In Search of Nature" and "The Trouble with Wilderness; or, Getting Back to the Wrong Nature." In *Uncommon Ground: Rethinking the Human Place in Nature*. Edited by William Cronon, 23–90. New York: W. W. Norton, 1996.

Darwin, Charles. *The Origin of Species By Means of Natural Selection, or, the Preservation of Favored Races in the Struggle for Life*. New York: Modern Library, 1998.

——. *Charles Darwin's Notebooks, 1836–1844: Geology, Transmutation of Species, Metaphysical Inquiries*. Edited by Paul H. Barrett, Peter J. Gautrey, Sandra Herbert, David Kohn, and Sydney Smith. Ithaca, NY: Cornell University Press, 1987.

Daston, Lorraine and Gregg Mitman, eds. *Thinking With Animals: New Perspectives on Anthropomorphism*. New York: Columbia University Press, 2005.

Dingle, Herbert. "Scientific and Philosophical Implications of the Special Theory of Relativity." In *Albert Einstein: Philosopher-Scientist*. Edited by Paul Arthur Schilpp, 535–54. La Salle, IL: Open Court Publishing, 1949.

Dreyfus, Hubert. "Heidegger's Hermeutic Realism." In *The Interpretive Turn: Philosophy, Science, Culture*. Edited by David R. Hiley, James F. Bohman, and Richard Shusterman, 25–41. Ithaca, NY: Cornell University Press, 1989.

Eagleton, Terry. *After Theory*. New York: Basic Books, 2003.

——. *The Ideology of the Aesthetic*. Oxford, UK: Basil Blackwell, 1990.

Einstein, Albert. *Autobiographical Notes*. Edited and translated by P. A. Schlipp. LaSall, IL: Open Court Publishing, 1979.

Eliade, Mircea. *Images and Symbols: Studies in Religious Symbolism*.

文献一覧

Allee, W. C., Alfred E. Emerson, Orlando Park, Thomas Park, and Karl P. Schmidt, eds. *Principles of Animal Ecology*. Philadelphia, PA: W. B. Saunders, 1949.

天沢退二郎「解説」，同編『新編 宮沢賢治詩集』，新潮社，1991年

――「詩人〈宮沢賢治〉の成立」『文芸読本 宮沢賢治』，河出書房新社，1977年

Appolinaire, Guillaume. *Les Peintres cubists: meditations esthetiques*. Paris: Hermann, 1980.

Belshaw, Christopher. *Environmental Philosophy: Reason, Nature and Human Concern*. Montreal & Kingston: McGill-Queen's University Press, 2001.

Benjamin, Walter. *Illuminations*. Edited by Hannah Arendt. Translated by Harry Zohn. New York: Schocken Books, 1968.

——. *Walter Benjamin: Selected Writings, Volume 3 1935–1938*. Edited by Howard Eiland and Michael W. Jennings. Translated by Edmund Jephcott, Howard Eiland, and others. Cambridge, MA: The Belknap Press of Harvard University Press, 2002.

Berger, John. *Another Way of Telling*. New York: Vintage, 1982.

——. *A John Berger, Selected Essays*. New York: Pantheon, 2001.

——. *The Sense of Sight*. New York: Vintage, 1985.

——. *The Shape of a Pocket*. New York: Vintage, 2001.

——. *The Success and Failure of Picasso*. New York: Vintage, 1965.

Berman, Marshall. *All That Is Solid Melts Into Air: The Experience of Modernity*. New York: Penguin Books, 1988. First published by Simon & Schuster, 1982.

Bhaskar, Roy. "General Introduction." In *Critical Realism: Essential Readings*. Edited by Margaret Archer, Roy Bhaskar, Andrew Collier, Tony Lawson, and Alan Norrie, ix-xxiv. New York: Routledge, 1998.

——. *The Possibility of Naturalism*. Atlantic Highlands, NJ: Humanities Press, 1979.

——. *A Realist Theory of Science*. New York: Verso, 1975.

Bramwell, Anna. *Ecology in the 20th Century: A History*. New Haven, CT: Yale University Press, 1989.

Callicott, J. Baird. "Intrinsic Value, Quantum Theory, and Environmental Ethics." *Environmental Ethics* 7 (1985): 257–75.

——. "The Metaphysical Implications of Ecology." In *Nature in Asian*

平凡社ライブラリー　818

宮澤賢治《みやざわけんじ》とディープエコロジー
見えないもののリアリズム

発行日…………2014年9月10日　初版第1刷

著者……………グレゴリー・ガリー
訳者……………佐復秀樹
発行者…………西田裕一
発行所…………株式会社平凡社
〒101-0051　東京都千代田区神田神保町3-29
電話　東京(03)3230-6579［編集］
東京(03)3230-6572［営業］
振替　00180-0-29639

印刷・製本……藤原印刷株式会社
DTP…………平凡社制作
装幀……………中垣信夫

ISBN978-4-582-76818-3
NDC分類番号910.268
B6変型判（16.0cm）　総ページ328

平凡社ホームページ　http://www.heibonsha.co.jp/